草色·天韵
叶延滨精短美文 100 篇

叶延滨 著

CAOSE TIANYUN

YE YANBIN JINGDUAN MEIWEN 100PIAN

新华出版社

图书在版编目（CIP）数据

草色·天韵：叶延滨精短美文100篇 / 叶延滨著.
－－ 北京：新华出版社, 2016.7

ISBN 978－7－5166－2545－3

Ⅰ.①草…　Ⅱ.①叶…　Ⅲ.①散文集－中国－现代
Ⅳ.①I267

中国版本图书馆CIP数据核字（2016）第113959号

草色·天韵：叶延滨精短美文100篇

作　　者：叶延滨	
责任编辑：李　成	责任印制：廖成华
封面设计：臻美书装	
出版发行：新华出版社	
地　　址：北京石景山区京原路8号　邮　　编：100040	
网　　址：http://www.xinhuapub.com　http://press.xinhuanet.com	
经　　销：新华书店	
购书热线：010－63077122	中国新闻书店购书热线：010－63072012
照　　排：臻美书装	
印　　刷：北京凯达印务有限公司	
成品尺寸：133mm×215mm　1/32	
印　　张：10.5	字　　数：235千字
版　　次：2016年7月第一版	印　　次：2016年7月第一次印刷
书　　号：ISBN　978－7－5166－2545－3	
定　　价：36.00元	

图书如有印装问题请与出版社联系调换：010－63077101

目 录
CONTENTS

第一辑　昨日梨花今宵月

第三辑　有人在远方等你

昨日梨花今宵月

秋天的伤感

　　秋天容易让人伤感，这个人，当然也有所限定。如年方二八之类的少男少女，"少年不知愁滋味"，纵然有点郁郁寡欢的时候，也大多在春天，是另一种烦恼。少年的烦恼是对明天的烦恼：欲得而未得，欲求而不能求，欲爱而不被人所知。而秋天的感伤，多中年之后的，是失去的烦恼，是追悔的愁绪。古之迁客骚人，留下了难以计数的秋之赋："路已近时翻觉远，人因垂老渐知秋。""最是人间留不住，朱颜辞镜花辞树。""最是秋风管闲事，红他枫叶白人头"……连李清照为了表白自己情爱的词《凤凰台上忆吹箫》中句："新来瘦，非干病酒，不是悲秋。"也可见"悲秋"已是一种人之常情了。

　　倒也是的，眼下我身居都市，看不到雁南飞，黄叶落，荷花残，但也常常为一种淡淡的忧伤所袭扰。坐在六层楼的写字台前，窗外少了阳光，天灰蒙蒙的，不时从彤云中洒下几丝细雨，让那些水泥墙们变得冷涔涔，让人想起赫尔曼·黑塞的话："我简直说不清楚，这种情况莫非是这种布满阴云的、静中有动的、丝线错综的天空反映在我的心灵中，或是我由这种天空看出了我内心的图像。"（《阴云密布的天空》）实在不得了的感觉——"由这种天空看出了我内心的图像。"我以为他说得很对，我大概是典型的中年人心态了吧。

　　我妻子知道我不喜欢秋天，尤其是内陆盆地内的这个城市的秋天，她说我这是诗人气质的表现，天知道！

也许有人会说我得的是"都市病"，会建议我到农村去看看。看看是可以的，而且的确有效。去年秋天，我与妻回到陕北，天空蓝得像一块宝石，太阳可爱得像个孩子，的确让人舒畅了好一阵子。高兴之余，便感到很纳闷："我在这地方生活过四年，怎么没注意到这么让人痛快的秋高气爽？"啊，对了，那时我不能"看看"秋天，而是生活在秋天的内容里，也就是"秋收"。秋天对于我是弯腰割谷，是冰霜里扒玉米，是泥泞中背庄稼，那些让我的皮肉痛苦过的劳累过的"秋天"远比"看看"深刻。在自己的土地上收获也许会充满幸福感，可惜的是，我从未在"自己的"土地上干过活。为队长干，为"再教育"而受苦，让我的人生体验中缺少对秋天一种健康情绪——"收获喜悦"的培养。这样说来，秋天的伤感对于我也并非是一种都市病。

比这种体验更早的对秋天的反感，也不是来自中国的古典诗词，那些诗句所引起的更多是一种透明清丽的心情。追溯起来，最早给予我一种阴冷潮湿秋天的是儿时看的几部意大利二战后新现实主义的著名影片。《罗马十一点》那个为争一个打字员职务而挤坍的楼梯，常出现在我童年的噩梦中。《偷自行车的人》那个丢了自行车而失去广告员工作的父亲和他的儿子，至今还会光顾我的梦；总是苦苦地寻找失去的东西，却又总是找不到，这种典型的梦境人生非常折磨人。以至前两年秋天，我出访意大利竟然带着厚厚的毛衣和厚毛料的风衣，在摄氏38℃的太阳下我才发现，我又一次在秋天的问题上出现了判断误差。

不管我喜不喜欢，阴冷的秋天又来到我的窗外，我要求自己读书，读那些明快一些，让人感到热情和力量的书。我不是想欺骗自己，我觉得有时宁静是治愈烦恼的药方。

假如我是秋天的一棵树，我会为丢掉那些曾经鲜绿美丽的叶子而忧伤吗？其实，秋天中最应该忧郁的是树，而作为一个人，是没有资格的，比方说，我的小儿子昨天会用彩色的铅笔画太阳了，一个并不圆的太阳。

1991 年 11 月

冯树生父子

曹坪庄人物素描

　　每天从曹坪的羊圈走出一群羊，头羊是儿子，尾羊是老子，他们父子俩，是这群羊中披着羊皮的人。

　　冬天一人披一件老羊皮袄。夏天一人披一件小羊皮褂。儿的腿灵便，走在头里，爹的腿得了老寒病，拖在后头，一群羊夹在中间，像一片孤云，飘动在庄子四周的黄土峁上，静静地，悠悠地。如果你习惯了这幅风景，你会忘了世界上还有冯家父子，如果你一肚皮的美学哲学玄学，那么你会大声赞叹："啊，多么人性的风情，多么自然的人生！天地人浑然一体，物我相融，荣辱皆忘，当代的庄周，中国的梵高……"特别是这两位拦羊的有一绝招，不唱不哼。什么信天游，什么揽工调，什么语录歌，统统地听不见。哪头羊要玩什么越轨行为，拦羊的也不吆喝，把羊铲朝地上一戳，挑起一疙瘩土，噗地掷去，砸在那羊的头上。一切都安静而有秩序。

　　我曾经认为，如果这个世界上还有安于贫苦、无欲无怨的人，恐怕只能在这父子俩中选出一个来。人们对于"日出而作日落而息"的父子俩还有什么不放心的呢？实在是找不出什么毛病。按照越穷越革命的推论和重在表现的辩证，他俩完全做到了不怕苦不怕脏不怕穷，完完全全地像羊一样地驯良。如果说：一定要找一点什么缺陷来的话，那是实在只能找点查无实据的感觉：当儿子的，那张永远不说的嘴边挂着一个说不出的笑纹。

二十年后，这双眼睛和这个笑纹，揭开了一个可能永远是谜的人性。二十年后，冯树生父子成了这道沟的首富，小煤窑的老板！

当儿子的在井口上，坐在卷扬机跟前。戴了副眼镜，眼睛在一张布满煤灰的脸上，依然很亮："别信他们说的，哪有那么多票子？开一家煤窑光投资就要投进几万，挣几年才挣得回来嘛！"

当老子的在炕头上，真的坐在钱匣子跟前，那笑纹越加狡黠："人活一世，谁不想个好吃喝？咱父子俩成年价在山峁上转，还不知道哪道沟里出炭？知道也不说，我就不信我冯家一辈子只配跟着羊屁股转！"

一切都明白了，只是有一点不明白："老冯，你父子俩拦羊怎么老实得连曲儿也不哼一个。"

"这有啥奇怪的？我们爷儿俩天生的沙哑嗓子，说话都费劲，哪还能唱哟！"

我才发现，他真的说话很费劲，脖子根都冒青筋。

那些年，我怎么没看到这根青筋呢？

（附记：前年回了一趟陕北，那些曾和我一起生活过的乡亲，一下子都栩栩如生地浮现在我眼前，整日勾魂似的缠住我，不得不提笔。写之前，定了定神，要求自己两条：一是写最难忘的那一点儿，二是少用形容词。）

1992 年 7 月

老实人
曹坪庄人物素描

　　有些人只是活在你的眼前，或者说在你眼皮前面活动，像一只大花蝴蝶，或者像一只绿头苍蝇。从你眼前消失了，你便把这个活人忘掉了，十分愉快地，十分惬意地；幸好有这种遗忘，才让我们逃出一个又一个假面舞会，长长地呼一口气。

　　他不同。

　　他与我在一个窑洞里住了将近一年，在一锅汤里搅勺子也将近一年。他叫栗树昌，是我插队时的房东，我叫他干大——干爹的陕北叫法。但我确实记不起他什么动人的事迹。我和他共同生活的唯一原因，是因为他是我干妈的男人。

　　他活在你面前的时候，你几乎可以忘掉他的存在，他存在的方式是尽可能地让你感受不到他活着对你有什么妨碍。在我记忆中，他没说过两句以上的话。"同意"、"不同意"、"不知道"之外还说过什么？我想不起来了。他最生动的表情只有一个，扭头一笑，接着用指节拭着眼角里的眼屎。他不傻，但却很憨。傻是神经有缺陷，憨是心灵有缺陷。说实在的，自从有了与他共同生活的经历以后，我再也不把憨厚当作美德看待了。

　　村里的人早忘了他的名字，都大呼小叫地唤他："老实人！"大家选他当仓库保管员，因为相信他绝不会多拿一颗豆子回家，他厚道并且比厚道更重要的是胆小。大家都让他当饲养员，除了放心他会善待牲口之外，每当干部在饲养室的炕头上召开会议，在灯油熬干之前，他的鼾声会不时地打断那些很激昂很无用的发言，这一点也许是他当选的重要理由。

全村的人都赞美他的老实厚道，连我那泼辣的干妈也夸他："延滨，别嫌弃你大叔，他心眼净着呢！"

我大概是唯一不喜欢他的人。

因为我害怕独自和他在一起。如果干妈外出了，你想象一下，黑沉沉的土窑里，你和一个影子在一起，无论你说什么，没有回答，只有烟袋上的火星一闪一闪。有时我俩到自留地干活，我感到拉犁的牛、驮粪的驴都比他更容易交流，牛累了会停下不动，驴困了会炝蹶子，而他，我连一声叹气都听不到。

最后我搬出干妈家，尽管干妈眼泪鼻涕抹了我一身，我还是硬着心肠走了。干妈说了："年轻娃爱光，怕黑洞洞的坟！"这句话，我曾写进诗里，尽管我很感激干妈对我的照料，但与"老实人"无法相处是我下决心搬出的原因之一。

二十年过去了，我才发现他那十分沉重甚至可怕的沉默，那种几乎纯净到百分之百的逆来顺受的农民生存方式，无论是美德还是劣根性，都是沉甸甸的。

他像一个尾随我二十年的影子，不准我忘掉他。

我仿佛听见他沉重的喘气声，但我不敢扭过头去。

1992 年 7 月

水萍

曹坪庄人物素描

在这道拐沟里，水比油还金贵，她却起了这么个江南味的名字，准是我哥哥的杰作。我哥哥自从知道自己是老八路送给曹家的以后，总对自己生身父母所在的四川充满了种种水汪汪的遐想，因此，小妹出世，他这个读中学的秀才，就起了这么个水分很多的名字。

我第一次听见这个名字，觉得很奇怪。在那又黄又秃的山峁峁间，你听那陕北特有的唤声："水萍！萍儿！"会仰起脖子望望天，是不是哪块云带着雨了？头一次见到水萍，是刚"文革"，我串联到了延安，也串到了这个小山村来看亲戚。晴日天，刀子风在门外学着造反派喊口号闹游行，全家人聚在窑洞里，跬蹴在炕上。水萍才五岁，不声不响，抱着一只肥溜溜的大黄猫。水萍的脸蛋红扑扑的，像画片上的小姑娘，在满窑洞穿黑棉袄的人当中，只有她穿着花袄，给我一种格外温馨的"家"的感受。

城里人是不大有"家"的体验，城里人只有街道和门牌号码。街道是公共的，甚至是历史的，比如说长安街就很政治化，比方说城隍庙就很历史性。属于城里人的只有门牌号。数字很抽象，比方说这一串数字109385675416你知道是什么？我说它代表叶延滨，男性，住址，以及其他种种。你肯定不信。然而我们每个人的身份证不都是有类似的一串数字吗？这是城里人的现代印戳，不知是悲是喜，所以城里人没有"家"

的体验。一开口："我的寒舍在二马路三条巷 105 号。"现在更简单："给我打电话吧，我家电话 660864！"

而"家"在乡下是最具体的，除了人和屋以外，还有鸡猪猫狗。鸡和猪与庄稼是一类，为获利而养，猫和狗就属于家庭成员。有了这一切，就有了家，随之而来的就有了家乡、家园、家族以至国家了。水萍给我最深的印象就是这个小特写：抱着大黄猫，偎在炕头上的一个小姑娘。

我第二次见水萍，她已背着书包去上学。小姑娘在坡坡坎坎的山路上独自一人走着，让人望着就产生一种怜爱之情。听大人说，水萍一直不愿上学，舍不得离开那只大黄猫，后来实在没法了，当爹的用一条黑布口袋把猫丢到十多里外的荒坡上。没有伙伴了，水萍在家待不住了，也才上学去了。

我觉得这似乎隐喻着她命运中的什么。

二十年后的秋天，我又成了水萍家的客人。一排新石窑，堎畔上拴着一条良种狗，守着一个殷实的庄户人家。男人很忠厚，三个孩子，两个已经上学了，老三还只会爬，水萍忙着给我们擀杂面条时，把三娃就放在炕上，孩子的腰上系一根布带子，布带子又捆在一块大青砖上。

家里没养猫。

三十多岁的水萍，已经显得那么苍老了，她像所有的农村妇女一样，人生只有两个阶段：生活得比较轻松又充满幻想的女儿，生活得十分艰苦永远为他人忧虑的母亲。当了母亲的水萍对生活中的一切都以十分传统的母性的态度去对待，在灶火映照下，那一张早早布满皱纹和色斑的脸，让我感到"家"的沉重。

水萍的石窑就砌在她娘家土窑的下面。水萍爹去世了，那个曾经温馨过的窑洞，只有一个七十岁的老母亲苦守着老人自己的孤独。老人和女儿、女婿一道吃饭，但老人不搬进女儿的家，因为那是女婿的家，不能让女婿背上"倒插门"的名声。所以，那条只有三四丈长的坡路上，每天三次地录下一个年迈妇人的喘息声。

嫁出的女儿，泼出的水，哪怕就泼在眼皮底下。

陪着老太太的只有一只猫。

也是黄的。

1992 年 7 月

狗 娃

曹坪庄人物素描

狗娃是个人，是个男人，是个娶了老婆的大男人。

狗娃是郭万顺的独生儿子，为了好养活，取了个贱名，家里人这么喊，庄上人这么喊，来了七八个知青也这么喊。没有人知道他的户籍本上的名号，因为狗娃结了婚也没有和老子分家，所以连队长和会计都无须用他的名字，分派任务和分配粮食，用的是他爹的名字。

狗娃一直没有儿子。

这对于一个男人来说，无疑是件很提不起精神的事情，但狗娃不太注意这个现实，他依旧活得开心而又畅快，特别是村里来了知识青年以后，他脸上的笑容就没有凋谢过。狗娃喜欢帮人的忙，知识青年很快就以伯乐的目光发现了他的这个长处，狗娃长狗娃短，狗娃也就颠颠地给洋学生们出力。狗娃喜欢逞能，碰上一群什么农活也不会的城里来的后生女子，狗娃一下地就朝知识青年的跟前凑，干活飞也似玩命，然后一屁股坐下来，点燃烟，冲那些累得像龟孙的嫩肉细皮们一阵嘻嘻。

狗娃活得十分知足。

乡亲们说狗娃缺个心眼，用我们今天的观点，就是智商不高。他身体健康能吃能睡能干活，会哭会笑会说话，知冷知热知好歹——绝对不算残疾人。然而他智商不高，不懂老辈人传下的礼数，不会看人们脸上的成色，听不出话后面没说出那些话，看不见人们装在肚皮里的那副下水。比方说，狗娃的老婆就长得不美，独眼，瞎的那只还翻着一个疤，罗圈腿，腰如桶般粗。然而，狗娃从来不嫌弃这女人，全村几乎家家都有两口子打架的事，唯独狗娃家没传出这类动静，原因是狗娃不懂打老婆而狗娃老婆又很明白打不过狗娃。这个例子还上了夜校，支书说："两霸争夺世界，总有一天要打起来，除非他们变成狗娃两口子：一个脸上少颗眼，一个心里少根弦，那时天下才可能太平。"

狗娃听见这话时还嘿嘿地笑。

知青们很为狗娃难受，他们真诚地为这个善良的好人进行启蒙教育。"狗娃你对你自己满意吗？""咋都一样！""你不想过得更好些么？""这就挺好！""我们教你识字，行不行？""识字有啥用，你们识那么多字，还不就和咱一样么？"几位妄图奉劝愚公的智叟哑了，我当时说了一句话："狗娃准是愚公的后代，如果愚公的子子孙孙还有最后一个挖山的人，那就是狗娃。"

大家公认，狗娃就这么活着挺好。

如果狗娃知道自己没有儿子，犯了绝子绝孙的这条规矩；如果狗娃觉出自己的老婆很丑，于是每天痛打这个丑女人；如果狗娃读了书知道世界很大，于是每天沉痛地幻想走出这个山沟；如果狗娃想读书想挣大钱再天天想一个够不着的林妹妹……不是苦死了吗？幸亏他缺个心眼，才能够在贫困与愚昧包围中，笑得那么坦荡！

二十年后，狗娃怎样了？

狗娃没变。

全村唯一的一户没盖新窑的是狗娃。他的胡须有的都白了，还是那个模样，龇牙一笑，让人觉得他那么真心地喜欢你。

他的父亲去世了，守着他的还是那个独眼女人。一切都没变化，只是埝畔上的梨树粗了一圈。见我在望梨树，他便上前抱住树干拼命地摇："吃梨！吃梨！"那些梨就这么在阳光下变得金灿灿的，砸出我满脸泪花。

　　狗娃一辈子就这么快快活活地过来了，为什么我心里却总有一股又苦又涩的滋味呢?

　　我从心里喜欢他，真的。

1992 年 7 月

守科大叔

曹坪庄人物素描

　　他的简历用文字表述如下：1935年加入中国共产党，祖籍横山，逃荒到延安，并积极投身边区革命和生产。在解放战争时期，又收养了调往东北野战军的我党工作人员的一个孩子，并将其抚养成人……

　　这无疑是一段十分光彩的文字，而且我可以担保这段文字"基本属实"。

　　然而，在"基本属实"之外，只是一个弓着腰的老汉，他叫曹守科。因为还是农民，所以我记得他每月只交一角钱党费。他的弟弟和妹妹，走出了这道沟，以后都是厅局级干部了。因为弟、妹当了公家人，家里缺劳动力，所以雇了几个揽工的，土改时划作了"上中农"，于是这位老党员因为支持弟弟妹妹参加革命工作而从革命的依靠对象变作了革命的团结对象，这是后话。至于他收养的孩子，就是我的亲哥哥，只改了姓，叫曹延光。上面这一段是再次说明他的简历"基本属实"。然而，在"基本属实"之外，他确无多少光彩动人之处。一个弓腰老汉，瘦长的脸上几根山羊胡子，不扎头巾，戴一顶油腻的蓝布帽子，喜欢到公社集镇上去卖鸡蛋。"大叔，上哪达去？""到李渠街上串串！"

　　我记得最深的一件事，就是与"基本属实"有关的。

　　1970年夏，京城来了两个外调的，说是一个局级干部"假党员"问题要弄清。那个局级坚持说他的介绍人是曹守科，于是这两位就这么火车汽车驴车地转进了这条沟。

一连三天，老汉只一句话："记不得了！"

害得那两位外调，在饲养员睡的大炕上喂了三晚上的跳蚤。

病急乱投医，外调同志给我递上了烟："延滨，你帮咱去问问大叔，那位老同志也有个儿子跟你差不多！"

黑帮崽子心疼黑帮崽子，冲那个跟我差不多年龄的儿子，我为那个当老子的求情。

大叔正在炕脚下捆烟叶，肥大的好叶子铺在外面，又黑又小的孬烟叶裹在里头，含一口水，噗地喷上去，然后才答我的话："娃，你管毬他那闲事干啥？""你介绍没介绍他入党？""介绍了！那阵子入党跟现在凑份子送礼一样容易，说得投机了，开个会，行了！""哪为啥你不记得了？""记他娘个毬！几十年了，他小子不记得我曹守科，如今倒了霉了，倒想起我曹守科了，没良心的，让他一边待着吧！"说完咕噜咕噜又是往旱烟上喷水！

说啥也不行，"再受罪也是在城里洋房里乘凉吃精米白面！我老曹这么几十年都过来了，他小子才受几天苦？"

我急了："人家老婆孩子跟着受罪，你不觉得亏得慌？人家孩子有什么错？也当狗崽子！你真是自己没养儿……"我一急，说出了不该说的话。

幸亏我那在公社当兽医的哥哥不在家，否则准与我干架！

我一摔门，走了。

大约一袋烟的工夫，大叔弓着腰，背着一捆老旱烟赶集去了，远远地冲我喊："你就给那两人打个证明吧，这是图章。"他把图章放在埝畔的青石板上，走了。

我按大叔的口气，写了一个几十字的条子，然后按上曹守科的牛角儿印。

那两位外调，欢天喜地找到了会计，戳上一个生产大队革委会的公章，上面写了四个字"基本属实"。

1992 年 7 月

头枕一捆麦草

　　有时幸福的体味很平常，淡淡地和你的生命依在一起，使你感到这个属于你的生命实实在在地存在于你的躯体之中，那情形就如头枕一捆麦草。啊，头枕一捆麦草，那麦草昨天还一根根长在坡地上，昨天它们还是大地的一个部分。这些此刻伏在你耳边的麦草昨天还一根根站着，站成一片风景，风景是梵高笔下的那一种，天空蓝得像宝石，而麦地金黄的波纹被太阳风涂得如一首颂歌，辽阔高远，回声犹如来自天国。这样感觉不是每个人都会领略到的，只有当你拿着一把镰刀走进这幅油画时你才会从心里生出这样一种宗教般虔诚的心境。是的，此刻你头枕一捆麦草，那些阳光的气息，那些成熟的气息，从草捆中溢出来，又弥漫了你的肺腑，让你的心在这有点燥烈的芳香中沉醉。那醉意把你带回到那个山坡，那个让你想起来很美走进去很苦的山坡，多少年过去了，你也不会忘记它，你知道你的一部分留在那里了。留下的是什么？真难说清道白。春天木犁划开荒草覆盖的土地，那翻起的泥浪中散发出的是一种淡淡的苦，但你分明嗅出那苦味里饱含着生命的渴望。是一种什么样的渴望，现在回想起来，你也觉得让人激动，那是与青春相近的，也和母亲相近的，有了这种渴望，这土地上才有一年一度的收成哟。但你觉得，那莫名的渴望中还有一份是对于你的，它把你召到这里，让你扶起了犁耙，叫你撒下了种子，还悄悄收起了你一串串足迹。当然你在那山坡上留下的不止是这些，还有春天的足迹和夏日的汗滴。锄禾日当午是难有什么快乐的，好在你那时年轻，你崇拜斯巴达精神，于是苦行僧的内心满足感让你在烈日下完成了成年的仪式。于是到了收获时节，你手中的镰成了一支大笔，挥动它，你在抒发着人生的自信。你不是一个道地的农民，收获对于你也就有了一种精神上的升华，至少你自己是这么认为的。这种心态让你的日子浸泡在橄榄汁中，在苦涩中体味甘甜，但同时你也有一种藏在内心深处的惶恐，你的一部分留在那块土地上了，当农民心满意足收获了麦子的时候，你的收获却好像并没有完成。枕在麦草上，你躺在大地的胸膛上（你这么想），你躺在天空的目光里（你也这么想），其实生活并没有那么浪漫，只是打谷场上的收获的喜悦笼罩着你，让你分享了他们的十分平凡的幸福。啊，又是多少年过去了，那个躺在草捆上的少年已经是一个诗人了，你写过许许多多的诗，这时你又拿到一本自己的新诗集，成功感让你沉醉，眯上眼，你靠在沙发上，不知为什么眼前浮现的又是那片山坡而自己依稀还躺在那捆麦草上。你对这一次次重现的情景总感到亲近又陌生。你对自己说："我也成了那土地的一部分了，我留下的那些麦粒和脚印、汗水和青春都变成了根，扎在深深的土里；也许这就是上苍对于人的赐予，当我们一生都听从心灵的召唤，以付出为天性，那么我们收获的是内心的充实和宁静……"啊，你想得很对，这个世界上教导人们生活的道理实在太多太多，但最平凡的也许就是你头枕一捆麦草时想到的这一切。人们都在做一件事"怎么生活得更好"，但这个题目的答案却是千差万别。今天肥胖的肚皮和空瘪的灵魂同时增加，这个"要生活得更好"的小学生式的问题显然有许多人并不及格。啊，事情本来那么简单，千百个哲人堆积如山的著作只应有一个答案：幸福就是一个生命付出的更多，更有价值，也更有回报。啊，谢谢你，躺在一捆麦草上的朋友，此刻我正背靠着一条刚犁开的土垄望着站在一边反刍的老牛，让春天的阳光晒暖我的快乐……

1994 年 9 月

画风

　　风无形无影，但却可以被高明的画家画出它的行踪。常常看风景画，发现有风之画与无风之画在意境上是有很大差别的。无风之画，平和安详，无论是景物还是人物，都是静物，宁静之中让你也得屏息相对。无风之画也是不易画好的，功夫不到，画出来的东西，就容易透出一个呆字。有风之画，自然不是画风的自身，画风自身，是小儿涂鸦，一团如云状的面孔，嘟着一张嘴，吹，这是卡通片教出来的观念。有风之画，依然见不到风，只是有人与物在风中的形态，树木枝摇叶动，人们的衣掀衫飘，头发飞扬。若要表现更为雄烈之风，则可见海浪汹涌，船樯倾斜，黑云压顶，日月无光。画风到此，有人之形，物之状，山水天海之势，虽然没有真正风的自身形貌，然而，却画出了风的大小，风的强弱，风的性情，风的气韵。有风之画实际上仍是"无风"，有的只是风到之处给其他事物造成的情势和形状。

　　画风，是画有中之无，是将无形之物有形，是以有形之物的外部形态表现出无形之风的形势气韵。我喜欢看有风之画。我大概痴愚，难以从无风的静物画中看到画家的心境情趣。而有风之画则不同，风行之处，是画家心到之处，物貌人形是风造就的，更是画家情感之指抚拂的印迹。由此可知，画风之技，非手艺而是心艺。画风之境，乃是诗境，以可见写不可见，以物景写心景，啊，画风者，画心也！

城里生活的人如今也难见这有风之景了。风景者，风让景动而感人心也。都市里越来越多的是钢筋水泥的楼宇，立交高架的路桥，这一类人造世界里的事物，是不谙风情的。现代都市里的建筑，其基本的属性之一，就是风吹不动，雨打不变。想当初，杜甫老先生在浣花溪畔的茅屋，在秋风吹来之时，卷起屋顶的草，真正风吹草就动，让老先生写下那么一首《茅屋为秋风所破歌》千古传诵，使先生"安得广厦千万间，大庇天下寒士俱欢颜"的诗句，成为一代代中国人追求的社会公正的目标之一。应该说，到了今天，老先生的夙愿正在实现，中国人正在告别茅屋为秋风所破的千古惆怅。记得小时候，老师说共产主义就是"楼上楼下电灯电话"，现在这个图画已是平民百姓的寻常景，只是麻将牌桌哗哗，再加铁栅门铁栅窗，让你知道这里还不是共产主义之家。广厦千万家无论内囊如何，对大多数平民百姓来说是件好事，所以当我一听见政府说出"安居工程"四个字的时候，我就想到杜甫老先生，该说一声谢谢先生，先生算是提出"安居工程"的最早和最有影响的名人啊。他也是一个画风者，他画的吹破茅屋之风，画出了中国老百姓的安居梦。

　　住进高楼，一家一门，互不交往，更无心去关心窗外风景了。现代都市少有当年的画风者，原因简单，钢铁与水泥的世界，对风来风去，常无动于衷。风来了，不知，风去了，不晓，这种日子，不也太没诗意了吗？其实，心是一块风动石，只要心不死，住在哪里都会知风的行踪。住进楼群中，慢慢把"看风景"变成了"听风声"。听风知风情，听风知世情。冬天，暖气烧得足足的，让你懒懒洋洋，呆呆地与电视广告厮守。这时，会有风尖啸着掠过窗外，那凄厉的风声让我们记起这时窗外真实地存在着一个冰雪施虐的世界。夏日，待在空调机伺候的房中，清凉一隅品茗对弈，让你忘了身外的世界，这时风送蝉噪，如浪拍心壁，无休无止，让你记起窗外三伏的炎暑。更有身居高位深宅者，冬难听见风啸，夏难听见蝉鸣，不是不想听见，而是身不由己。我想尽管如此，不妨看画风者之画，不妨读听风者之诗。真正的民风民情不会只在舞台上，舞台永远是载歌载舞的"空调机"。画风之画与听风之诗，如茶，虽有苦味涩味，但能清心明目，正如那首《茅屋为秋风所破歌》，唱了千年，画一颗哲人平民心。

1996 年 6 月

描 云

　　不知你注意到没有，这些年在作家的笔下，描画云彩的文字少了。也许这个问题你连想也没有想过，当然就不会发现云彩何时飘出了作家们的稿笺。认真一想，道理也很简单。一是作家们在中国社会从自然经济向市场经济大转型时期，早已提前进城了，城市生活与农村生活的一个重要改变，就是不再"看天吃饭"。于是另一个晴雨表——股市行情代替了云朵在人们生活中的位置。还有一个原因也不可忽略，就是现代都市只有灯火辉煌，没有晴空万里，大气污染是城市病。哪位作家按老习惯想起要描写一下云海，灰蒙蒙的天只会让他慢慢改掉这个奢望。

　　我因为写诗，不由自主地对云彩格外留心。这种关心云彩的毛病，让我发生了以下变化：当我作为一个市民在城市生活的时候，我是一个业余的环境保护者，我对生活条件的评价标准，放在首位的是，有没有一块较为干净的云天。我在成都生活了很多年，这是一个几乎无可挑剔的城市，但就是天空实在难有一回真正晴朗，更难让人见几朵有形有状有边有沿的云。我在那个城市写过一本随笔集《秋天的伤感》，写了这个城市的秋景"看不到雁南飞，黄叶落，荷花残，但也为一种淡淡的忧伤所袭扰。坐在六层楼的写字台前，窗前少了阳光，天蒙蒙的，不时从彤云中洒下几丝细雨，让那些水泥墙们变得冷涔涔的……"这是我对这个城市的"状态"

描述，它表明我的"关心云彩"的诗人气质，在现实生存条件中的无奈。在现实中缺少的，我会在诗中去寻觅，这就让我进入创作状态时，特别注意云的美。云彩也就从生活的变成美学的了。

作为审美对象的云，是有不同品格的，有的很生活，有的很空灵，有的让人忘记了自己，有的又好像与人有同样的性情。回忆我生活过的地方，两个高原上的云彩非常让人动情。一是大凉山中的西昌，这个高原小城现在因有个卫星发射场而举世闻名。这个小城有个美名"月亮城"，我少年时代随"下放改造"的母亲在这个高原小城生活过较长时间。虽然家处厄境，但少年不知愁，常为这里的高天流云所吸引。我就读于一所农村中学，每周都有一天上山去为学校食堂割柴草。在山坡上最好的享受就是仰面躺着，望云起云落的无穷变化。大凉山地貌复杂，气流变化猛烈，云彩也就风貌万千，格外地有生气。在这个好像被世界忘记了的大凉山腹地，一切都像四周"刀耕火种"的土地，使人觉得生活的钟摆不会再动了。只有这些云彩让人产生幻想，想那些与镰刀和茅草无关的事情。另一块高原上的云彩也给我深刻记忆，那是陕北高原上的云。天是蓝格莹莹的，云是白格生生的，悠悠地飘来，又悄悄地飘走，像一群羊，只是少了个拦羊的后生。大凉山的云剽悍而多变，奔突驰飞，挟雷持电。陕北的云则多是循规蹈矩，平和安宁。这与它们面对的山形相似呢，还是与那里的民风相近？

这些都是平民百姓的云，那些名山胜地的云，则与之不同。泰山的云，曾让我写下这样的诗句："疾！泰山飞云……／乱！云飞泰山……／狂！泰云飞山……／从深涧蹿出的幽灵／苏醒于露光曙色中／披着长长的纱巾／乘着时间之翼／向上腾飞／好个疾好个乱好个狂／活了这满山的树／满山的花与草／满山的石头／连石头上钢凿的碑文／也舞蹈为狂草劲书！"这样的云，是有了侠气、仙气还是帝王之气？我说不清楚，我觉得我的诗只记下了我的感觉，这感觉又恰似看云，可见而不可得之。有了距离就有了美，进了其中，茫茫一派连自己都找不到了。

　　描云的是谁？好像你和我都知道，想一想又确实不知。若有所知，则知那是无心无意地书写，休论是写意还是写实……

1996 年 6 月

听 雨

　　写下这个题目，便不自觉地在心里吟诵起那些熟悉的诗篇，而且大多是古人的句子。雨，大概是古典的，而且常常当人们进入一种诗化的境况，才会从喧嚣的市井声浪里逃出来，逃出来的耳朵，才能听雨。听雨有三个条件：第一是心静而神动，心静者不为市井或朝野的得失荣辱而悲喜，心平如水，不起波澜；神动者，是心神与自然呼应，天地万象，胸中百感，互交互合。第二是独处一室，或书房与书为侣，或山中小亭坐对群峰。第三是有雨。说到这里，话题的主角就出来了，听雨者，与雨为朋，其喜怒哀乐，无不是因雨而起。

　　我赶走那些如雨脚一般敲击我心窗的诗句，它们虽美，但吟哦的是他人心曲。雨声已经伴千载百代的人，抒发自己的情怀。像永不退场的乐师，耐心地为一个又一个的登台者伴奏，他只是在人们不觉察之中，调动自己的琴弦。疏雨漏梧桐，春水洗杏花，剑门斜雨细，古城涤尘轻……这些都是人们久唱而常新的曲子，它们让我们只能相信，雨声是个能为每一个人伴奏的好乐师。

　　这是六月，久旱无雨的京都，下起第一场透雨。雷声沉沉地滚过，把都市里嘈杂的市声驱赶，然后是闪电，是风。好风啊，让窗外一排高高的杨树，起舞俯仰地欢迎，满世界都是叶子的笑声！然后急急敲下一排雨脚，如碎玉，如奔马，如瀑布狂泻——

……我相信这个世界比我岁数大，我躺在床上，听雨声从窗外跳进屋里来，又沿着白石灰抹的老墙往上爬，爬出一道道渍印。这是我最早的记忆，好像是我们搬进那座南方老城一条叫斌升巷的窄街。那是一个旧公馆，房子是木结构为主的，木框里砌上砖抹上白灰。我们的房子背墙临街，墙的上部有两只小窗，用来通气透光的。小窗很高，又从不开，布一张挂满灰尘的蛛网，让人想到许多故事。故事是雨声送进来的，这是我对这个世界最早的印象：雨夜里两只高墙上的窗，窗上挂着一张蛛网，网不住的雨声和更声漏湿了童年。（前两年我调出这个城市，妻子说我不喜欢这个让雨水锈满青苔的老城。）

……我有一段让大雨泡着的记忆，那是1966年秋。那年本是我参加高考升大学的日子，"文化大革命"一声炮响，升学成了泡影，父母又先后被"革命的群众"揪了出来，我被派到川滇边界山区农村"搞社教"。正是屋漏偏遇连阴雨的时候，在山区待的几个月，也没有见到几回晴朗的天。心里下着雨，外面也是雨，风声雨声，让人心怵。山区搞运动，免不了天天晚上的会。山里人住得分散，一家守一个山头，我这个小工作队员，每天就戴一顶大斗笠，提一盏马灯，风中雨中满山地转悠。田坎又窄又滑，一下雨就变成了鳝鱼背，真不知一天摔多少跤。啊，这也许是我命运的象征：漫天风雨，长夜窄路，一盏孤灯，一张不知是雨水还是泪水洗了百遍的脸。（到现在说到"文化大革命"，我的耳边就响起，一片暴雨在一只斗笠上踢踏的声浪。）

……我对雨声的记忆不全是灰色的，或是苦味的记忆，也有温馨的时候。那是在陕北，夏天终日在秃山峁劳作的我们，就像在火炉上烘着的红薯，每天都望着天上有块能下雨的云，每回向"伟大领袖"献忠心仪式，都少不了加一句"雨露滋润禾苗壮"求雨的话。高原的雨少，下一次就真叫恩赐。下雨可以不出工，可以凉凉地躺在炕上，听雨声让高原有了笑语，听苞谷拔节的脆响，让自己干涸的心，也有一个绿草般的梦。（庄稼人听雨能听出的快乐，这种快乐进城后就少了，至少不是那带着土味和草味的快乐了。）

听雨，是听时间的脚步声，只是各人有各人的雨声，这是我刚想明白的道理。

1996 年 5 月

干 净

　　最早听到的表扬之一就是干净，如同另一个词，听话。干净比听话要用得多。"这孩子收拾得真干净。""这孩子真爱干净。"都说你干净，夸的却不是同一个人。也许，我们最初对汉语中的微妙差别，就从这不同的干净里找到。

　　读董桥文章，说："人和文都一样，要干净，像屠格涅夫，像初恋。"这句话也说出了董桥文章的风格，干净。放给另一位，一提笔，就来个人品与文品，然后人品如何，文品如何，一致又如何，不一致又如何，如孙二娘的裹脚又长又臭，也就干净不了。

　　爱干净的文人，一张稿纸也是干干净净。看以前科举的状元卷，千言长文，字迹清秀，没有点滴黑污。叹曰，真干净。这个干净里包含的是学问，是功底。现在用电脑打出的文章，也是字迹整齐，字黑纸白。有人说，真干净。这个干净，说的就是机器好，与文章无关。

　　干净的打印文章，作者方便，编辑方便，最后读者也方便。只是从此没有了手稿。手稿对于大作家，是个宝贝，可以拍卖，还能收藏。只是为了留下手稿，不用电脑，也对不起这个科技时代。没有手稿也一样会有好文章，而且图书馆里也干净得多，一排排光碟，一尘不染，闻不到旧纸堆里的霉味。没味了，好还是不好？

　　干净的另一类是文字干净，又叫骂人不带脏字，好的杂文就该有这水平。有的文章，从头到尾都是引文，上至孔圣人，下至本单位的现任首长，一堆古今中外的唾沫星子，就是没有文章作者的点滴见解，这也是干净的一种。别小看脏字，脏字有时比不脏的字值钱。比方说，干净的字从文章中删去了，删就删了，不留痕迹。不干净的字删去了，常是让人打上几个□□，表示这里曾有脏字来过。就好像名胜古迹上刻"××一游"。

　　还有另一类文字，今天少多了，也难见一回，那是"运动"中的汇报和小报告材料。现在读一些当过右派和各种分子之人所写的回忆文章，说到自己的冤枉和半生蹉跎，不少都是由某些人的小报告和汇报信引起。这些小报告和汇报信，文字大多干净，且爱从伟大而崇高理论出发，因此还有光芒。这种干净，如同杀人不见血。杀人不见血的事，也算做得干净，不留痕迹。读回忆文字，处处可见被害者的不平，好像到目前为止，还没有读到那些运动中"口诛笔伐"冲锋者的忏悔文章，可见自欺欺人的干净，也是一块发霉良心的遮丑布。前几天，有位先生正大口大口地吐出"道德……原则……"这些干净字眼，坐在我身边的一位，低声说："别信他的，那年就是他带着造反派抄了我的家！"啊，以为干净的文字也可以当水，冲干净不洁的手，洗干净不洁的嘴脸，那么，良心呢？

　　"人和文都一样，要干净，像屠格涅夫，像初恋。"真这样，这个世界也就跟着会干净多了。

1999 年 1 月

行者的云水

　　几天前出行，坐在车上朦胧睡意，脑子却在另一条轨迹上行走。过了五十的人了，暗自叹了一口气。五十年人生旅程，十年一站的返回去，倍感世事沧桑，白驹过隙，那窗外风景也是白云苍狗般地生出无限风情来。人生如行者，行者的云水也就各有境界了。

　　第一个十年，是从和平宁静走进了迷茫不安。童年随着南下的部队在城市之间的移动，哈尔滨、北京、南京、武汉、成都。记忆最深的是成都，记得的也只有成都，在成都读了保育院的大班和两所小学。母亲在反右运动后被下放到边远山区西昌，两年后没有被召回，于是我离开了成都，坐了三天的长途客车，在大凉山腹地的西昌，开始了我的另一段山区生活。这是一个凄凉的转折点，然而，我乘坐的那辆长途客车上，一大半是"四川省建设社会主义青年积极分子代表大会"的代表，一路上他们唱着支援山区的歌儿："请到我们西昌来哟，攀枝花儿向你开……"唱了三天，让我这个十岁的孩子也以为自己应该高兴地面对这个变化。从坐着公共汽车上学，变成走十里山路到庙里的学校读书，好像也同样阳光明媚。西昌的阳光实在浓烈，让我常用陆游的诗来对自己说："山重水复疑无路，柳暗花明又一村。会好起来的，面包会有的，牛奶也会有的……"

　　第二个十年，是在动荡和不安中度过。三年自然灾害，一个接一个的政治运动，"文革"和大规模武斗，在这些大风大浪中，父母被揪斗，家境日渐窘迫，最后，我离开大凉山，到陕北延安插队，陕北有我一个亲哥哥。父母当年在延安，日本投降后接到组织命令急赴东北工作，于是未满周岁的哥哥只好送给了当地农民。哥哥是生产队长，我投亲而去，和北京知青一起插队。风浪险恶，家事飘零，好在有一处土窑洞藏身，好在年轻而自信。记得那时毛泽东有到大风大浪中当接班人的说法，我自知无班可接，但也常念朱熹诗句："昨夜扁舟雨一蓑，满江风浪夜如何，今朝试卷孤篷看，依旧青山绿水多。"这是一种行者的云水，无路可走，也就自信一回，真心务农。在亲哥哥调到公社兽医站当干部后，我在生产队被选任过半年的副队长，虽不采菊东篱，竟也能悠然独对南山。

第三个十年，是在大悲大喜大起大落中度过。喜事者，十年动乱结束，父母平反，父亲官复原职，母亲恢复老红军待遇回到省城休养所，我考上大学进了北京。大起大落者，陕北务农换了三个生产队，最后为生计应招去了军马场，马场放马落马受伤后任场部保管员，为保护公家财产受到围攻毒打，得表彰入党并被调到工厂，工厂当青年干事团委书记又到了机关工作，考上大学不久，受误解陷讼事，被人写了"内参"，继而毕业分配受阻，北京原准备接收我的几个单位均不能接受我，经多方帮助到成都任编辑，到职不久，一家省报和一家刊物联手批判我"精神污染"，我坚持不检讨，诉讼没有结果。这些日子，常到杜甫草堂旁的农舍茶馆与友人喝茶聊天，消磨时光。茶馆有杜甫诗："水流心不竞，云在意迟归。"这也是行者的云水，学会等待，学会在逆境中的平心静气。

第四个十年，是在走出逆境和面对逆境中度过的。走出逆境者，拖了八年的官司终于了结，批准批判我的省上某首长在一次座谈会上对我说："不打不成交嘛。"随后任命我为《星星》诗刊副主编，报刊的批判以不了的方式了之。这是文学走红的年月，随着原主编退休，我成了机关一个部门领导，进入了沉浮"官场"；随着刊物发行量年年上升，刊物在文学界影响增加，闯入了"文坛"旋涡；权力争夺，流言蜚语，诬告陷阱，人际摩擦，让我大开眼界，再次认同杨万里名诗："却有一峰忽然长，才知不动是真山。"行者的云水，四十难得不惑！

　　第五个十年，是在继续学习行走人生中度过的。这十年中，自己最大一个变动就是放弃工作了十二年的职位，到北京工作，从头开始，从坐冷板凳开始。老诗人孙静轩曾劝我："你在成都算个人物，到北京可不容易。"也有人暗示，我是受省上重视的"考察对象"。但身边的文人变政客，朋友变脸色的事情，让我怕自己也生出蝇营苟且的面目。京城人际空间大，升官的有升官的空间，不当官的也有自己的活法。到北京不到十年，无仕途可言，也不问仕途何在，尽职办了一本刊物，偷闲写出了十本书，知足了。大都市的好处就是路多道长，只要你愿意，就能自己走自己的路，走到王维所说的："行到水穷处，坐看云起时。"这行者的云水，在天宽地阔，也在心宽眼阔，天人合一，此为另一解。

　　行者的云水，是你无法选择的世道炎凉，是你能够选择的人生风景。

2000 年元月

海 韵

今天夏天，六月在南海里游过泳，七月在黄海里游过泳，八月又在渤海里游过泳，回想起来，几次游泳给我非常不同的感受，令人回味。也许是在同一个夏天分别在三个海的海滩边上游泳，对比也就鲜明，有了对比也就有这篇小文章。

六月，在广东电白的海滩，这里叫虎头山，又号称中国第一滩。长滩平沙，银白色的细沙漫铺在整个海湾里，给人以柔情的诱惑；而海水总是波涛滚滚，洋溢着热力和情感，当起伏的波浪跃上海滩，就迫不及待地变成白色的浪花，雪浪花在柔软的沙滩上舞蹈，无休无止。在炎热而潮湿的夏季，这样的海滩给人以亲切的呼唤，尽管头上的阳光像金色的芒刺，脚下的沙粒灼烤着脚板，人们还是毫不犹豫地投向大海。走过烫人的干沙，在海水漫到的滩面上，有一个个的小洞，小拇指大的洞，密密麻麻，当人走过，小蟹就匆匆逃离，宁静的沙滩立即生动起来。生动的还有一次次漫向脚边的海水，那海水用温暖的舌头舔着脚趾，吸引着我，又引导着我。当我扑进大海之后，温暖包围着我，啊，南海的水是热的，热乎乎的海水，渗入我的体肤，沁入我的心扉，让我体会到怀抱中的体温。当然，如果只是这样，还不是大海，南海多浪，在深海处是起伏的涌，那起伏不平的涌动，到达海滩时，就变形为雪白的浪花，雪白的浪花互相呼应相携，欢喜跳跃像一群穿着白裙的少女，跑过海滩，哗哗的笑声，还没有散去，

　　　　　草色・天韵——叶延滨精短美文 100 篇

又一排白裙少女跑上沙滩，溅起四射的水珠。当我完全投入海的怀抱，我感到的是她的热情，她的力量和她的激烈。南海是风暴生成的地方，在南海的波浪里当一回弄潮儿，就知道为什么那些力量巨大的风暴儿子从这里向四面出击。当夜色降临，天与海融为一体，云彩与浪花融为一体，这时候，我的耳边只有大海波浪的喧哗，我感受到的世界具体而又梦幻，那就是浪的拥抱与心的沉浮。

　　七月，在山东日照的海滨，这是一条美丽的海岸线，早年种植的防风林，已变成国家森林公园，刚刚贯通的海滨大道将树林、草地与花园穿成一线，形成一个环海风景旅游区。这里的海滨，总体地说，像青岛，像北戴河，是那种进入人们世俗生活，成为城市居民的海滨。黄海的海滩平坦而舒缓，从海滩向大海深处走去，走上几十米甚至上百米，也漫不过人的头顶。日照的沙滩要比北戴河的更细更柔，也要比青岛的更清爽洁净，但她依旧是与城市一体的，像中央电视台有个倪萍，像春节联欢会有个赵本山。进了城，依旧有乡下人的亲和力；是乡下人，但日子早不是乡下人的日子。在日照游泳，海浪轻拍，只是水里常有海草和悄悄浮起的泥沙。在这样的海里游泳，放心而放松，随意而随便，像上早市买菜，也像上邻居家聊天。上了岸，冲去身上的咸水和沙子，便又继续城市的日常节目了。日照的市民比我们这些游客更简便，一家子穿着比基尼和三角裤，骑着摩托车便直奔大海，游完泳全身湿漉漉地又从大海直接回家，在自家的澡堂里接着冲洗。

　　八月，在辽东半岛的旅顺，这是中国北方著名的军港，也是中国历史上著名的海战战场，一百年前日俄战争，还在人们记忆中散发出硝烟。《旅顺口》这本苏联作家阿·斯捷潘诺夫八十万字描写这场战争的长篇历史小说摆在我的床头。旅顺这个早于大连声名显赫的军港，现在悄然隐于大连这个繁华都市的霓虹里，成为大连一个区，一个安静的滨海小城。我在旅顺近郊海滨一家名叫"旅顺客舍"的度假村下榻。客舍紧靠大海，从住处出来，不足百步，便至海边。但这里的海滨，不好叫作海滩，一道高高的悬崖，分开了山坡与海水。涨满潮时，海水逼近崖脚，退潮时，让出一小湾海滩，露出一湾石头和嶙峋的礁盘。海水涨潮退潮，但少有风浪，静静地涨起来，又悄悄退下去。在风平浪静的涨涨退退中，有军舰无声无息地出港进港。在满潮时，我在客舍下的海里游过一次泳，虽是八月，海水还是有些凉意，不动声色的海水清澈见底，海滩的石头都有棱有角，让人不敢轻易驻足。严峻的海岸，清澈却难以亲近的海水，让人敬畏。

　　在南海我被六月太阳晒得脱了一层皮，在黄海我呛了一口七月的海水，而旅顺礁盘的贝壳在八月划破了我的脚趾。

2000 年 10 月

望月独行

中学同学来信，说是"西昌高中六六级三班同学会"，在国庆长假期间，想要聚会一下，问我能否回去。我没有回去，新买了一套房子，忙着装修搬家。西昌对我来说太远了，三千里山水迢迢。西昌高中六六级三班也太远了，三十年的岁月烟云。他们属于少年的我。我的少年在那个地方度过，母亲下放到西昌，西昌当时是距离省城成都三天车程的边陲小城。母亲下放两年了，没有调回省城，我就离开成都，到西昌与母亲共同生活，这时，我到了读中学的年纪。

我在西昌读了三所中学。第一所中学是西昌专科学校附中，中学设在邛海边的一座大山的老庙里。邛海是西昌著名的高原湖。我曾写过一篇短文《老庙》，留下了我在这所中学一年生活的记忆。第二所中学是川兴中学，是所乡村中学，三年自然灾害时期，我在这里读书，同时学会了种菜、割草和打柴。最后考上了西昌高中，读完高中后，又在学校度过了"文化革命"最初的几年，然后到陕北延安插队。几乎十年的西昌，留给我最美的是什么？眯上眼，脑海里浮动着一片银色的月光："空里流霜不觉飞，汀上白沙看不见。"这是张若虚的诗句，也是我梦中常有的西昌月夜……

这是邛海湖滨的月色。刚到西昌时，曾任过宣传部长和刊物主编的母亲，是在一所师范学校当老师，那时正在流行《青春之歌》这本书，同学们都知道母亲像林道静参加过"一二·九"，因为受了处分下放到了西昌。学校在邛海边上，离城还有二十里路。我记得最初几个星期天母亲会给我一元钱，让我进城去看一场电影，那是我在省城星期天的休息方式。为一场电影，来回走四十里路，回家的路浸在月光里。西昌是个高原盆地，盆地中心是邛海这个高原湖，四周是环形群山。看完电影，出城时四周黑咕隆咚。夜幕中环立在四周的大山，峥嵘高耸，把天挤得很小。挤在一起的星斗，"大星光相射，小星闹若沸"。我常仰望这些晶亮的星子，叫自己忘却黑暗压过来的恐惧。高原的风把天擦拭得洁净如镜，好让那轮月亮升起来。山真高，月亮缓缓地向上爬，先是一片乳色，然后月色勾出大山的轮廓。刹那间，一轮明月跳出山来，给人的喜悦真如孟郊的诗："南山塞天地，日月石上生"！好一个石上生出的月亮，又大又亮，叫黑暗中的高原一下子生机盎然。天上一个月亮，邛海的水中还有一个月亮。两个月亮互相顾盼，"月下飞天镜，云生结海楼"，银色的光辉四处散逸，把归程抹出一路诗意。

　　记得四川著名作家高缨当时出了一本散文集，名字就叫《西昌月》。也许西昌的月亮真会比别处的可爱，一是高原天空格外明净，二是高原盆地地貌在月亮升起前后反差强烈，三是高原湖泊让西昌有两个月亮。然而对我来说，这月光，还是我阴霾浓重的少年生活中，难得而可贵的亮色。月下独行，这是我少年时代常有的事情。进城要走夜路，周末回家也要走夜路。在川兴中学读书，我是住校，我的学校与母亲的学校相距三十多里路，刚好围着邛海走半圈。星期六上完最后一节课，就是下午五点钟了。归家路上，先看日头西坠，落天金鲤似的晚霞游进苍茫的暮色，然后夜幕悄然低垂，让我听着自己的心跳，期待月亮升起来。在月光下，伴我独行的还有那些美轮美奂的诗句。"白云映水摇空城，白露垂珠滴秋月。"啊，千年以前的李白，也知道会有一个少年，在边城湖泊的月下前行？"老兔寒蟾泣天色，云楼半开壁斜白。"李贺的诗常让少年的心伤感，其实，月光给我的是一种淡淡的温馨，像回家路上另一端的母亲目光，还像牵动我勇气的自信。说实在的，离开省城去边城西昌和母亲作伴，我并不知道情势的险峻。母亲也许永远被贬放于一个山区教师的讲台，而且日后连这谋生的职位也被剥夺。我去了西昌，也陷入四周阻隔的人生困境，像暮色四起而没有月亮的时候，四周是高耸的黑暗，和黑暗中的群山！

"文化革命"开始后，母亲被揪斗，在省城当大学校长的父亲也成了"黑帮分子"。我在学校正式成为"可以教育好的子女"。在令人窒息的高压中，我策划了一次突围和逃离。约上三个同学，半夜一点钟在学校贴出一张大字报："我们要步行长征去见毛主席。"算是告诉大家我们出逃的理由。然后，四个人背着行李背包、铝锅和脸盆，悄悄离开学校。那一夜，我们在又大又亮的月亮关照下，开始了人生第一次长途跋涉。四个半月后，我们行走了六千七百里路，在隆冬腊月到达北京。

出逃那一夜的月光真好。我记得，因为不是月下独行，身边还有三个同学，心底升起一种豪放之情，啊，"谁为天公洗眸子，应费银河千斛水！"少年不知愁，说走也就走了。

月光下的边城西昌和月光下的少年情怀，都成为梦中的清辉，远远的，飘逸的。

没有回去参加同学会，收到西昌寄来的"同学录"，上面有与我一起月夜出逃的三位同学的名字：张云洲、王守智、陶学燊。

2001 年 2 月

草色

　　说是春天快到了，反倒多多地下起雨雪来，隔三岔五，晴一阵，阴一阵，雪花飞飞，小雨蒙蒙，将天地间涂抹出一片乳色。城市里的春天，这多雪多雨的春天，真够烦人了。从高楼的窗户往外看，还有一些情趣，北国风光，白雪飘舞，高楼低屋，皆披白纱。雪天里的城市，显出宁静与安详，不那么乱七八糟地瞎起哄地灯红酒绿。只是这雪，中看不中用，城市的雪天一出门，就犯嘀咕，交通阻塞，汽车开不起来，人行道也滑。人走过，车开过，就变成黑泥浆，到处乱溅，催得市政府一道又一道地下"扫雪令"。春天该是什么样子呢？窗外的小雪又变成小雨，小雨极细，犹如雾丝，让人想起韩愈的名句："天街小雨润如酥，草色遥看近却无。"多好的春意啊，官高位显的韩愈，能给后人留下这样美妙的春景，朦胧飘逸，最巧在草色，遥看已有一层青色，近看却无新草。这比"春风吹又生"，"映阶碧草自春色"还要早的春之色，大概只能叫眼明又有慧心的诗人捕获了。

　　这样的春色在现代的都市里难以寻觅。坚实的水泥层，覆盖了整个城市，在这样的"天街"无论是小雨还是大雪都不会让它们"润如酥"。果真如酥了，就叫"豆腐渣工程"。城市的草色是规定好了的，一方方的草地，是从草坪公司运来的良种小草，像地毯那样打卷运来，也像地毯那样铺进铁栅栏围出的草坪里。据说近年城市铺上的草是进口的良种草，冬天不会变黄。走过这些草坪，三九严冬，小草们哆哆嗦嗦地坚持绿色，一种干瘪的绿色，近看是草色，远看却无，像一块绿油漆刷过的地面。

诗意是会消失的，"遥看近却无"就是消失的诗意。我不是一个鼓吹怀旧的诗人，农耕文明的诗意，背后也有绝无诗意的生活与艰辛劳作。此刻，我正在一部旧电脑上打这篇短文，我知道也许用一只毛笔和一笺蔡侯纸来谈春草更有情趣；但是，我已经习惯用指尖的敲击来引出头脑里的思绪，而不是笔墨的挥洒。现代都市文明就这样毫不在意地用水泥的挥霍，抹去了一位古代大诗人眼中的春意，当然，在这个缺少草色的都市里，一个普通市民其生活的物质与精神内容，也许大大超过了草色美妙年代的高官显贵们。

草色是富有者的奢侈品，在农耕时代，一个荷锄求食者的眼中，草色也许有另一种含义。"今夜偏知春气暖，虫声新透绿窗纱。"这是唐代诗人刘方平的七绝《月色》中的后半联。他把春气中的草色写出声来了，当是漂亮的名句，也是让诗人欣喜的草色。可惜，这两行诗给我留下的是另一种草色，没有诗意的疲惫的草色。那是在农村插队当知识青年的时候。我在陕北插队，春天到了，春气暖了，满山遍野的野草也精神十足地长出来了，于是，漫长的锄草农活开始了。清早，在"虫声新透绿窗纱"时，队长出工的哨声比曙光更早地破门而进，惊醒了春梦，上山锄草吧。你见过陕北的山峁吧，像馒头似的，像波浪似的，也像一个个光脑袋，我们从春锄到夏，一条垄一条垄地锄，一块地一块地地锄，一面坡一面坡地锄，一架山一架山地锄！山峁上没有树，光秃秃，但没有锄过草的山峁，有青青的一片草色，锄过的则黄黄地露出土色来。我们就用这五寸宽的锄头，勾、刨、锄、铲，像剃头匠一样精心地剃光这一座座山峁。那时，我的心情如何？收工后，坐在窑洞前的土台上，让山沟里的风吹干身上的汗水，抬头望去，看到又有一架山变成了土黄色，而草色青青的山峁越来越少了，心里就感到爽快："快了，晒太阳的日子快过去了。"当然，这与真正农民的想法还有差别，农民是这样说的："今年的草锄得干净，秋天也许收成会好点。"

也许，当我们在怀念草色的时候，这种诗意发出的另一个信号："很好，又有一些中国人成了不为吃饱饭而发愁的人了。"在肚子的事情不再占据脑袋的主要位置，脑袋里的草色就会悄悄地蔓延开来。"白昼绿成芳草梦，起来幽兴有新诗。"北宋政治家寇准的诗钻进了我的心田，是因为我听到了这种的消息：陕北地区将大面积实行退耕还林。啊，我的父老乡亲，他们将不再年复一年，用铁锄剃去满山遍野的草色。那些山坡上的小草，会让空气也变得清新。春气正暖，草色更翠，草尖上挂着的露珠，有一滴是我噙在眼中的泪……

2002 年 4 月

梦醒听风

　　半夜风紧，住进高层楼房后，常为风声惊起。楼高风也大，也许是建筑设计的原因，只要是西北风，擦窗吹过，会拉出长长的哨声，尖利而刺耳。梦醒夜半风正峻，那些风又拉哨又摇窗，折腾的劲头就像刚出道的歌星，除了嗓子没有到位，浑身上下的功夫都使了出来。风吹醒梦，听风啸窗外，竟联想到新出道的歌星。这是怎么回事？世事如风，人生如梦，多少人这么说过？细想，也不完全是消极之词。换个说法，人生无梦又是如何，窗外世事没人去追风赶潮又会如何？

　　从记事起，好像就没有过不做梦的夜晚，不光是夜晚，大白天午休，也会有梦相伴。原来以为是"神经衰弱"，后来读到黄庭坚《六月十七日昼寝》里这两句诗："马龁枯萁喧午枕，梦成风雨浪翻江。"不禁一笑，原来大诗人也常做白日梦，也就放心地任梦白天黑夜地来访了。也许梦境好坏与人的境遇分不开，黄庭坚名流大文人，在驿站里听见马匹啃食草料的声音，梦里也变成了风雨大江波浪翻滚的场面。这是什么象征呢？诗中还有两句："红尘席帽乌靴里，想见沧洲白鸟双。"原来是官场奔波劳累，在梦里也是一番沉沉浮浮的景象。所以，我以为老百姓说的有理，没做亏心事，半夜不怕鬼叫门。鬼叫门是什么，就是梦见恶鬼讨债，冤鬼索命，风流鬼勾魂之类的险情。我基本上不梦见鬼，梦得最多的是考试。总是考试迟到了，考试走错考场了，考试看不清考卷上写的什么了，特别是考外语！

我早就超出让人考的年纪了，但"试场噩梦"却常常让人再一次惊醒。想一想，也是，现代的知识分子，要比科举时代的秀才们经历的考试更多。从小学到大学，再考研究生考博士生，小考大考毕业考升学考托福考应聘考，一辈子都在和各种老师玩猫捉老鼠的游戏。等到被考的人戴上博士帽了，于是鼠变猫，新教授大人们又兴高采烈地去考另外一些想变猫的小老鼠们。手里拿着答案，背着手走在考场里，看那些年轻的额头怎样变出了皱纹。我不反对考试制度，比方说，"文化革命"结束后恢复高考制度，考上大学才改变了我的命运。但是，我同时也想说，考试是我前半生出现最多的噩梦。这是人生的悖论，也是人生的苦涩。

也许人生与梦境有一种互动的关系，梦中常会展示出自己没有察觉到的另一面。爱国诗人陆游："夜阑卧听风吹雨，铁马冰河入梦来。"少年时这句诗就征服了我，我曾把陆游当成最敬重的诗人。也许青春年少时，都做过类似的梦，而且多是睁着眼在做这样的梦。这种主动请缨的人生之梦，在我一生中，真实的却很少。写作大概是我发自内心而且坚持下来的梦想，其他的也想过，想过当科学家，当将军，真的还认真学过数理化。但除了写作，其他的梦都破了，因为那些东西捏在别人的手上。剩下一支笔自己捏得还紧，这只笔自己不放下，就会写下去。破碎的梦似乎没有影响现实中的我，一切按部就班地进行。只是那阴影会在梦里出现，我常常梦见分配，分配上山下乡到一个完全陌生的荒野，分配工作去干我最不愿意做的事情。梦醒以后，我会长出一口气：没关系了，那只是一个梦。按弗洛伊德说法，少年时的事件会影响一生，我想，少年颠沛动荡的生活，一次又一次由别人主宰的命运变化，确实在内心烙下很深的印迹。好在三十岁以后，生活中的变动都是自己决定的,有成功也有失败,但没有了"当木偶"的悲哀——自己手和脚都被无形的线吊起来的悲哀。

也许,我已是到了梦醒听风的年纪了,梦醒也只是醒了一半,人生的路还要走下去。北宋诗人曾公亮有诗:"枕中云气千峰近,床底松声万壑哀。要看银山拍云浪,开窗放入大江来。"诗人梦醒听风,壮心不已,竟有开窗放入大江来的气概。大概诗人生性豪放,也许诗人入世心切,总之,这种心境令我拍案,却不认同。我认同另一种人生态度:"卧看满天云不动,不知云与我俱东。"何等佳境!大江东去也,江舟东去也,浮云东去也,我与之同行。只缘同行啊,心与云、天、水,皆静。

2002 年 5 月

罗诗兄

　　罗诗兄下海，只因为一餐饭。罗诗兄本来的名字叫什么，大家都忘了，只有身份证上写着，谁也没有和罗诗兄一起坐过飞机，于是那个名字就比名字的主人更早地退出了这个人世。因为罗先生在诗界是个忠厚长者，四十多岁了，还在和一帮青年前卫诗人一道激动，所以，罗诗兄就成为这圈子里的兄长兼追随者，"诗兄"之名也就远播海内。罗诗兄下海的那一餐饭局是在成都一家有名的刘嫂火锅店。成都曾是中国前卫诗歌中心，罗诗兄到了成都就拜访诸路先锋掌门人。然后，齐齐聚在刘嫂的笑容下，点菜、开涮、敬酒，各路先锋争着举杯："罗兄，在火锅店为诗兄接风，不成敬意，主要是随意，有个气氛。喂，今天我埋单付钱，大家就给我这个面子嘛！""哪能！哪能？罗诗兄到成都头一个电话就打给我，没得说，我是今天的东家，坐坐坐，莫要争！"火锅热，啤酒爽，诗意浓，罗诗兄深感诗友们的情意，放胆畅饮。不知不觉过了量，酒一上了头，便什么都不知道了。醒来后，发现自己躺在刘嫂火锅店前堂的长椅上，小姐走近，笑吟吟："先生，你请的客人都有事情，先走了，叫我们关照你。歇好了吗？这是账单，请你过目，不多，打九折，一千七百元，零头就免了，先生是付现金还是……"付完钱，罗诗兄走出饭店门，自己怪自己："唉，诗穷而后工，我怎么没想到，他们的诗写得那么好，哪能有时间去挣钱？让诗人的手去摸钱，那是亵渎了诗人的手啊！"他觉得让诗界弟兄为难了，他想：我是当不成先锋诗人了，当个诗歌后卫吧？

不久，罗诗兄下海到了成都，开了一家火锅店，名叫"罗诗家"。牌子挂出来，都说不是火锅店名字，于是改成"罗吃佳"。罗诗兄的火锅店一开张就火了一把，晚报上大篇文章《诗人火锅店诗意沸腾》。这文章让"罗吃佳"一时间人满为患，"为患"二字从何谈起？看的人多，吃的人少，看的把吃的都挤跑——这算不算"患"？有啥看头？门匾是本城诗画一绝的大诗人题写：日昌晶。三个字什么意思？只知原来有个饭铺名叫：口吕品。这多加了三横，怎么讲？就值得一看。还有对联，也是绝对，叫好的人不少，说看不懂的也多。比方说：腹中精料诗书画，锅中热情天地人。再比如：百味一勺精神气，千盅半行意趣象。门匾对联都是雅品，菜单更是罗诗兄诗人天赋的展示。佳人玉臂——藕片、爱情手巾——毛肚、青玉案——黄瓜条、分外香——黄花、薛蟠赋诗——牛鞭……就这样，热闹了一个星期之后，罗诗兄的火锅店冷清下来。这让罗诗兄十分困惑。请教朋友，才知道他又弄错了。这"罗吃佳"太雅，如果不是写诗的人，进了门摸不着头脑，心里发毛，一看菜单就抬屁股走人。写诗的朋友，穷要面子，白吃不好意思，白吃一顿两顿说是捧场来了，第三次就不好意思不掏钱。真要掏钱，他们宁肯掏钱看刘嫂的阿庆嫂式的笑脸，也不想读罗诗兄的诗意菜单。不到两月"罗吃佳"诗歌火锅店就死硬了。关门。

我知道的罗诗兄的故事到此就该完了，但这么完了，罗诗兄就太惨了点，我也不该让诗坛再加上一个悲剧故事。后来……

后来，罗诗兄请教了一个高人，把火锅店变成了酒吧间，取名"罗亭酒吧"。而且请了两个晚报娱乐版记者，写了一篇悲情报道："让情人告别爱情，让诗人告别诗歌——罗亭酒吧酷在伤痛处。"宣告酒吧一是为分手的情人服务，二是对决心不写诗的诗人效力。文章一出，罗亭酒吧一开张就门庭若市，而且经常是情人们和诗人们争座位发生斗殴，让传媒兴高采烈地进行炒作。一段时间罗诗兄的见报率仅次于周润发。不知为什么，分手的情人越来越多，搁笔的诗人也越来越多。罗诗兄在商场得意之时，也为情场如此多的失败者，诗坛如此多的落马者，大惑不解。后来，他发现，他的顾客都成了老顾客了，怎么是分手分不开，还是告别不了？都不是，是什么呢？是情场分手的人，都在分手后选择了埋头写诗，写失恋的诗；是告别诗坛的诗人都学着找情人，而且总是找到失败为结局的情人。

"唉，想不到，我还是在为先锋诗人们当后卫哟。"罗诗兄长叹一口气后，埋头数钱。

2003 年 11 月

夜声

现代社会是一个夜声喧哗的社会，如果除去被叫作"噪声"的那些声响，夜声是梦境的背景，当我们闭上双眼，那些不同的夜声，会让我们走进不同的世界。

最早的现代感，是来自铁路。曾在深山里的一个工厂工作过四年，山大沟深，像巨大的屏风围起一个封闭的世界，静悄悄的夜，让梦沉入深潭，很难再浮起来，于是生活的死水在深夜，更添人孤独。只是那列车的声音，远远的传到耳朵里，像一颗石子落进深潭，一圈又一圈的涟漪，让人觉得大山与外界的门打开了，隆隆声浪越来越响，会让人想象那些明亮的车窗，一串明珠在山间蜿蜒，然后渐渐远去。此后的夜依旧静，潭水依旧深，只是水面上有了浮莲，墨绿的叶片上滚动着水珠，而那淡黄色的睡莲花就像梦一样张开了……

夜声最为热烈的是河水的声音，那是土地的脉搏，哗哗哗，极有节律，又能让人感到力量和渴望。白天听不到河水的声响。在河岸居住的时候，我正在上中学，我与母亲一起生活，母亲在一所师范学校任教，这所师范学校建在河滩上，一道河堤把校舍和河流隔开。河水在夜里才大声地喧哗，像下晚自习的学生，让夜里响出一道道浪花，只有青春才能溅起的那种浪花，响亮清脆而又透明。我总在想，我能从大凉山深处走出去，大概与河堤旁的夜声也有关系。母亲受到错误的处理从省城下放到这偏僻山区，过着流放者的生活，但对教师工作的热爱和对学生的关怀，使母亲在这里度过了二十二年，直到满头白发，才回到省城住进了休养所。我在河流的夜声里读中学，大概青春的梦是以哗哗的河水做背景，向远方，向远方，在大山和深谷中奔腾穿梭，任凭生活的浪拍打，我的梦才走得远远的，在中学毕业后，离开了母亲的流放地……

夜声是长空的雁喉。那是陕北高原的夜空，夜深沉如同景泰蓝的蓝色，镶嵌着明亮的珠宝。在都市里，是很难见到这样湛蓝透澈的天空，在我最穷困潦倒的插队年月里，拥有如此富丽的天空。穷人的天空都是最美丽的，因为穷人说这是我们的天空，但穷人不知道怎么去占有它，也就不会去弄脏它。夜空虽美，但陕北的夜是沉默的，偶尔从村里传出几声狗吠，更显出沉默的好处，安宁和本分。在这山沟里，只有知识青年的梦不会安宁，知识青年的心不会本分。望着夜空，问天，像屈原那样问，唯一的回答者是月亮。月亮不像太阳，知识青年对太阳说我爱太阳颗颗红心向太阳，太阳却用高原上无遮无拦的阳光，剥下他们一层层的皮。我在陕北，肩头在一个夏天脱了三层皮！但月亮不开口。问，我能回家吗？月亮圆了然后又缺了。问，我家里的人都好吗？月亮缺了然后又圆了。就在月亮不开口只是以又圆又缺的辩证法对付这些当代屈原时，金属一样美丽的天空，柔柔地飘出一声声雁喉。雁声轻轻，让月亮躲进云彩，高原蒲公英一样散飞起这天地间的游子心曲……

夜声是松林的涛声，在万籁俱静时，这涛声响起，就让人感到天地间正充盈一股浩然正气。在心灵被羁的岁月，住在山里，与树为侣，树是苍松，老者已有百年高龄，幼者也才排成行列。当风——天地间自由的精灵，掠过松林的时候，沉寂的森林就响起一阵又一阵涛声。低语如耳语，高起来如歌唱，那是队列前行，脚步沙沙，还有从胸膛发出来的呼喊，然后如万马奔驰，大浪裂岸，鼓角齐鸣！一下子，寂然无声，那余音袅袅，正回荡在自己的胸间……

夜声是心灵留下的声音，不是用耳朵就能听见。那是岁月掠过灵魂时，与灵魂的一次对话，心录下了，也珍藏起它。

读到好文章，犹如听夜声，引人进入作者的梦，那梦好深好静，只有一片绽开的睡莲等你，只有一声远去的孤雁唤你！

2004 年

记车牌号的母亲

前些天成都市邀请参加一个诗歌活动。杜甫草堂外的浣花溪旁，辟出了个开放性的诗歌公园，我们出席公园剪彩仪式。草堂已经成了繁华的闹市区，一幢幢崭新的楼房，将草堂围在中心。草堂变得像进城的乡下人，怯怯地坐在高楼新宅中，保持着安静，唯有安静是草堂最后的尊严。也许这安静也有价，门票六十元一张。于是爱进公园喝茶打麻将的成都市民，难得迈进这个高贵的去处，而把草堂留给外来的游客，让他们在静静的草堂里听杜甫的诗，也发一点天地之悠悠的感叹。

我的感叹不会远回唐朝，只回到半个世记前。那是刚解放不久的成都。草堂寺、百花潭与浣花溪，这几个毗邻的近郊好去处，是成都市民春节"赶花会"和春天踏青的地方。这片成都西郊的风景地，是我童年记忆的导游图。我与母亲住在锦城西南的"将军衙门"附近，向西就到青羊宫。青羊宫是一座道观，它名气大，因为每年春节"花会"在此举办。青羊宫边隔溪相望百花潭。刚解放时这里是个小型的动物园，从青羊宫到百花潭，浣花溪相隔，那时没有桥，用木船架起浮桥，过桥收门票。我第一个幼儿园"成都育才保育院"，就在百花潭的后面。周末回家和星期天返园，都要路过百花潭。动物园里关小动物，保育院里关小朋友，大概"同命相邻"吧。青羊宫还算是城区，尽管是在城外挨着老城墙。百花潭多了一道溪水与城墙相望，完全是乡下风景了。再往西行，就是杜甫草堂，老成都人都叫草堂寺。原先这里是有一座寺院，后来香火少了，名气压不住杜甫了，草堂寺也就改叫杜甫草堂。当年杜甫在此住了三年零九个月，此后自唐以来，代代修葺扩建，到清代嘉庆年间最后重修完成，形成现在这个规模，一座很了不起的园林建筑群。小时候我常常在草堂里游玩，原因是父亲所在的大学，位于草堂西面的光华村。解放后，旧大学进行调整重组，十三所大学和专科学校合并成"四川财经学院"，父亲在这所学校担任领导工作。四川解放后，父母从武汉一齐进川，分别在川南两个地区工作，父亲在乐山任专员，母亲在内江任地委宣传部长。1952年后，父亲调进成都组建大学，母亲也进了成都，但已被错误地处分，开除了党籍，降为成都市教育局的中教科长。父母也因此离了婚。我和姐姐就经常在"将军衙门——青羊宫——百花潭——杜甫草堂——光华村"，这一条路线上来回往返于父母之间。

　　那时，这条路线就是野外远足的乡村郊野路线。公共汽车只开到将军衙门西面一站的通惠门，再向西就出了城。我们平时和母亲住在一起，寒假和暑假才到光华村住在父亲处。老百姓往来行走，只有两种交通工具。独轮车也叫鸡公车，多运货物用，也坐人，人坐在车头，推车的人在后面推。这种车走得慢，但载重大，压得独轮叽叽咕咕叫，得了"鸡公车"的名字。另一种就是人力车，成都人叫黄包车，坐起来比鸡公车舒适，两个车轮也大，拉车人一溜小跑，也快。一般人外出难得坐它，相当于现在的高级出租车。成都人称之为"包车"，可见不便宜。我们姐俩去父亲学校度假，母亲就要叫一辆黄包车。坐黄包车去光华村，相当于今天的出租跑长途了，是件大事。母亲总是在街头认真挑选，一是慈眉善目的老实人，二是要身板好的年轻人。找到车子后，母亲总是再三叮嘱，然后记下车号和车夫号衣上的号码。才扬起手与我们告别，一直在街边望着我们远去。

那时，从城里到草堂再到光华村，很长很长的路，路上行人也少。沙土的马路，没有铺柏油，难得有汽车开过。偶尔有一辆车开过，就会扬起漫天尘土。汽车真少，汽车也没有汽油，驾驶舱旁挂着大炉子烧木炭，边跑边喘，一口气上不来就抛锚。这样的车，一路上也见不到几辆，但有两旁田野茅舍，"锦里烟尘外，江村八九家。圆荷浮小叶，细麦落轻花。"也真是童年记忆中的美景！

如今，杜甫草堂变成城市中的盆景。高楼如云，车水马龙。站在这里，真的找不回我的童年了，还有那个记黄包车车号的母亲……

2005 年

说玉

　　说到玉，一块凝脂般的玉镯，就在眼前，说是和田羊脂玉。看到它，让我想到月光，月光铺在秋天的夜晚，一层又一层，铺得久了，成了霜。那霜如此晶莹剔透，纯正的晶体，不染纤尘，真是从嫦娥那广寒宫而来，无影无踪地飘入凡世间，月色如烟，如风，如霰，也如一美人走过，留下缥缈的身影。也许玉，就是一段久远的思念，有情的思念，有泪的思念，无邪的思念，这个世界最美最纯的东西就是让你思念中觉得自己也如月光一样轻盈升华的瞬间。这瞬间真的存在过！那就是一块凝脂般的玉。

　　说到玉，这碧透如镜的一块玉，就在眼前。真是玉？不相信，但不敢说它是玻璃，因为透出那寒意，高贵得如冰山之胆。洁白得刺骨，一尘不沾，大概就是冰川孕育。所有在春天骚动的空气中，禁不住诱惑的，都化成春水，滴入山溪，汇入江河，欢腾雀跃之后，与泥沙为伍。只有这玉，冰川之灵，冰心不化，高洁如初，让人不敢久视！玉之品格，大概从那千万年的冰雪之乡，能找到缘由。

　　但它毕竟从天庭降于凡世，从冰山雪峰走入温柔人间。说到玉，想到一部书，与玉有关的书，又不是说玉的书《石头记》，又叫《红楼梦》。我知道这本书的时候，是我的童年，也是《红楼梦》尚不走红的年月，所以，《石头记》在旧书店的架子上放着，没有人问，但，旧书店的老板顽固地让《石头记》放在醒目的位置，让我很纳闷了许多日子。《石头记》没人问津的时候，人们也不关心玉，不佩玉，更不谈玉。"玩物丧志"，那时这四个字很有分量。肯定地说，那时候的玉也和我们共存于天地间，只是消失于人们的视野，叫"销声匿迹"，收藏者，那时候重在藏，藏而不露，秘不示人。我第一次知道玉，是上中学的时候。那天学校旁的工地，挖开了一座古墓，说是清代以前的墓，葬的是位官员。文物部门清理了墓内物件，据说最值钱的东西，是墓主人口中含的一块石头，那石头是宝贝，宝贝叫玉石！这是第一次听说玉，也第一次知道玉可以放在死人的嘴里。想到此，总感到那石头阴气逼人。直到现在，谁要说他那块玉是古玉是某朝某代的传世之物，我总难免想到那个被刨开的古墓。当然，这是"时代的印迹"，不要说一块石头了，就是几百年的艺术珍品《石头记》在那个年代，不也是被看作封建社会的有毒之物嘛！好在后来毛泽东常说它的好话，说它是封建社会的百科全书，还从中看出了不少阶级斗争的动向，于是《石头记》才变成了国家出版社限量印行的《红楼梦》。从线装影印本变成了铅字书，与《三国演义》《西游记》《水浒》取得了同样的"行头"，我于是有幸读了这部千古佳作。于是才知道，这块"石头"是真宝玉，不是假宝玉，中国几千年的文明巅峰上，一块奇绝之玉！

读《红楼梦》，初读无味，是因不解其味，读得多了，发现此书有玉的品格，一是"温"，二是"润"。事物都要如此地看，先看《水浒》，大块吃肉，大碗喝酒，大刀砍人，虽讲了个痛快，却没有了思想，更少了情感，干柴烈火之"烈"，能持久否？再读《三国》，那时没有易中天帮您嚼烂掰碎的《三国》。好比进陕西饭店吃羊肉泡馍，要自己动手掰饼，有自己动手的味道。现在易中天在电视上的《三国》是机器切饼，端出来的"羊肉泡馍"是新派菜，不一样了。读《三国》比《水浒》厉害，说的是征战天下，写出来的却是阴谋与阳谋。虽然不烈了，但却"冷"！多读几遍《红楼梦》，才感到真是一部奇书，"温"情脉脉中写尽世态炎凉，"润"物无声中展露万千风情——好一块奇石宝玉啊！

真是三十年河东，三十年河西。世风大变。如今无处不讲"收藏"，人人好像都是贾宝玉。只要是个文化人，脖子上挂玉，腰带上别玉，见面就招呼："你看我这块是不是老货？"张开五指，掌心里还捏着一块玉。男如宝玉，姑娘呢？现在红透天的是"超女"了，如果贾府的闺秀们，生在今日，谁能当"超女"呢？最有可能的当然是薛宝钗，还会有问题吗？黛玉如何？她不会去凑这个热闹。她在哪儿？在家里坐着，坐着看刘心武在电视上讲"红梦"，她一边听一边想："我们家没这个亲戚，他怎么什么都知道呢？"黛玉哪里晓得，这也是在玩玉呢！把玩《石头记》，好像手里捏着一块玉，越捏越"温"，越揉越"润"，感觉好极了……

2006 年

追忆

　　其实就是一列火车从身后开过去了。

　　先是声音，渐渐放大的车轮与轨道的撞击声，好像一下又一下地敲打着胸脯，从咕咚咕咚变成轰轰隆隆。这声音在敲打大地的胸脯之前，先叩打过那些一根根整齐排放的枕木。枕木是一个时代的士兵，真是士兵！他们原先不会想到后半生要躺着，躺在两条冰冷的钢轨下，他们原先是站立在大山上，是一群山野村夫，自由自在地活着。有太阳照着他们，让他们伸展枝叶，"好好学习，天天向上"。谁说的这八个字？不管是谁，这句话对于阳光下的森林是美好的祝愿。有快乐的成长，当然也有快活的回忆。在云雾弥漫的山岗，生长着的不只是树干里一圈一圈的年轮，那些年轮是永生的记忆，在以后躺在道碴上的漫长岁月里，这些与枕木同在的年轮，总让他们在坚硬的道碴上一次又一次承受雷霆万钧的重压之后，唤回云雾缭绕的往事。云雾和霞光中的往事，与青春有关，与浪漫有关，花有香味，小草有柔情，凡被选作枕木的树，都是挺拔峻峭的树中好汉，一春又一秋，就这么风去云来，就这么看鸟儿做巢，任松鼠和猴子们游戏，无忧无虑，天天想，啊，多幸福呀，天生我栋梁之材。是的，唯一觉得少了点什么的时候，就是想到"天生我材必有用"这句老话的时候。老话厉害。让青山绿水霎时间无色无味，少年不知愁滋味。这点少年忧郁，在坚硬而又灼烫的路基上，回想起来的时候，不再是青涩的苦恼，而是苦涩而甜蜜的"乡愁"。什么时候有了乡愁？就是离开站立了半辈子的大山的那一天，那一天！那一天有人夸自己了："真棒！"那人用手拍打着树干，仰着头围着自己转了一圈，然后，搓着两只手，还往手心里吐了点唾沫，举起一只呼呼叫的机器，靠近了树干，吱！……以后，以后就被巨大的震动唤醒了，醒了，却动弹不得，两条巨大的钢轨压在身上，几根像鹰爪一样的钢钉抓紧身体，让一个个呼啸的巨大的钢轮从身上飞快地轧过去，轧过去，再轧过去，把所有关于树和大山的形象轧成记忆，把枕木这个新身份轧进年轮，把关于站立的所有习惯轧成回忆，把躺着，一动不动地躺着，变成命运确定的生存方式。当然，枯燥而艰辛的生活开始了，作为报偿，常听到这样的话，"社会前进的战士""时代的尖兵！""承担起时代的重负！"等等，这些话，开始是听不懂的，不仅枕木听不懂，我们不也一样吗？时代是什么？见过？什么模样？听多了，也就觉得你知道"时代"是谁了？还有什么"社会责任"什么"历史使命"，好像我们都知道说的什么，真的知道吗？天知道！（我记得，当这些伟大而堂皇的词汇弄得我头脑发昏的时候，也是"文化大革命"闹得天昏地暗的时候，想想也怪，文化怎么大革命？人类发明了许多空泛而伟大的词汇，大多数时候，是当一个人头脑发昏时用它们来使更多的人也晕菜！）好了，这个世界少了一片又一片的森林，森林里少了那些参天大树。人们假装忘记了这一切，因为它们像阵亡的士兵，一排排地躺在铁路钢轨下。人们知道它们想什么吗？它们在想站立的那些岁月。人们甚至包括叶延滨在努力歌颂这些躺下的树，"啊，托起时代的车轮飞速向前，你们是战士，是骄傲的勇士，你们和铺路石为伍，你们让春天的列车带走希望……"多么向上而昂扬的句子，写这样的句子，是因为他没有躺在那里。也许没有错，敢有牺牲多精神，这就是枕木的光荣。烈士总应该得到光荣，枕木就是烈士，是森林死去的儿子们！工业革命的烈士们，枕木！工业革命，既然称为革命，就会有暴力，更会有牺牲。人类用暴力掠夺森林，将那些撑起天空的森林王子们变成工业的奴隶，剥掉上帝赋予它们的美丽的外衣，截断披挂着绿叶的手臂，然后用工厂的法则，将它们变得彼此一模一样。最后，再用烙铁烙上不同的编号，一串长长的数字告诉枕木："记好了！你不是第一个殉难者。"事情就这样开始了，就这样从暴行变成了荣耀，就这样变得理所当然，变得成为枕木也认为这就是"栋梁之材"的用武之地。铁路一寸地向前延伸，一棵棵的树就倒在路基上，让整个路基成为森林的"士兵公墓"。铁路像蛛网一样充满这个小小的世界，这个世界也充满了森林的哀伤和痛楚。一年又一年就这么过去了，一次又一次那轰轰隆隆的时代最强音，惊醒了枕木们的梦，梦里有不死的乡愁！

这一天，又是一列火车开过来了，没有什么新奇之处，只是，列车运来的不再是枕木，而是水泥和钢筋铸成的"水泥枕木"——屠杀中止了……我这么想，这一天，我离开了秦岭深处这个小站，我从这个车站的站台上，看到了那列运送"水泥枕基"的货车。那年是1977年，那个车站叫横现河，我在车站旁的一家工厂工作了四年，那天，我离开它，调回四川的母亲身边。哎，枕木回不去了，我向钢轨下的最后的躺成一排的士兵告别，转身登上列车，消失在秦岭的云雾深处！

2007 年 2 月

钉在纸板上的蝴蝶

　　这就是标本，哦，多美啊，标本就是这样的！我看到那些钉在纸板上的蝴蝶。我的自然科学知识也许最早就是从这纸板上的蝴蝶开始。这个开始就该说不错，如果最早看到的标本，不是蝴蝶，而是一团什么病变了的内脏，或是一副恐怖的骷髅，我也许就不会成为一个诗人了。有人说，诗人就是永远用童心去看待世界的人，那么，只有用童心去看钉在纸板上的蝴蝶，才会产生诗意的联想，去看内脏和骨头架最好不要有什么联想。每一个小孩，也许最怕与死亡有关的事物，最早的恶作剧，就是在黑房子里，大叫一声："鬼来了！"然后撒腿就跑！

　　这就是标本，就是一次死亡的记录，死亡的恒定和死亡的姿态。只是死亡变得不可怕了，变得美丽而可爱了。真奇怪，有的死亡让人畏惧，有的死亡让人怜爱，而蝴蝶之死保持着它最美的姿态。蝴蝶并不漫长的一生，先是卵，后是青虫，再是蛹，最后是蝴蝶。我没有见过自然界中"善终"的蝴蝶是什么样子？只见过不慎被蛛网沾住的蝴蝶，在蜘蛛缓缓爬向它的时候，无助地挣扎。也见过，翅膀残破的死蝴蝶被一群小蚂蚁举着，一摇一摆地拖进蚁穴。也许这是钉在纸板上的蝴蝶给我留下的最早的错误的生死观："做一只标本，传之千古，多美好的事情啊。"当然，这是童心"思无邪"的邪恶念头，无论如何，死亡是一件可怕的事情，纸板上的蝴蝶迷惑了我的最初的判断力。

这就是标本，也是一次屠杀的证据。当然是屠杀，屠杀这个词也许分量太重，但生命有大小之分，有轻重之分？没有，应该一样的，在这个世界上所有的生命也许应该珍惜和爱护。当然，我们可以用这样的行为，找到道义上的支撑和道德上的解脱，为了科学事业，对于这只小蝴蝶，这是一次献身，生命有了意义和价值。不是吗？人类对于自身也是如此，平凡的生命，死去以后，付之一炬，而伟人们浸在防腐剂里，睡着了一样，让人们去观看，这种观看叫瞻仰。我瞻仰睡着的伟人或英雄，不知为什么会想："他万一睁开眼睛会怎样奇怪地瞪着我这个陌生人呢？"

　　这就是标本，让死亡变得美丽的诱惑。对于我，它最早的诱惑是："我要当个生物学家！"生物学家多浪漫啊，戴着白色的太阳帽，举着捕捉昆虫的网兜，在飘溢着花香的草地，追逐蝴蝶。这当然是对职业片面的解读，只是增加了我对生活浪漫的热情，并没增添我的生物学知识。正如后来热爱米丘林，现在的孩子恐怕不知道他了，他让我在缺少苹果的童年，对梨苹果产生无限的憧憬。好在这一切都是孩子的梦想，如果长大了，手上有了无限的权力了，还这样浪漫地对待"钉在纸板上的蝴蝶"，后果显而易见。其实，摆在我们各级首长桌上的总结、报告、先进典型材料，大多数是文字制造的标本，是另一种"钉在纸板上的蝴蝶"！

　　这就是标本，是美能比死亡更长久的证明。我渐渐长大了，那些小纸片上的蝴蝶不再让我迷恋惊叹了。但它留在心灵的一角，常在夜深人静的时候，从沉沉的夜海中浮起来，让我回到那最初的岁月，闻到纸的气味，闻到花香和青草间的泥土味……

2007 年 5 月

另种忆旧

　　深圳的作家协会主席李兰妮，一起开会时，送我一本她的新著《旷野无人——一个抑郁症患者的精神档案》。读了，受益匪浅，这个世界还有这么复杂的心理问题。我觉得，我还不是一个抑郁症状严重的人，但我也想给自己当一回心理医生。那些幼年受挫感最强的事情，抑或是让人一辈子难忘的事情，细细思量后才知道那叫尴尬的事情，想一想，还真有那么七八件。

　　头一件，是兔子的事。那时还没有上幼儿园。随父母南下，住在长江边的小城泸州的一个招待所里。解放初期，招待所里都是穿军装和列宁装的人。我们是从武汉沿长江入川，在泸州上岸，父母在等待分配工作，在招待所里住了不短的时间。招待所不大，一幢小楼一个小院，大人都忙，没事可干的，只有我，还有所长的一群小兔子。记得小兔子，是因为出了大事故。小院的墙角堆着一堆空木盒，好像是电灯之类电器的包装盒，整齐地码放在墙角，也成了我的玩具。一天，正玩小兔子住楼房的游戏，把一只只小兔子放进木盒里，再把木盒子原样码放整齐。正玩得开心，大人叫，便跟着大人出行了。大概过了好几天，所长见我和母亲，说道：真奇怪，小兔子不见了，跑了，还是叫人抓走了？听到这话，我突然想起几天前把小兔子塞进木盒的游戏，自己害怕，大哭起来！后果很严重，死了不少小兔子。我开始知道人是会做错事情的，自己也会是"坏孩子"。

第二件事是蛮蛮的事。我随母亲到了成都,还没有办好进保育院的事项,便和同院的孩子一起玩。邻居与我差不多大小的男孩叫蛮蛮。那时,逢年过节,天上会有飞机撒传单,红红绿绿的纸头,在半空中飞舞,十分好看。那时老百姓没钱订报纸,有收音机的人家没几户,所以政府用这种办法搞宣传,一是喜庆,二是把口号和政策印在传单上,也让老百姓知晓。传单在半空中飞,孩子们心里就痒痒。传单下面的街巷里,总是一群群的小孩追着传单跑。蛮蛮从小没出过院子,我却没有"院子"的概念,拖着蛮蛮便和一群大孩子一起去追传单。不知道跑过了多少巷子,和蛮蛮也跑散了。我捏着几张传单,回到院子里,所有的人都在问我:"蛮蛮呢?"蛮蛮丢了,找不到家,后果很严重!全院子的人忙了两天,那时没有电话,没有广播,没有报纸,只有去一个派出所又一个派出所。还没有等蛮蛮找回家,母亲赶紧把我送进了保育院。等到蛮蛮从派出所找回家,我却进了保育院,那是所有孩子开始失去欢乐的地方。

保育院在一所老宅里,主人原是个大官,宅子不小。插班进去读中班,没有多少人理会我,一个人在一群人中间,比独自在家更孤独。这一天,还出了个事故,因为没有人告诉我厕所在何处?保育院是临时在这所老宅里,新保育院正在郊区修建,所以,厕所是在一所大房子里放一排小马桶,早上孩子起床第一件事就是坐马桶。我是新来的,不知道这个特殊的厕所,好不容易找到放马桶的房,还挂上一把锁。后果很严重,我拉在裤子里了,这件事让我大失面子,让班里小朋友嘲笑了好多日子,让我知道融入"家"是真好,家里不会发生嘲笑自己的事情,而融入一个新集体是件不易之事，第一课就是在嘲笑中面对陌生的脸。

第四件事情，是上育才小学一年级。我发现我前排的那张桌子，比我的好，还有一个钥匙扣，我立刻动手，将这张桌子换过来。第二天，前面那同学发现自己的桌子被我换了，便与我打了一架，他个头比我大，我吃了亏。老师也不向着我："怎么见着好的东西就想要？别人的桌子好，那也是别人的，知道吗！"后果很严重，开学第一天，这就是学校第一课：自己喜欢的不一定是自己的，这个世界除了自己，还有许多"别人"。

育才小学是省政府的子弟学校，学生都住在学校，学校有两种管理学生的人员。负责管理生活的叫阿姨，阿姨大多是南下干部一些文化低的家属，她们岁数大，对孩子也厉害，孩子们都不喜欢她们。教书的叫老师，老师都是部队文工团和青年学生中招进来的，老师年轻漂亮，比方说我们的雷老师部队文工团转过来，班上的同学都喜欢她。我的母亲有次出差到北京开会，星期天是她带着我逛街，和漂亮老师一起在大街上走，开心地忘了周末没有人接的滋味。后来我们发现有一个男的常来找她，同学们十分讨厌他，也觉得雷老师是个"叛徒"。我二十年前写了一篇小说《星星的河流》，就是写小男孩的这段经历，不叫失恋，也不叫失意，反正后果很严重，知道世界上还有这样的事情，你喜欢的人会去喜欢你不喜欢的人，而你没有办法改变它。

这些事，都可以说发生在"不懂事"的童年，大人们原谅了自己，就是用"还不懂事是个孩子"这句话当成理由。然而"不懂事"，其实是很严重的问题，后果很严重，别人可以忘记，可以不说，可以不追究，但自己却不会忘了，因为这些事，让我觉得做得不好，也很没有面子，让自己看不起自己。重要的是"懂事以后"还会做错事，让自己真看不起自己，想起来，有一件事终生难忘。读中学，学校里搞运动，发动学生给老师贴大字报，我是班干部，工作组要求干部要带头。怎么办？写老师"反党反社会主义"？不行！写什么呢？于是写了一件事，到老师宿舍交作业，发现已经毕业了的高年级女生躲在老师的门背后，我就写了这事，批评老师对同学"有亲有疏"。后来才知道，这比"反党反社会主义"后果更严重，"反党反社会主义"可以从宽，我说的这件事，工作组兴趣盎然，直查得老师和那位毕业了的学生结婚为止。这件事，老师还是用"不懂事"原谅了我，但我觉得其实我完全可以不写这屁事嘛！为什么写？那时候，比这严重的事情"和父母划清界限"这样的事都做了，也并不觉得做错了。因为那是一种"表态"，是父母要求自己做的，是"革命多年的经验"，因为只有这样才能为困难中的父母做事和帮助他们。但这件事，真的是"不懂事"，因为自己已经不是"孩子"了！"不懂事"这三个字，对于一个孩子是理由，对于一个少年是"责备"，对于一个成年男人则将是不可原谅的鄙视！

不要做事后会让自己看不起自己的事！——这就是童年那些执拗不肯让我忘记的小事大事糗事，其中的自责、无助、尴尬、失意和酸涩，一次次在提醒我……

2007 年春

街坊、同事和故事

　　老北京人挂在嘴上的"街坊"，和一般人的邻居不一样，大致属于"亲友"这个范畴内。因为胡同窄，门冲着门，抬头低头都要见，彼此也有个照应；也因为四合院变成大杂院，几家人住一个院，同一个水龙头，上一个茅房，谁家有个事，一院子人都知道。"知根知底"，就是这么来的。现在，住的条件好多了，住楼房，就是一个单元门里的邻居，谁也不认识谁，电梯里碰上了，打个招呼，电梯门一开，就各人忙各人的了。各家忙各家的，当然有各家的故事，只是现在讲文明了，不打听别人的事，甭说别家的事了，就是自家的孩子，多问了也不行："这是我的隐私！别问好不好？"人与人呀，不知根知底，也就远了。远得比电视剧里的人家还要远。以前同事们聊天，东家长西家短，就自己的街坊也能说一堆故事，现在可好，一见面，说"我爱我家"，说"双面胶"，说"空镜子"，一年又一年，好像电视剧倒是全体居民的街坊了。没办法，哪家人的客厅里没请来个大爷，那絮絮叨叨的大爷名字叫电视。

　　说街坊变远了，同事也一样，以前的同事，就是"一条战壕里的战友"，上班在一间办公室里办公，下了班在一个食堂吃饭，回家坐一辆单位的班车，就是家也是单位筒子楼里门挨着门。虽然说，早些年搞运动多，今天领导发动你批判我，明天我跟着新领导揭发你，心里结了疙瘩，但打断骨头连着筋，还得一起上班，一同坐车，一道排队买饭，斗来斗去，也是在"一条战壕里"，因为有这些事情，所以谁都知道谁的底细，知根知底，心里结着多大的疙瘩，遇到事还是首先找同事。

想起这个话题，是今天突然想起了母亲的几个同事，那时，我还是个孩子。母亲在我十一岁的时候，从省城下放到大凉山，在一所师范学校当老师。那时的大凉山基本上四个字：穷乡僻野，我与母亲做伴也到了大凉山。有多荒凉？记得头一个月，学校前的马路上就发生了抢劫案，学校的会计到城里领了工资回校，半途便被两个学生劫了道，还杀人灭口。学校建在半山坡上，山上的花豹钻进猪圈咬死了猪，花豹拖不动肥猪，便在圈内饱餐美食，吃饱了，竟然不能再从猪圈木栅栏钻出去，被人生擒了。门前有盗匪，后山有豺狼，头一次身处如此险恶的环境，便对身边的人特别关注。母亲的同事中，大多是当地的教师，也有不同凡响的人物，让人终生难忘。一位是学校的音乐教师，气度非凡，高挑美人，在这荒山僻野就是仙女下凡。她和母亲关系很好，常到家里与母亲聊天。她没有男人，却带着一个小女孩，小女孩不像妈妈，两条眉毛又浓又黑，像个男孩。那时总有运动，还时兴写大字报，一来运动，老师们的事就被好事者们写成大字报贴在墙上。写音乐教师的大字报总是用"糖衣炮弹"代替她的名字。问母亲，母亲说："别信那些，这是个不平凡的女人，读大学时，与学校一位地位很高的人发生恋情，有了这个女儿，为了保护那个男人，她主动申请支援边疆，来这儿当了老师。"这个女老师让这蛮荒之地，充满了一种温馨气息，让我从盗匪和花豹的噩梦中走出来，发现这里满山遍布着黄色的紫色的小花。后来，在"文化大革命"时期，一位头发斑白的男人，来学校里，先找我母亲，后来又与这位女教师见了面。他就是那个女孩的父亲。那次见面后，这位高级干部将女儿接回了省城，而音乐教师依然孤身一人，终老于大凉山这所平常的学校。还有一个男老师，对我母亲很好，因为我母亲在北京读书时，参加过"一二·九"学生运动，他总是这样对别人介绍我母亲："张老师就是林道静！"这位男老师是个混血儿，老爹是美国人。男老师喜爱游泳，学校前面有个大湖，让他十分开心，每天上完课就泡在湖水里。他能在水底潜水行走，这让我十分不解。他力气也大，学校里凡有义务劳动这类事情，他也一个人顶三个人。他像个大男孩也爱和孩子们一道玩。我问他："你为什么不去找你爸爸？"他笑着说："他是帝国主义！"如果说音乐老师像个仙女，这男老师就像个洋人王子，这穷乡僻壤也就有点"绿野仙踪"的味道了。只是很快，男老师就离开学校了。不久，三年自然灾害也影响到这里，学校一天就开两顿饭，一顿饭每人一个馒头或半碗蒸饭。这位体格硕大的老师，以前一餐就要吃四五个馒头，熬了几个月，实在饿得受不了，他便给那位美国老爹写了信。不久，上面便给他办好了所有的出国手续。看来，他那个爹还是个有权有势的人物哩。临走之前，他来向我母亲告别："大姐，不是我不爱你们，我实在太饿了，真的。"就这么说的，告别词简单得让人想忘也忘不了。

　　这两人是我母亲的同事，也算是我的街坊，当年在大凉山深处，一所学校里就有这么多奇人奇事，真是世界上幸福的人都是一样的，不幸的人都各有各的故事。在生活的底层，每个人都有一个生动而不平常的故事。只是我，也许还有我们，离他们越来越远了。门对着门的邻居，我们也许连名字都叫不出来。这是一种安宁，互相的尊重，也是一种平淡，淡得像电梯间浅浅的一笑。同事也是如此，上班在一起，下班各东西，这当然是一种进步，不再运动和战斗了，也就不再是一个战壕里的战友了。每个人也有自己的故事，但它在笑容和问候的后面，在礼节性的会议室年终总结背面。浮在上面的是规定性的动作，开会、签到、写一千字的总结，还有今天，新领导到了，寒暄，握手，读简历，介绍政绩，干干净净，套话和平庸的微笑。真让人乏味！不过，也许，这也是一种代价，互相尊重，保护隐私也保持距离，生活变得平淡而安宁。于是，我们都只好坐在沙发前，成了电视剧的街坊和同事，因为，生活如果没有故事，还能叫生活吗？

　　故事总在生活的深处，对了，作家们讲的老话"深入生活"，故事在生活的深处，那么，从哪儿深下去呢？从敲邻居的门开始，还是拿着个本坐在会议室采访先进事迹开始……

2008 年

蚂蚁爬过暴雨前的树丛

　　想起这句题目，是站在窗前，看到窗外三环路上涌动的车流。远远地望去，那些金属的小铁盒子，在四只滚动的胶皮轮子上，像一队蚂蚁似的列队而行。这令人想起了童年，童年最有自然特色的体验，就是在暴雨前夕，蹲在花园的树丛前，看一队蚂蚁匆匆地搬家。燕子低飞，蚂蚁搬家，大雨将至。这是最早知道的道理，气象学也罢，生物学也罢，简洁明了，而且生动直观，蹲在那里，嘴里念念有词："燕子低飞，蚂蚁搬家"，心里却在想："它们怎么知道要下雨了？它们搬到哪儿去？谁在下命令呢？它们怎么集合得这么快呢？"充满了问号的世界也充满了新奇，我觉得，我对这个世界的热爱，也许就是从看蚂蚁搬家开始，因为相似的问号在另外的场景产生，而在那样的场景中，我觉得我像一只蚂蚁。

　　那是面对一片宽阔的草原，眼前的一切，简洁为两种色调，一块是蓝色，一块是绿色，蓝与绿的相交点就是永远召唤你又让你永远无法接近的地平线。天苍苍，野茫茫，我们聪明的先人也只能选择这样空旷的字眼来表达内心的感受。空旷之美，世间之大美，单纯为无垠，丰富为纯洁。

　　那是面对一片荒寂的沙漠，沙漠上是烈日还有烈日一样灼烫的天空，灼烫的天空下是金黄无边的沙漠。仿佛这天空就是沙漠在阳光下幻化的灵魂，而这沙漠尽管每一粒沙粒都是死亡的证明，而所有的沙粒却起伏腾挪成沙丘，沙丘们舞蹈的热情会灼伤我们怯懦的心。空旷之美，世间之大美，热烈为无语，贫瘠为博大。

那是面对一派峰峦逶迤的群山，坚如铸铁的山岩在远处化为画师笔下的泼墨，而轻逸如纱的云雾又与重峦叠嶂凝成浑然一体的水纹。云雾与石岩难分轻重，群山与云海如同伯仲。千山鸟飞绝，飞翔着的是山的灵魂。空旷之美，世间之大美，寂寥为深幽，厚重为空缈。

每当我面对这样的大美之境，我会想到暴风前那一队匆匆搬家的蚂蚁。我知道那队蚂蚁并不像我们所感受到的那样"渺小"，它们迎接大自然的赐予，自信而有节，无论是晨光还是暴雨。这也是我们内心的召唤，走出家门，去草原，越沙丘，登山岭，会在面对大美之时，听到来自内心的生命赞颂。

空旷之美，对于今天的我和你，实在太重要了。我们有幸生活在一个物质相对丰富的今天，我们也不幸生活在一个物质充盈的城市。我们几乎变成了物化了的城市动物。我们的空间被丰富的物质世界充盈：楼群、街路、格式化的绿色植物和所有目光所及的事物！我们的时间也被紧张的物化日程充盈：上班、听报告、购物、交费以及眼睛闭上前接最后一个电话！

当我们的孩子不能蹲下来，在树丛边看到一队蚂蚁爬过他的童年，这也许是件小得不能再小的事情了，但它是一个信号，就是我们已经成为了"城市动物"。我们生活在一切都经过计算机程式化了的世界中：像一架架皇皇书架，每一本书都经典，都文化，同时也都落满灰尘；像一台台冰箱，每一样食品都营养，都保鲜，同时也都令人没有胃口；像一个个超市，每一个产品都诱人，都必需，同时也都写上了交易价钱！城市用各种办法填充我们的需求甚至欲望，把我们填得满满的，以至于内心没有一个小角落放下一个"自己"。

于是，我们被一种力量召唤，走出去，到空旷的草原、荒漠和群山间去，去像一只蚂蚁爬过暴雨前的树丛。

望着草原，让绿色浸染你的心灵；望着大漠，让风沙吹走充填你内心的那些办公室职场风波；面对群山，直到你想起了那句诗："前不见古人，后不见来者，念天地之悠悠，独怆然而涕下！"

这个世界就再次接纳你，这个世界会悄悄对你说："你真不错，你的生活应该不错，你的生活应该这样富有诗意……"

2008 年 1 月

一百元的传记

　　说到改革开放给中国老百姓带来的变化，当然要说到钱。要说到钱，就说一百元在我经历中的意义吧，也许，这会让每个人想到自己那本小账，那些经历。

　　我最早接近一百元这个数字，是"文化大革命"上山下乡。高中毕业了，大学不招生，城市也无法给青年人提供就业机会，就把青年们下放到农村去，自食其力，叫作"插队知识青年"。下乡前先注销了城市户口，给了一笔"安家费"。数目各地不同，我们发的是一百六十元，其中六十元交给农村生产队，修建集体住户。我去的生产队是个穷队，没有钱，就用这六十元把队里的羊圈粉刷了一遍，再把地上的羊粪铲了出去，垫上一层黄土，便是知识青年的集体宿舍了。于是一百元再加羊圈，就是我最早的"生活资料与生产资料"。这不是我一个人，这曾是一代人的生活起点，一百六十元，就将你从你熟悉的城市注销了，从住羊圈牛棚开始"接受再教育"。

　　我自食其力在农村第一年的收入，大约有一百元。其中实物收入是粮食三百多斤，每斤约一角钱，现金收入约六十多元。当然，粮食的黑市价每斤有一元多钱，但我自己张嘴塞肚皮还不够，那能去卖？所以一年总收入就只有一百元。我在生产队表现还好，当上了副队长，收入等级较高，每天挣工分九分，最高等级每天挣十分。因此，这也是"文化大革命"中一个农民的收入状态。

我参加工作的第一份工资是每月二十七元，军马场的仓库保管员。行政二十七级。拿了两年，军马场撤销了，调到部队另一个工程处。财务科说："哪来的二十七级？一级工还相当于二十五级呢。"于是我变成一级工，升了两级，拿三十六元钱。再一年升到二级，拿四十二元一角。这个标准一直拿到我以后上完大学。四十二元一角的月工资是化学工业行业的工资，这是除了大学毕业生每月拿五十六元之外，青年职工中较高的工资了。这是个什么概念？我记得一个老工人给我扳着指头算账："刚解放时我就拿四十多块，那时候鸡蛋两分钱一个，我一月挣两千个鸡蛋。现在市场鸡蛋二角一个，我只挣两百个鸡蛋！"邓拓写了篇《一个鸡蛋的家当》被批斗撤职。其实中国老百姓没有金本位，就是"蛋本位"。也就是说，我刚参加工作的工资是每月一百个鸡蛋，到改革开放前变成了每月挣二百个鸡蛋。这就是当时城市青年职工的生活水平，每月挣二百鸡蛋，已经不是一个鸡蛋的家当了，我心满意足。要问我当时最大的心愿是什么？我说过，"唉，如果正常升工资，再加运气好当个官，到退休能每月挣一百元钱多好！"记得同事立刻就给我一瓢凉水："到退休每月给你一百元，让你每月挣五百个鸡蛋？天天都能吃蛋炒饭，美死你！"

　　总算赶上好时候，改革开放了，虽然工资还没涨，我上大学了。上了大学还发表作品了，发表作品挣稿费，收发室小黑板上常有叶延滨三个字，让同班同学也有几个奋起写作。写作还得全国奖了。1981年，还是个大学生的我，风风光光从中央首长手上领了奖状。不仅有奖状，还有奖金。中国作家协会颁发的国家级奖金一百元。少嘛？那时我可真是不觉得少，两个半月的工资哪！从此之后，荣誉不只是挂在墙上的奖状了，还有奖金。虽然至今作家几年才拿一回的奖金总是比歌星丑星一晚上的出场费还要少，但总算有了，鸡蛋有了，小鸡也会有的。

1992年，我有幸成为首批获国务院政府特殊津贴的专家称号，这称号与津贴有关，每月发给特殊津贴一百元（刚开始我和另一位"年轻专家"每月只有五十元，很快就变成一百元）。这津贴在1993年相当于我工资的一半，按当年物价能买多少鸡蛋没算过，但毕竟一下子涨了百分之五十的工资啊。不过到现在还是每月一百元，会计都懒得月月发了，一年往工资卡里打一次："老叶，这个月你多了一千多，是今年你那特贴费。"有位拿特贴的朋友有点牢骚："特困户的救济费还年年升了，这特贴怎么越来越不值钱了？"我连忙说："咱不说钱，说钱就俗了，政府还记得发，就是没忘了你，要知足。"这话其实也是说给自己听。

之后，中国人民银行发行了一百元面值的大钞，一百元就变成人人都熟悉的物件了，一百元成了老百姓常招来挥去的平常物了，于是，在我的记忆中，一百元从此不再有故事了。

2008年9月

故事在水波的底下

　　眼前是一派波光荡漾的湖水，湖面不算宽阔，因为四周的高山环抱着它，所以，我们站在山坡上，能清晰地看到这高山湖泊的边缘。四周的高山，湖边的坝子田野，构成奇绝的美景。说这湖不算大，走一圈也有百十里路。望山跑死马，在高原这句话一定要记住，因为高原抬高了我们的视线，所以我们看得更远，因为高原的空气更加清澈，所以远处的风光好像就在面前。连那天空的云也格外的美丽，高山气流多变，云的姿态也丰富而多变，而且轮廓分明，所以，有观光者到这里，就是为了看云，叫作观看高原云象。我站在这里，我看到的和同行人不一样，因为他们是初来的客人，而我是重返少年的时光，也就是说，是四十多年前的岁月。那时，我的学校就在这座大庙里，现在大庙修葺一新，进门要收十元钱门票。而我在这所大庙读书的时候，大庙破败得只剩下几个泥菩萨了。山脚下的西昌专科学校办起了附属中学，没有校舍，就把我们这近二百个初中一年级的孩子，送进了大庙，不是出家，也不是习武，坐在菩萨的旁边读书。

　　不知道那些和我一起在大庙里与菩萨一起读过书的孩子，还记得大庙里的故事吗？我曾在一篇叫《老庙》的文章里写过它，写它的破败与荒凉，写它墙缝里厉害的臭虫和山门外的花豹，当然，留给我印象最深的是，它让我记住了一个饥饿的年月，站在这油漆一新的山门外，一阵饥饿的疼痛又咬住了我记忆的引线。怎么让你体会到一个孩子曾有的饥饿感呢？好哟，讲几个我永远不会忘记的细节吧。

半勺玉米粒。那是一个下午，我和两位同学指派参加勤工俭学劳动，协助食堂管理员去城里拉一车粮食回来。从学校到城里有十五里路，人力板车空车去，一人拉两人坐，不累。回来时拉上三四百斤大米，管理员在中间，叫作驾辕，我们各在一侧帮助拉，也还行，不算累。但出了力，就更饿，傍晚回到学校，一人一碗菜汤，比平时不参加劳动的菜汤稠，有菜叶了。主食是煮玉米粒，一人四勺。打饭的大师傅后给我打，打第四勺时落下去几粒，师傅又给我添了小半勺，大概就二三十粒。如果是大米就数不清了，玉米粒大，能数出来。大师傅把碗递到我手里的时候，同行的那位同学突然放声大哭，把在场的人吓了一跳。"怎么了？"同学依然大哭，委屈得直抽搐。问了半天，他才说："我，我为什么，少少了半勺！"也许今天的人听了会觉得太小气了，但那天管理员很认真地调查了此事，我们俩都没有动筷子，用一杆小秤，把两只碗里的玉米分别称了。大师傅手真准，两碗玉米竟然差不多一样重！这才相信了大师傅解释"破例"多加半勺的原因。在饥饿成为每个人每天最强烈感受的时候，半勺玉米让一个男孩号啕大哭是所有人认为十分正常的事情。那时所有的学生都在学校吃饭，八个人一桌，每天值班的同学负责分饭，分饭的工具是一杆自己做的小秤，像中药房抓药，把米饭分进八只形状各异的碗里。这是一件很严肃的工作，如果一个人当值之时分饭不公，耍了小聪明多占了别人的便宜，这是最大的事情，他会没有朋友："这个人连分饭都要搞鬼！"

饥饿让人变得小气，也变得没有尊严。这是一件让我回忆起来都要脸红的事情。大概是过国庆了，山下的专科学校领导上山来看望学校里的老师。老师也在大庙里住，老师也吃食堂。山下的领导给老师们带了几斤肉、干海带和一些干菜。那天中午老师第一次不在大食堂打饭，而是在老师开会的小会议室聚餐。也就是三桌人，每桌有一碗肉，几碗菜，主食是每个人面前一碗米饭，分量比平时多一点。今天看来，这是太正常的小聚会了，过节嘛，领导来慰问嘛。但那天的情形完全出乎人意料。所有的同学，都不去食堂了，都围住小会议室，里三层外三层。我也傻呆呆地站在会议室外的院子里。没有人召集，把所有学生召到这小会议室前的是肉香味！是进了学校就没有闻到过的肉味！都是十二三岁的孩子，闻到这肉味就傻傻地站在那里。1960年的国庆，我一生都不会忘记，从老师的会议室里飘出来的肉味。也许反差太大了，一座古庙，一群孩子闻到了肉味。也许今天的人永远不会明白，其实，我可以说出当时孩子们的心情："多香的肉味呀，为什么没有我的，哪怕一片肉，哪怕一勺汤？为什么？"孩子们不会明白坐在里边老师们的心情，静静地站着，一分钟又一分钟过去了。会议室里的老师没有一个人动筷子，会议室外的孩子没有一个人说话。空气都凝固了。最后是一位女教师忍不住了，她哭着从会议室跑出来，打破了这场可怕的沉寂，结束了"包围会议室"事件，记得后来人们用这样的话，讲述肉香引出的安静的"骚动"。

　　这就是我的初级中学，一座古庙给我的记忆。今天我站在这修整一新的"名胜古迹"面前，青山在后，碧水在前，而记忆就像面前湖水波浪下的鱼，重新游进了我的生活，那半勺玉米和可怕的肉香味引出的"安静骚动"，让我再一次回到1960年：一个坐在泥菩萨旁读书的孩子，他眼前的青山绿水都没有引起他的注意，他在看从窗缝里投进来的那缕阳光，那阳光再挪两寸，就可以吃午餐了……

2008 年

一根干瘪的胡萝卜

晚上看电视，电视里又出现了那位说东北话总是饰演母亲角色的老演员，妻子说："这演员真像咱家老太太，老太太真是个心善的人，我想到那个困难的时候，周末为你留的只有一根干瘪的胡萝卜。"她说完这话，一下子弄得我俩都沉默了。老母亲去世多年了，妻子一下子说起干瘪的胡萝卜，又把我引回到四十多年前……

这根干瘪的胡萝卜，让时光回到了四十多年前。那时，我和母亲都在大凉山的西昌生活。母亲是从省城下放到大凉山"基层锻炼"，下放后遇到三年自然灾害，无人过问，母亲就一直在大山里一所师范当老师，我也从省城去了西昌，给独自在大凉山的母亲做伴。三年自然灾害时期，我就近上学的"西昌专科附中"只办了一年就撤销了。学校撤销，农村来的同学就失学回乡，学校里少数城镇户口的学生便安排到其他学校读书，我去了川兴初级中学。西昌是川西高原中的一块坝子，也就是四周高山围起来的一块小盆地，盆地的中央是叫邛海的湖泊，这使西昌有了高原明珠的美誉。母亲所在的师范学校和川兴中学隔湖相望。在上世纪六十年代初，交通十分不便，我从家去学校，只能沿田埂走小道，老乡说，这段路有三十多里，我每次回家，都要走三个多小时路。

这根干瘪的胡萝卜让我又走上了那三十多里的田埂小道。学校是周六下午放假。川兴中学是川兴公社办的农村中学，几排干打垒的房子，再加一个平整出来的操场，便是学校，我刚去的时候，学校连围墙都没有，四周都是农田。有一条不长的土路连接进县城的公路，公路也是土路，没有铺柏油，也没有公共汽车。学校到城里有十五六里远。从县城再到母亲所在的师范学校也有土石公路，还是十五六里。开初从学校回家，胆子小，走到一半天就黑了，所以要走公路回家，公路上虽然没有灯光，但总有来往的行人车辆给自己壮胆。那时候，不光是怕黑，还怕狼，当地人叫狗豹子。不仅怕狼，还怕山上的彝民，大凉山民主改革在 1958 年才进行，在此以前奴隶主下山来抢人当奴隶的事，还让当地老百姓心惊肉跳，家里的小孩一淘气，大人就吓唬："还不回家，下山抢人的来啰！"那时，我才是一个十二岁的孩子，要在荒郊野外里走完三十多里路，实在是"弟弟你大胆朝前走"，没有人给我唱这支歌，只因为路的尽头就是家，就有想了一个星期的妈妈。我在这路上过了两年，越走越大胆，到后来就不走公路，沿着湖畔走田埂小道，这样会省两三里路，同时，走小路心里紧张，脚下的步子自然也急，总觉得能早些回到家里。直到今天，还能回想起那些田埂小路，那些蛙鸣和月色。能够为我的心境还和当时感受到的山野风景相呼应的有两本老书，一本是艾芜先生的《南行记》，一本是作家高缨的散文集《西昌月》。艾芜的是经典风光，苍凉而清凄；高缨是在西昌深入生活之作，浪漫而绮丽。两种情绪糅在一起，就是在大凉山乡村中学读书的叶延滨每个周末步行三十多里回家的心境。

　　这根干瘪的红萝卜让我回到了那个漫长而饥饿的乡村中学生活。三年自然灾害时期，中学生有每月二十七斤粮食的供应，由于没有肉、糖、油、蛋等副食品，二十七斤粮食分配到每天就是每日三餐共九两食品充饥。到了周六最后一餐的时候，不同家境的同学就会有不同的举动。家境较差的同学，平时吃饭时，常把自己定量的食品让给其他同学，说好周六的时候"偿还"，这些同学到了周六吃饭时，就会"收回"平时省下的米饭，给家人带回去。家境好的同学，就会把这一餐"还给"平时多吃几口"借饭"的同学，空着肚子回家去，吃家里的晚餐。西昌是山区，在三年自然灾区时期，靠湖的农家能偷偷下湖捉鱼，生活比较宽裕。靠山的农家，能上山采蘑菇、拾山货、打野味，过日子也能有点油水。苦的是种粮的农民，还有城镇居民，有钱也买不到吃食。周末回家，母亲总要给我留一点吃的东西。开始还有糕点，后来只有些杂粮饼干，到了最困难的时候，我记得母亲从抽屉里拿出来的是一根干瘪的胡萝卜。胡萝卜都放干瘪了，可以想得出来，母亲早早的就留着它，给予周六回家的爱子。

母亲是个不平凡的女人，她出生在东北大粮商家庭，不愿当亡国奴到北平参加"一二·九"，从此投身革命，历经磨难从不向命运低头。她被下放到大凉山的日子，那时我们国家在受难，我们这个家也在受难，何等艰辛凄苦，千言万语难尽。在抽屉里只能为儿子留一根干瘪的胡萝卜，这个细节，把一切都重现在我的眼前！

细节，就是生命蓄存的文件密码，一根干瘪的胡萝卜，对于我，就是生命中一段难以忘怀的岁月和亲情中永远温馨的母爱。而我们的文学艺术家们，成功的秘诀也在于此，用你真实感受过的细节，作为生命密码，去启动读者生命中珍藏的那一段生命记忆……

2009 年

童年最重要的十件事

　　每年到了暑假之前，中国的孩子们都忙着应考，考大学不必说了，全中国的媒体也跟着起哄，就进幼儿园读小学也要考，真是要命的事情。世界是我们的，也是你们的，归根结底是你们的，所以从幼儿园开始，独生子女们就肩负着爷爷奶奶妈妈爸爸全部的重托。每当这个时候，我就想到自己的童年，考试真的那么重要么？我想了十件在我记忆中仍然重要的事情，考试只是十分之一，而且不独占一项。哪十项事情呢？

　　第一，有朋友。无论是在幼儿园还是学校，最重要的事情是有朋友，有了朋友，这个地方就是天堂就是乐园，无论是在都市还是在偏僻蛮荒的山区。记得学会的第一个游戏和儿歌："找呀找呀找朋友，找到一个好朋友，握握手，敬个礼……"没有朋友的时候就感到这个世界遗弃了我。

　　第二，养小动物。养过蚕、兔子、狗、猫、蟋蟀、蝈蝈。养蚕的经历最重要。读小学是住宿制，在小纸盒里喂蚕宝宝，没有桑叶了，母亲到乡下摘了桑叶送到学校，这个记忆让我感受到母爱的细腻温馨。喂养小动物让我心有挂念。

　　第三，收集心爱之物。孩子们的心爱之物和大人的不一样，比方说收集过香烟盒、糖纸和邮票。香烟盒收集了可以和小朋友游戏和在赌博中作为"战利品"。为了集攒邮票，经常省出午饭钱和点心钱去购买心仪的邮票。

　　第四，读书。读文学作品。小学读当代长篇小说多，初中读外国小说多，高中后开始读散文。（尽管现在人们说我是诗人，坦率地说，读诗最晚，是"文革"中开始，只是已经不是孩子了。）读书与我的学习成绩关系不算太大，所有的考试，包括高考，我的语文成绩总是最低。

第五，捕捉。逮过鸟，比方说麻雀，用弹弓打下麻雀好像只有一次，但打碎玻璃多得多。钓过鱼，有一个夏天跟一个叫小涛的大孩子常在河边钓鱼，我认为这是最漫长枯燥而无聊的事情。网过蝴蝶，粘过知了，逮过蜻蜓，说真的，那时候怎么那么多鸟，那么多昆虫。

第六，探险。喜欢做一点冒险性强的事情，大概是读"历险记"读出的。在城里，常自己跑到从没去过的街区去，在乡下常钻到没有人去的荒芜的地方。最早一次是读小学，住宿制学校的后院原是一个军阀的公馆，公馆大宅地基很高，台阶下没有地下室，四面都有通风的洞口。趁着老师不注意，几个同学悄悄打开洞口的栅栏钻进地洞。阴暗潮湿的地洞凉气逼人，横在地面上的洞口里还有竖井，爬到井口还有回声……我记得那时孩子们常常互相叫板："你敢去吗？"胆小的孩子在孩子堆里没地位。

第七，打架。我不是一个爱在街头玩闹的孩子。但也有打架的经历。我刚从省城随母亲到大凉山时，城里的孩子到了山里会被捉弄。山里的孩子都有圆鼓鼓的后脑勺，我的后脑勺是平的。那些岁数大的乡下孩子一遍遍地用手扒拉我的头，有一次我急了回手推了这家伙，结果被人家打得鼻青脸肿。童年打架的次数没有五次，但次次记得清，忘不了。

第八，转学。转学和升学的经历不一样，升学是大家都是新面孔，虽然有熟悉的过程，但彼此都有认识和交往的愿望。我小学转过学，从省城转到山区，虽然已是六年级，但这一年留下难忘的记忆。初中也转过学，三年自然灾害，办在县城的学校撤销了，只好转到乡下的农村中学。我们城里转过去的几个学生，面对乡下中学的新生活：要自己种菜，要上山割草，每周有一天半是劳动课，而且记工分。真是脱胎换骨的事情。咬牙坚持下来了，虽然只能勉强完成劳动指标当不了劳动模范。与此同时我是学校里学习最优的尖子生。在这所名称"川兴中学"的农村初中，我有了当全校第一的体会和自信心。自信心十分重要，有的孩子是名牌小学进名牌中学再进名牌大学，但没有当过第一名，没有拔尖的自信心，一生的成就也会有限。

第九，受表扬和受处分。先说受处分。在初中，因为淘气，捉了许多金龟子虫放到旁边的寝室里，一群金龟子飞扑灯火，其状十分好玩。遇上值班老师抓了现行，第二天当了整顿的典型，被撤了少先队大队长职务。受表扬要多一些，三好生呀优秀生呀，记不住。最难忘的是数学课《三角函数》阶段考试，两小时的考试，我半小时完成交卷。老师一高兴，宣布："下面由叶延滨继续监考。"这事够有面子，也有人说："是不是那老师正好有事想去办？"也许。但对我而言，这事件比发奖状有成就感。

第十，崇拜亲人。人一辈子总要有个榜样，孩子更如此。我从小就崇拜我姐姐。她上过《摇篮》电影里那个延安保育院。她到了省城，头一天上课，班上的男生扯她小辫欺负人，被她按在地上揍了一顿。母亲只好让她转学。有次在家里追着玩，门上的大玻璃在她胳膊上划了个大口子，她一声不吭，用另一只手捏紧伤口，自己坚持走到了医院……现在的孩子多是独生子女，在亲人中很难找到崇拜对象，所以当他们晃着光闪闪的小棒对着不男不女的歌星大叫大嚷的时候，请理解他们。

    我知道，今天的孩子长大了，也会记住对他而言重要的童年往事。肯定与我说的十件事不一样，也肯定与父母们为他设想的更不一样，没有两片叶子是一样的，何况是将要替我们看管这个世界的孩子们。

2009 年

开始

　　开始是很重要的一件事，而且并不会有一个规范的模式告诉你会怎样去开始，回过头来看，许多经历过的事情，"开始"也会往往出乎意料。

　　有知道我经历的人，知道我插过队，下乡当过知识青年，但看到我的一些简介中说我当过生产队副队长，有人心里嘀咕："他又不是回乡的青年，城里的学生，下乡能当队长？"我在延安山沟里的村子插队，前年，也就是说，在我离开插队的那个村庄三十五年之后，两位写诗的朋友，陪我一起回那个山村看望当年的房东。他们听说，我离开那村子虽然只回去过一两次，但全村老小，没有不认识叶延滨的。"不可能，现在的年轻人没见过您，怎么认识呢？就说老人吧，三十多年了，还记得当年一个知识青年娃？"我没回答。只说到了再看。汽车在山沟里拐来扭去，还是一条土路，只能过一辆车。到了村头，正是晌午，远远的在地里有两个老汉在锄地。同行的一个朋友，上前去打听我那房东："水萍家在哪？"一个老汉看了他一眼，没回答他的话，扭头对身边的另一个老汉说："满库，你看，哪能不是延滨回来了吗？"之后的事情可以想见，感动得这位朋友，一个劲地用照相机拍照，在他自己的博客里把照片全都贴上，还加了个标题："叶延滨回家"。

　　朋友问我："说说怎么混上队长的？"我笑了，我说了下面这段体会。知识青年到农村,你会说会写会唱,老乡们虽说嘴上夸你,但心里觉得那都是应该的,你不是在城里长大的嘛!夸是夸,但看不上你,他会用又苦又累的农活来证明"你不如我","你该听我的","毛主席说你们是来接受再教育的嘛"。我在下乡以前,曾在一所农村中学里和农村孩子一起生活了两年,我开初在学校里常受欺负,说实在的,乡下孩子欺负从城里"下放"到他们中间的城市孩子,和城市孩子捉弄乡下孩子一样,花样多着呢。我那时学习成绩最好,没用!见识比他们多,也没有用!后来,我能和他人一样打赤脚,一样喝沟里的凉水,一样在劳动课上山去割一捆高过头顶的茅草回到学校,直到这时,我才成了这所乡村中校里同学们的"班头",我到期末上台领考试第一名的奖状,同学们才用鼓掌代替了以前的嬉笑口哨。这个经验让我懂得农村孩子和他们父母内心的自尊与骄傲,由此,我在村里,干了一年,第二年我在春种的时候,连续干了五天这个村子最重最脏的农活"拿粪"。什么叫"拿粪"?就是在胸前挎一个大筐,筐里盛满人畜的粪肥,跟在犁地的人后面,一边走,一边将粪土和种子一把一把地掷进前面刚犁出来的犁沟里。牛在前走,扶犁的人在牛后,拿粪的人跟在扶犁的人之后,成一个联合作业流水线。在这个流水线上,最累的是拿粪的人,负重跟随着牛播种施肥,还要不断跑到地头,将空了的粪筐再装满粪肥,然后回身赶上犁地的那头牛。这样一天下来,就将负重行走几十里路。一个村里,能干下这活的不上十个人,都是年轻力壮的男人。我是知识青年中第一个干下这农活的,打这以后,村里人夸我就一句话:"这娃能受!"这个"受"是"受苦"的简略,在当地是"有能力"的意思。这下子你明白了吗?能说,能写,不等于"能受"。也许,这是我在这个村子有别于其他知识青年的一个特点，让人记住了。

在我经历中，有一次"开始"是最没有准备，开始后却最终圆满结束的事，那就是"步行长征到北京"。那是"文化大革命"初期，我父亲被报纸点名打成了"黑帮"，我原是学校学生会的头头，变成了"可以教育好的子弟"，不能参加"红卫兵"，也不能坐车串连去北京"接受伟大领袖的接见"。年轻气盛，我毕竟在学校里算是个人物，于是发起了"步行长征毛泽东思想宣传队"，要从四川步行到北京去见毛主席。听了我的鼓动，有十几个同学报名参加，于是做队旗、做袖章、印传单，热火朝天地准备上路。这件事惊动了校方和红卫兵组织，经过他们紧锣密鼓的思想工作，不到半天，只剩下同班的王守智、陶学燊、张云洲这三个人还没有退出我的"长征队"。他们没有退出，是因为他们还没有加入红卫兵，红卫兵组织还没有找他们谈话。事情紧急，我当天下午，约了这三个同学，到就在学校附近的王守智家中开会，大家商定，马上把旗帜、袖章、传单转移到王守智家，并在他家写好了"告全校师生出发宣言"。当天深夜，我们把"宣言"贴在学校的墙上，四个人背着背包，朝着北京，走上了"长征"之路。这一走，我们走了四个半月，从1966年10月走到了第二年的2月，直到走进北京虎坊桥附近的糖坊胡同废品收购站，收购站的大门上还挂一个牌子：串接红卫兵接待站。四个半月的步行，对于我们四个高中学生来说，餐风宿雨，翻山越岭，真可以写一本书。三年前，我回到四川，高中同学见面，我们三个人还又在一起照相合影。人生可能这样同行一路，同行了六千七百里路的同伴不多。但说实话，这三个人在高中读书的时候，只是我的同班同学，没有特别的友情，更说不上是"铁哥们"。但，就是他们，在那个特殊的年代，选择了与我同行，而且同行六千里路而不分手。我的曾经的好朋友，那个时候有的参加了红卫兵，"不能不服从组织"，有的是"家庭出身有问题"，这时候也不敢与我为伍。最后与我一道"开始"的三个同学，在此以前基本上连一次个别谈心都没有。我想过这个问题，有条原因我想到了，一是他们不是"革命小将"依靠的工农兵子弟，也不是革命打击对象的后代，不受重视也没有家庭不好的包袱，成了可以"自主选择"的人，而且做了选择。但是，今天回想到这一切的时候，我还是有些吃惊。因为，这就像今天经常在一个团队里做的信任游戏，闭上眼向后倒下去，你要相信你的朋友和同事，会伸出手接住你。是的，这是组成一个团队所需的基本条件。回头一想，那一次"步行长征"组团，我也是闭着眼睛向后倒下去，我怎么也不会想到，我最信赖的朋友，我平时交往的知己，都在那个时刻，因为各种各样的理由，没有伸出手来，而伸手接住我的是三位几乎没有交往的同学。

有时就是这样，你不知道会怎么"开始"。游戏是游戏，在生活中当你倒下去的时候，谁会接住你，你设想过，但事实也许完全不一样！重要的是，有些时候你也只能相信自己了，相信不会没有人伸出手来，只因为你，你值得让他伸出手！

2009 年夏

赶太阳升起前

　　曾经有过一段非同一般却极其荒诞的经历。十八岁之前和三个高中同班同学步行六千七百里路，从四川的大凉山走到北京，这三个同学的名字是陶学燊、王守智、张云洲。几年前回西昌见到了这三位同学，还一起照了相。今天想起他们，是因为想起一个词："恋栈"。

　　老子有言："持而盈之，不如其已；揣而锐之，不可长保；金玉满堂，莫之能守；富有贵而骄，自遗其咎。功成身退，天之道也。"讲的是急流勇退，见好就收，反之，则称为恋栈。恋栈之情浓者，一辈子占着一个坑，还用专一、献身、热爱之词当作花环摆在自己的面前，说得多了别人不感动，自己也感动，好像提前念悼词。很多事，说透了其实简单，比方对一切不知进退，死守活赖的行为客气的说出"恋栈"二字，很真切，又形象。

　　所以想到那三个老同学，就是想到那六千七百里路，用了四个半月，最重要的体验，就是每天和"恋栈"角力。长途跋涉，每天多则百里，少也六七十里。到了这天的目的地，吃饱喝足，用热水烫了脚，仰面躺下，休管是草堆还是硬水泥地，这六尺长两尺宽的地方就是天堂！（是啊，跋涉一天腰酸腿疼，得到伸展休息的机会容易吗？虽说只是行程中的一站，与人生中之一驿，道理相同，都得之不易难舍难离。）继续前行的可能，就是与这样越走越强烈的"恋栈"情结角力。

我们的"长征"，只是一次小小的反叛行为。因为"文化大革命"学校不能上课了，因为毛主席接见造反的红卫兵，学校里家庭出身好的同学都得到一次天赐机会坐车上北京"大串连"。我因为父母被"打成黑帮分子揪斗"，其他三个同学的家庭也不够当红卫兵的资格。少年气盛，四个人在学校贴出一张"我们也要到北京见毛主席"的堂皇宣言，深夜背上行李卷，连夜北上。一路上害怕红卫兵和校方阻截，每到一地，都在凌晨三四点钟起程赶路。

　　凌晨出门行路难啊。梦中被闹钟吵醒，从热被窝出来是初冬的寒风，没有灯火的马路一片漆黑，一边走还一边打瞌睡……头两天这样走还行，因为害怕被抓回去，再往后走，就难了。谁不想多睡一会儿，谁不留恋热被窝？只是这样一来，几乎就没办法再走下去了。睡够了起床，再吃了早饭，就到了八九点钟。走不了三十里，太阳当头，就该吃午饭了，下午在阳光下行军，十分燥热，到了住宿点，什么事也干不了，倒头睡觉。第二天更不想起床，越走越没劲头。于是四个人认真休整一天，商量是继续走下去，还是结束行程回家。面子当紧，回头丢人，那就必须确定怎么走。头几天每天最少行程都在八十多里路，最重要的原因，就是凌晨三四点钟起身上路，用前面的词来说，就是："绝不恋栈"！

　　凌晨三四点钟起程。天黑风凉，走起路来快，也不出汗。有时太冷了，背着的军用壶里装着烧酒，喝上一大口，寒气全消！等到天亮了，太阳出来了，已经行程近一半，走出三四十里路。吃过早饭，再走到中午最热的一点多时，就到了今天的目的地。午餐后，还能在乡镇上逛一逛。我们带了个行程本。每到一地，就到所在地的邮局，请邮局在我们的本子上盖上一个当天的邮戳。就这样，路也走了，每到一处还能在太阳下山前休整闲逛一下。天一黑，烫脚睡下，这样一天天下来，形成习惯，凌晨自然就醒了。

走完那六千七百里路是我和我的同学一生都值得回味的事情，那也是年轻人才可能去冒的风险。完成这漫长的旅程有许多的因素促成，比如说全社会都无事可干，比如说社会风气相对淳朴，比如说年轻人都有追星族的情结而我们那时追一颗"红太阳"，比如说我们没有退路却还想向红卫兵们叫板……在所有的可能中，最重要的一个细节，就是我们的长途跋涉建立在"不恋栈"的行程表上，赶在太阳出来以前，让眼前有全新的地平线，让身边有全新的风景，而且还有已经写在新的一天日志上的里程数给自己的成就感。

我不喜欢也不想学那个坐在老牛车上的诗人感叹"夕阳无限好，只是近黄昏"。生活告诉过我，生活没有老子的《道德经》那样深奥，生活曾经就这么明白地说：离开捂热的被窝，新的开始就在太阳升起以前！……

2009 年夏

成为风景的猪蹄

　　你也吃过猪脚，也叫猪蹄。我看那个叫"舌尖"的电视片，我发现导演聪明，因为他把舌头和肠胃，变得有记忆了。是我说错了？我理解错了？那好，就这样说吧，这部电视给我的启示就是：舌头和肠胃是有记忆的，这种记忆藏在你内心最深的地方，用那些味蕾感知的世界的味道，连同那美味产生时的风景，都收藏好，等你老了，闲得发呆时，翻肠倒肚地去想。

　　到了东川的桥儿沟，就可以看到宝塔山了。看到了，就算到了。在延安插队的日子，每月有一天进延安城。进延安城是件快活的事，休息的日子，不想再窝在沟里。从落户的曹坪出沟，到公社李渠七八里。到李渠就到川道了，川比沟宽，沟里的河叫溪，溪流进了川叫河，川道里的河叫延河。在川道的公路上再走二十里，就到了延安。上一次延安来回走六七十里，图啥呢？看一回电影？逛一回延安的马路？还有，还有就是到桥头那个饭店买一只卤猪脚。从插队的小村子，走到卖卤猪脚的饭堂柜台，是一个稍有点漫长的过程。好吧，两个词，卤猪脚再加延安，就像一个命令符号，打开一串风景……

　　洗脸，刮胡子，换一身干净的衣服。一出窑洞，村头的婆姨就招呼上了："延滨哟，今天不出工了，啊呀，上延安啊。家里汇钱来了，烧得坐不住了。嫂子没瞎说，看你急得脸都红了，不叫你捎东西，放心去逛吧！"一边打招呼，一边流星大步往村外走，生怕这些大嫂子小媳妇说出什么更"骚情"的玩笑来。人说这里妇女地位低，买卖婚姻。然而村上的习俗是女子出嫁前，和男人一样出工。女子结了婚就是"全职太太"，一个月最多出工五天，其余时间都在家里管孩子做家务。闲下了身子，闲不住嘴，和知青男孩开玩笑是婆姨们最开心的集体娱乐，用今天的话来形容叫"精神广场舞"。

逃离婆姨们的笑声，沿沟底的小路往外走，心情也渐开阔。山峁越走越低，眼前的沟口越走越宽，天蓝蓝任云飘，那些云好像是从心窝口溜出来，看着就亲，望一眼就不自禁地咧嘴笑。笑什么，不知道，知道也不告诉你。沟里的风景就像村庄里的亲戚，简单得用不光手上的指头：山峁、水沟、窑洞、青苗，数得过来的几棵树、几条狗、几只鸡，数不过来的是这天上的云。

路是越走越宽，走到李渠就是公社所在的场镇了。那时不叫镇，就叫公社。我们村第一个上调的插队女知青张桂花，就招到了公社，当了公社广播员。张桂花长得漂亮，老乡夸"一笑两酒窝"。所以她老笑，笑着就不下地了，在公社的石窑洞里，说说话就挣钱。那时真羡慕这女子，主要是也悄悄喜欢那俩酒窝。酒窝刚到公社，我还去看望过这同村的插友，坐了十多分钟，东拉西扯，没盐闲说，愣没见到人家露出那俩酒窝。以后再上公社，就只想，不见了。

走过了李渠，就是直通延安的大川道。公路没有铺柏油，汽车一经过，就扬起一堆尘土。早先还有梦想，招手拦车。后来发现这是最不可能的事情，如像招工一样，可望而不可即。好在路上车不多，所以，失望的机会也少。一个人走大路，比走小路还寂寞，寂寞就喊，走过村子，啊嗬一声，回应是汪汪的狗叫。没狗叫的地方就唱："我们走在大路上，意气风发斗志昂扬……"那年月这歌挺流行，现在回想起来，悟出一点味儿来。

进了城，如果有电影，休管演什么，也看一场。那时还没有什么可看的，连样板戏都还没有上电影。电影院里除了西哈努克，就是阿尔巴尼亚。西哈努克亲王不在柬埔寨待着，《西哈努克访问西北》《西哈努克访问东北》，西哈努克专职当我们的新朋友，虽是纪录片，却是彩色的；阿尔巴尼亚是老朋友，老故事片，都是黑白的。票价都一角钱，想想还公平。就这样，也不是回回能瞅上。停电，那么这一天无黑白，更无色彩。

最后的高潮是桥头饭堂。那年月，饭堂人少，吃饭要粮票，一张大拇指般大的纸片，把饥饿挡在门外。天不绝人。穷得丁当响的陕北，有穷人的穷讲究。当时的当地老百姓不爱吃下水和头蹄。贱得很。桥头饭店里卖的卤猪脚，一只三角钱。除了知青，当地人几乎无人问津。我怀疑，这卤猪脚也是插队知青到了这里以后，这个饭堂的重大新举措。

递上三角钱，然后，大师傅用一张黄色的糙纸，包上一只酱红色油亮并散发香气的脚猪。接过这只猪脚，我坐在靠窗的长条凳上，望着宝塔山，想起那老电影里的台词："面包会有的，牛奶也会有的，一切都会有的！"手上的猪脚真香，窗外风景如画。

想到此，我觉得我还没有老……

2013 年

大雁高飞

"看见过在天上高飞的大雁吗？" "哦，好久都没见到了，它们飞哪儿去了？"大雁就在这样的对话后，远离了我们的目光，甚至远离了我们的记忆。大雁在天上飞过的时候，一定是蓝蓝的天，云朵在天上飘着。那云有边有形，形状像舞者一样变化。现在天上的云常常分不出样子，叫雾还叫霾，这样的天气没见过大雁飞。飞在天上的大雁，排成队列，像航空展上的飞行表演队，一会儿拉成长长一线，一会儿变成大写人字。怕你看不到，还高吭地鸣唳，可谱曲"雁南飞"。这是一首关于天空与大地，关于飞翔与梦，关于远方与爱的长调。一定要长，因为每年两次飞行，从南到北，翅膀驮来夏天；从北向南，身后跟着严冬。大雁是候鸟，就是要回家的鸟，会返航的鸟，让我们抬头望着它的时候，想家，想回去，想心上挂念的人儿。好久没有看见大雁在天上飞过了，大雁一定还在飞。悄悄地南下，又悄悄地北上，也许在悄然高飞的雁阵中，有一只是我。应该有我，人一生中应该像大雁那样飞翔，哪怕只一次，变成一只雁。像此刻的我，在高天云际间，望着我在地上的身影，还有旧时熟悉的风景……

……风景从云朵中冒出来，像照片从显影液里捞出来，渐次有了轮廓，有了色彩。那是四川内江的一座小山丘，记得那一排新盖的房子。外墙用黄泥掺上麦草屑，还没有干透，散着土地的气味。屋内的墙上抹着白灰，白灰也没有干透，一碰就沾上白泥。我记忆中的家，刚建成的人民政府的机关宿舍。房门上挂着锁。"南下老干部不在家，下乡去了。"其实母亲那时不老，才过三十。啊，我的保姆把我带到她自己的家，江边石板小道，矮墙上爬缠着瓜秧，是哪道门呢？"你找谁？""我的保姆家。""她姓什么？"忘了，忘却的云遮住了这江畔的老街……

……这是大凉山的西昌坝子。美丽的高原盆地，盆地的一半装了半盆水，有个大名叫邛海。这地方的人把湖泊叫海子，没见过大海不是他们的错，山里人好多年都不长翅膀了。海子西北角是西昌城，城的西北角有座教堂，洋教士一百年前来过，留下了这座教堂。中式砖墙木窗。窄窄的身材，高高的个头，教堂的房子也是高个子。记得头一次进这间大房子，觉得奇怪，大房子前后距离长，左右墙却快挤在一起，屋顶很高，空荡荡地觉得少了点什么？后来知道那叫哥特式，那空旷的房穹应该画满圣经的故事。这是我的高中，有个男孩在那屋檐下低头看一本书。"你看什么书？《战争与和平》，你不上大学了？"这不是邹先明老师吗？他值日在寝室查房时从我枕头下抽出这本书。两个画面后现代式的叠在一起了，云彩的马赛克遮去这片天地……

……像波浪一样起伏的山峁，黄澄澄的波浪间有绿色的沟涧。朝着我扬起头叫的白狗，不就是达尔文吗？原先人说"鸡犬相闻老死不相往来"。达尔文破了这黄历，小狗崽老往鸡窝里钻。大公鸡高尔基也厚道，让它在自家窝里过夜。直到达尔文长大了，钻不进，才鸡犬相望，互敬互爱。小黑猪在食槽里拱食，吃得真欢。它也有大名，叫黑格尔。黑格尔的身材长得好，油光水亮。我们喂养它，不为吃肉，想叫村里的老乡羡慕嫉妒恨："学生娃们的猪崽养得这么膘肥体壮，哟哟吃得真好！"正看得入迷，刺眼的一束光。不好有偷猎者，赶紧跟上雁阵，穿入身旁飘来的那团云彩……

……一路上俯瞰大地，总会影影绰绰在眼前飘过一些熟悉的身影。这是北京东四的一条胡同大杂院，诗人张志民的家。我上大学时常去打扰先生。先生很高兴地笑着说："刚从法院回来，不是我的事，是让我当人民陪审员，给胡风先生重审平反……"多少年了，这笑脸这么清晰。这是东总布胡同严文井伯伯的家，严先生在东北日报与父亲是同事，所以我在京读书期间少不了去蹭饭。饭桌边的墙上有一幅黄永玉新画的荷花，没装裱，随便用四枚图钉按上墙。"严伯伯，前几天在画廊看见一幅和你这差不多，八千元哪！"严伯伯笑了："能那么贵！比我一年工资还多？"摇摇头，接着吃饭。啊，都看到的是笑脸，人一生留下的还是笑脸让人难忘。笑脸就像镶着阳光金边的云彩，那金边彩云是天老爷在笑……

看到这里，我的朋友，你说，你不是在雁阵中飞，也没有从高天俯看这一切。是啊，像大雁一样飞翔的是我的灵魂，笔是让我的灵魂一次次飞翔的翅膀。我不是一展翅就万里的大鹏，也不是像粘在天上的金雕，我不会絮絮叨叨长篇大论地占有你的时间。我爱写一些短小的文字，就像在你回头看我的时候，给你一个真诚亲切而会心的笑脸。

2014 年

心里美

　　人活一辈子，就是活心情。会活的，活得心里美。不会活的，归根结底是自己跟自己过不去。那么大一个世界，比什么？比财富，你肯定不是最富的，哪怕你是富二代；但也不是最穷的，哪怕你今晚的饭口还没着落。比地位，统治过半个地球的人，比方恺撒大帝和成吉思汗，你都没遇上；当奴隶，当战俘你也没赶上。你就是这城市里千百万分之一，怎么办？气死，不值。自己活自己的，活得自己美滋滋的，那就对了。从现在开始，不迟！

　　人的脑子，就那么点大，装的事可多可少。堵心的事，一件就足够多了。一件事让你想不开，你的天就黑了。想开点！就是遇事多朝云开雾散想，那怕云堆里有一丝缝，给点阳光，就赶紧灿烂一回。

　　好想法，好念头，还有写文章的好句子，就像天上的云朵一样在心上飘。云彩是个好东西，不用开荒、播种、浇水、施肥，风一吹，就舞动腰肢朝你来，让你的头顶上的天空丰富而美丽。只是云彩也有个短处，没根，风再一吹，飘走了。所以，好心境一定要留往。从心上飘过的好句子，你写下来了，就是你的了。有人说，像抓鱼。鱼过了时间，会臭。好句子不会变味。所以，写诗是一门让人变得心境开阔的手艺——在心灵的天际驯养彩云。

　　脑子是人与生俱来的宝贝。不用脑子的人，把脑子变成一池死水，死水还会变成泥沼，泥沼里的东西和气味，都不会让人开心。爱用脑子，那是一汪活水，有的还是湖泊，还有的更是大海。湖泊的活力来自有活水的注入，我们说，那是喜好学习，不断汲取新事物；大海是另一境界，自身充满活力，潮起朝落，皆成气象。古代的孔子，今天的爱因斯坦，他们宽脑门里都是大海。这是真财富，无法计量的财富。

心里有事，你藏着，但别人知道，从你的脸上看出来。脸上有字吗？

人们说，这人有驴脾气，死犟。毛驴受委屈了。小毛驴才不犟呢。在小驴的脑门前悬一把青草，驴有盼头，走得可欢。人脑门前面也有一把青草，叫希望，也叫前途。青山绿水间长大的乡下孩子，到城里头拼搏，挤地铁，住地下室，泡方便面，睡着了就梦老家。醒来给老娘发信息：挺好的，吃住都好，老板说我有希望！有希望三个字，让所有的辛苦都不算辛苦。没有一个老板这样给员工算账："你一月能攒下三千元，一年三万元，你干满五十年，会让你从地下室搬出来，买下上面的一套有厕所有厨房的小套间。"这叫死心眼算死账。其实，有梦的日子心里就美，地下室里做的梦谁说不比上面高层居民的美？山里的村子还是那个村子，也许比早先更好一些，有了乡间公路，有了电视，人们却这样说，村里多是留守儿童和留守老人。留守，这两个字好让人心酸。意思是将要离开，意思是暂时屈居于此，意思说只要能走肯定会走。好山好水的老家怎么就留不住人心了呢。啊，山美水美乡情也美，都悄悄地流向了远方城市地下室的美梦中。

孩子总是心里美滋滋的，因为他的一切都在前方，而疼爱他的父母把前方描绘成一座花园，偶尔的哭闹其实是还想得到更多的疼爱。老人容易忧郁，因为他依然像孩子那样只会朝前看，那么，"只是近黄昏"是忧伤的最好定义。老了，当老人回头看走过的路，就会有许多回忆重新涌进心田，那些曾经让人悲伤的事情，现在没有能力再次击倒你，那些美好的事情，却能再次让你感受幸福，使你像秋天的老树，挂满甜美的果子。

心里美，三个字，想透了，活明白。

2015 年

山上的水

　　刚从省城进到大山，发现被群山围在一个小盆子似的坝子里。坝子其实不小，一天也走不出去。"看山跑死马，懂吗？城里娃。"乡下孩子就这样开启我的知识，这些知识像蒲公英，不知哪股风吹来，落进耳朵就在心里发芽。南方的山都好看，一年四季绿荫笼罩。也不全一样，朝着太阳的阳坡，树少，有时还秃露红褐砂石，砂石上长着焦黄的茅草。这就和歌里唱的不一样，万物生长靠太阳，在大山里，阳坡日照强烈，早晚吹拂热风，喜水的草木无法存活，只有焦干的茅草能迎风抖动如刀片般锋利的叶子。我知道茅草的厉害。山里人主要的燃料就是它。陪乡下同学去割草，没割两把，手上全是血道道，裤腿扎满了尖草籽。草有草生长的地方，那些地方没有大树立足的土壤和水分。长满大树的背阴山峦郁郁葱葱。绿色的山坡上，东一簇，西一堆，村庄高高低低地散布在群山怀中。为什么这个村子在半山腰，另一个却在山坳里。因为水，山里的水。山多高，水多高，有水源的地方，就有人家。大山真神奇，天下的水都往低处流，而山里水会爬得高高的，从石缝冒出来润泽一方，草尖挂满露珠，树枝伸向天空。

　　我初次亲近山上的水，小学六年级。转学到大山里，从省城楼房堆里的学校，穿越到山脚私塾里的教室。学校本部是一所旧宅第，挤不下，便把高年级毕业班放进宅子后的这座私塾老学堂。有大宅还有学堂，主家一定风光过。民国时代的建筑，虽破旧，还能用。窗子和柱廊的油漆斑驳脱落，青苔和地衣却把石阶绣得颜色黑绿，沿着黑绿石阶，转到教室后面的一角，一汪碧玉般的山泉，从石板砌成的方井突突往外涌。掬一捧，喝下去，透心的凉，凉滋滋回甜。泉井望不到泉眼，井沿石缝冒出来的水，掀动泉水里苔藓的发丝。孩子们趴在井沿上低头喝水，不用手捧，直接用嘴吮吸，像跪饮的小羊。泉水从井沿缺口漫出来，流进山石砌成的小水沟，孩子们便在沟畔洗脸洗手，扬起的水让笑声也清丽晶亮。再往下，流进一个小水塘，便蓄存起来。早年是防火塘。我们上劳动课，就在水塘里打水浇菜园。那年头闹饥荒，凡能种菜的地方，都种上了菜。有了这口常年不干的水塘，菜园子一茬菜接一茬菜，像毕业班的同学，红辣椒紫茄子，喝山泉长成好模样，走过的人夸："比学堂娃儿还逗人爱哟。"

　　我的初中在一所大庙。半山腰上有名气的古刹，山门上有个大匾"光复寺"。学校叫西昌专科学校附属中学。专科学校是当地最高学府，附属中学头一次招了四个班，就放在大庙里。正是三年自然灾害时期，和尚全遣散回乡种地去了。和尚走了，我们来了。全校两百多号师生全部住在庙中，想一想，大庙香火旺盛时的光景一定壮观。二百张嘴要吃喝，水从何处来？大庙没有自来水，靠山吃山，还是山上的水。我写过一篇短文《老庙》，回忆我在光复寺的那段求学生活，印象很深的就是上山取水："生平头一回知道筒槽这种东西。山泉在高山顶上，多年来，人们把碗口粗的棕树一剖为二，然后掏去树心，做成了一截截的长水槽。水槽与水槽相接，引来的山泉水。山泉水越沟过坎，跳崖穿涧，径直流进大庙的灶房。筒槽是一槽尾搭在另一槽头上，如果其中一根被风吹落，或被饮水的动物撞掉，大庙立刻断水。我进庙后，最早的勤务就是上山巡查简槽。全校师生饮水全靠简槽引来的那股潺潺细流，一天要断流好几回，爬山查水是每个学生轮流去做之事。上山查槽，在水槽两侧，因为常有水流滴淌，树草丰茂，苔厚路幽。那些简槽不知从哪个朝代就开始服役，锈满木菌和青苔，像百年老人的手，使我感到一种恐惧，想起这原是一座大庙。"大概这是最早的"自来水"了，利用地势高低差，将远处的山泉引到大庙，保证二百人的吃喝洗漱。在巡山接水的路上，我常常觉得大山是活着的。会呼吸，呼吸让山风啸叫；会关照草木生灵；山泉像乳汁，山泉流淌的地方万物繁茂。

"可惜，常年喝凉水，我得了慢性肠炎，回省城看病，医生说，不用吃药，要喝开水！天知道，那年月在大山里的穷学校里，喝开水？那是不可能的奢侈。"听我讲话的朋友问："后来呢？""后来还是回到山里，山里的医生另有说法：不用吃药，水土不服。"我的朋友一拍大腿，对我说："他们都说错了，山上的水，神水。那不叫肠炎拉肚子，那叫排毒，怪不得你气色好，那是童子功！住佛堂大庙，喝高山泉水，吸松柏灵风，你这辈子的运气都这么来的！快告诉我，那山泉水在哪儿！""小私塾早变成城区闹市了，大庙现在修茸得金碧辉煌，只是也用上自来水了。""可惜，可惜，多好的山泉水，没了！"

我无语。突然，我觉得那汩汩的山泉水从心口流过，凉*丝丝*地甜……

2015 年

前世是鸟

　　自从不再守着一间办公室，朝九晚五地熬日子。这几年出行的时间也多了。为了出行方便，手机上安了一个航旅软件，方便查讯航班信息。用了一年多，居然软件上跳出一行字：你就是为飞行而生。自由大概以各种方式存在。不守着一张办公桌，自己安排自己的日子，对习惯"被安排"的上班族，许多人还会转不过这个小弯。我这几年除了写作读书，出行是重要的生活内容。出行这件事，也要量力而行。一个月两三次，能离开生活的城市到另一个地方讲学、开会、采风、会友，是让人愉快的事情。多了不行，超过了，就婉言告谢。就这样，一年下来也要飞几十次，有点鸟人的味道了。

　　鸟人的味道是什么？是高高在上，也是俯瞰大地。每次飞机快到目的地，空姐会提醒大家做准备。这时候打盹会被叫醒，敲电脑会被劝阻，只好歪过头去看舷窗外的风景。看得多了，也有了感觉。也许前世是鸟。今天才用鸟的眼光看一下人类的生存。人类是个大词，还是用我们吧。

　　飞机飞到我们北京上空，从云层中钻下来，天空阳光真叫那个灿烂，但别往地下看，下面城市的头上罩着一个大盖子。让人想起酒店的厨师往餐厅送菜，菜盘上放的玻璃罩。北京上空的大罩子，还是磨沙玻璃般的雾霾，透光不见影。到北京二十几年了，基本上没见过星星。没星星了，明星这词也不能浪费了，这些年见不到星星的北京人，只好用韩国改装的明星脸解闷。契诃夫有小说《套子里的人》，我想北京人这些年也够辛苦，成了《罩子里的人》。听说减排防霾，有了摘罩子的希望，希望实现的那天，咱一起躺在地上仰天望星星！

飞机飞到珠海三角洲的上空，像在一块大翡翠上滑行。往下一看，真美。一望无际的绿色中，百川汇流，将这绿色大地分成一块块不同的宝石。单是珠江就分成七条大河入海，势如蛟龙。蕉风绿野，老天爷格外慷慨。阳光烈，雨水密，海风稠。想不生根发芽都是难事，想不开花结果只剩几块石头。大方的是老天爷，浪费的是珠三角，那么多淡水都白白地流走，分上十分之一给西北，那有多好！

飞机在西北飞行，快着陆的时候，舷窗外的大地，就两个字：苍凉。一片黄色的荒原，看不到一点绿色，也看不到生命的迹象，只有飞机的影子投射到大地，也在地上爬行。这好似一个久远的噩梦，当它苏醒时，漫天卷动着沙尘暴。我对这种景象十分熟悉。年轻的时候，站在黄土高原的山峁上，像一只蚂蚁落进热锅里，四顾茫茫，无遮无拦，只有年轻的皮肤承受着烈日的烘烤。这样的土地真快养不活人了。前些年再回陕北，山峁都已经退耕还林，满山的果树让人不敢说我在这里生活过。真希望有更多的西部，也像陕北重获绿色的植被，当然现在还只是梦，沙漠里总出现海市蜃楼。

在四川的上空，空姐说成都快到了。大多数的时候，窗外的云立马越来越厚，从轻纱秀美的云幔，变成云朵，变成深色的云团。天府之国这个大盆地，盛满浓云密雾。暗无天日这个词，我想是四川人想出来的。我在四川生活过三十多年，我早先只知道，蜀犬吠日，是因为盆地的狗没见识过太阳的缘故。当然，因为太阳出来了，会高兴得唱歌："太阳出来哟嘿，喜洋洋啰⋯⋯"也证明了天府多云雾而少日照。温暖潮湿让这里物产丰富。我想飞机这么大胆地往下扎，是因为有导航仪，如果真是一只鸟，这么云遮雾罩就朝下冲，要当心一个猛子扎进四川人热辣辣的火锅里。

前世是鸟。我相信这是有可能的事情，因为当我从鸟的视野看我们的生活世界，有别一种感受。不仅是我，也许我们人类前世就是鸟。飞翔从来就是我们的梦想，而且一直驱动着我们飞得更高飞得更远。前世是鸟。说出这四个字，我只是想说，体验和观察我们生存的状态，不仅要足踏实地，埋头做事；还要能够学会高高在上，俯瞰四方。高高在上，在今天不是个坏词，不要让无人机完全代替了我们的眼睛。为了我们的孩子能在窗前望见星星，让我们都记住这四个字：前世是鸟。

2015 年

第二辑

思绪刻出了年轮

唐僧的紧箍秘咒

唐僧取经西天，得到殊誉，众菩萨无不惊诧。此人凡夫愚氓，除元阳未泄是一童子身外，毫无专攻，更无特长，历九九八十一难，本是其徒孙悟空所建树。一个打着普度众生旗号，鼠窃他人功绩，为自己塑金身者，竟登殿入莲座，怪哉！唐僧答曰："凭观世音授我紧箍秘咒耳！"劫难已过，无须徒儿再保驾，于是唐僧说出那令齐天大圣闻之色变的秘咒。众菩萨听后，惊叹不已。秘咒翻译过来，在现代汉语中仅仅是个关联词罢了，但神力无限，令人折服。

咒语一："虽然……但是……"

唐僧摸了摸肉乎乎的下巴："这石猴初出神山之压，颇有些目无师长，我常用此咒指点迷津，使徒儿有点自知之明。'虽然'后的话是彰其功绩，乃表面文章也。要害在'但是'二字后，要力如五雷轰顶——列举其历史之污点，家族之隐私，使之知己身份，俯首帖耳。"

唐僧左右顾盼，见菩萨们尚未悟透，就略举二例念道："悟空，虽然你除妖有功，但是莫忘了你罪孽深重，大闹天宫，犯过天条！""悟空，虽然你探路劳苦，但是你竟敢忘了你长着尾巴，无父无母，来路不明！"

众菩萨啧啧，唐僧那白净面皮儿如桃花般透出红润。

咒语二："难道是……吗？"

唐僧眯着眼睛，手里捻着佛珠："用徒儿当然要用有能耐者，否则何必多化一份斋？能者自当多劳，多劳者必居功自傲。此时我就从其功劳中见其罪孽，将功劳点化为罪过。功者罪也，无功无罪，有功有罪，功大罪大，全凭这句神咒使之转化。"

众菩萨头一回听此经书上没有的深奥理论，个个愕然。唐僧淡淡一笑："比如孙悟空棒杀了扮为樵夫的妖精，妖已除去，当紧的灭徒儿气焰，只需问悟空：'你说樵夫是妖？难道这天下千千万万的樵夫都是妖精变的吗？难道你还要伤害这千千万万的樵夫吗？'"

众菩萨心中默默念道："功者罪也？功者罪也！"一个个眼睛瞪得溜圆。

咒语三："纵是……也要……"

唐僧轻轻拂去袈裟上一只小飞蛾，怕伤了这小生灵，接着说："悟空本顽石所化，难以指拨，要使他甘愿受罚，必须以强词夺其志。凡人常说：无功受禄。言之有理，这理的另一面则应是：有功受罚。棒杀妖魔，妖自该诛，然而诛妖者不也犯了杀生之罪么？此乃合阴阳相生共存之理。故而每次悟空除魔以后，我必念一段紧箍咒：'纵是妖魔该杀，也要罚你的杀生之心，也要罚你不能使其立地成佛，也要罚你轻举妄动。'"

众菩萨笑："各打五十大板。"唐僧正色："非也，妖魔理应他诛，徒儿理应我罚！非如此，何以为师？！"

咒语四："既然……必定……"

唐僧叹了口气："阿弥陀佛！好在这悟空不是天天斩妖魔，有时旅途倒也清静太平，但出家人不受磨难，哪能修成正果？这时我便相机行事，念'既然……必定……'咒，让其捧脑打滚，苦其体肤，劳其筋骨，炼其心志。"

众菩萨忙问："此咒怎讲？"唐僧答："有次八戒对我耳语，说悟空探路时调戏一个村姑。我心知此乃八戒以己度人的谗言，但何不借此打磨一下悟空的头角呢？我便念咒曰：'既然你师弟称有此事，必定事出有因；既然事出有因，必定你举动不轨；既然举动不轨，必定心有邪念；既然心有邪念，必定举动不轨；既然举动不轨，必定事出有因；既然事出有因，必定有你师弟说的这事。'"

菩萨们都被这绕口令般的神咒镇住了。唐僧双手合十："此乃真谛：无中生有，有即是无；法无定法，无理是理。"

菩萨们终于一致认为：唐僧果真不凡，自当刮目相待！

1983 年 12 月

"观音阁"与"罗汉堂"

　　旅游热，让一些冷落了多年的古寺古庙也热闹起来，鼓钹喧鸣，香火缭绕，蓬荜生辉。

　　本不必大惊小怪，以为又是什么迷信之风，尽管也免不了有迷信的成分，但既然为旅游者开放，自然应当有点气氛才行，无鼓无钹无香无火的庙宇是不成其为圣地的。何况，迷信者把藏在家里焚的香火自愿奉送公众事业，以壮庙宇的气势，又何乐而不纳也！

　　闲暇时我也游游庙堂，因为心不虔诚，只好充当旁观者清的角色。多逛几回，也逛出一个发现，佛学上称为"悟"。我悟出的是"罗汉堂"与"观音阁"有两点值得研究的不同之处：

　　其一，观音阁香火不绝，神灯长明，功德箱里收到的钞票也颇为可观；罗汉堂虽游人如云，然香火清疏，更没有人为众罗汉捐灯油钱钞。

　　究其原因，想来进香者心中有数。

　　观音阁只有一位观世音负责，而罗汉堂里五百罗汉执政。如果神仙真有灵，那么求一位神仙，大事小事，由他做主，行与不行，也有着落；而在五百位主事面前，进谁的香？上谁的贡？开谁的后门？纵然某位罗汉对你有了恻隐之心，但要五百罗汉无一位作梗者才能形成个决议。

　　难怪，给观音磕头的人不少，而大罗汉堂里连个蒲垫也没有。

其二，观音与罗汉的表情不一样。观音态度和蔼，眼神温和，脑袋低垂，若听，若思，若有所应诺，但又态度暧昧，像听见又似没听清，像同意又似不答应。这样一来，烧香时你觉得有盼头，纵不灵验，也怪不得观音，因为她早就对你低眉缄口不语。

五百罗汉却个个态度明朗，或怒或喜，或狂或呆，或手舞足蹈，或闭目养神，或慷慨作好汉状，或拧过背来不理你的碴儿。反正不负责任，无求于你的香火供奉，所以，也不必掩饰，无心做戏。

得到这些发现，大喜。有哲人说："人按自己的面貌创造上帝。"我们聪明的列祖列宗，大概也是在这个世界上，发现过观音式的人物，罗汉式的人物，并且揣透了祈祷者的心态。

我向祖先躬身三鞠躬，谢谢你们留下的启示……

1985 年 8 月

试论猪八戒

偶然打开电视，正播《西游记》中《三打白骨精》一折。剧情可以倒背如流，不知为什么竟看得入神，屏幕上晃动些什么，其实并不重要。看毕我终于相信：一部《红楼梦》，政治家们当百科全书，才子佳人当恋爱指南这一真理了。

二十多年前，我还是个毛头小子。那时《孙悟空三打白骨精》的戏曲片，是反修防修的教科书，自觉在一片"金猴奋起千钧棒"的歌声里，炼出了一个"砸"字。凡美好神圣的东西，似乎后面都躲着一个妖怪，于是砸起来也就心安理得。我砸你，你砸我，什么都荡然无存，只剩各种型号的棍子——这时，是悟出了孙悟空的哲学。

十多年前又看"三打"，当作伤痕文学来看，看出白骨精是江某人，痛感自己当了愚氓，天天喊"进行到底"，到底是差点让别个把骨头都嚼了——这时，是辨出了唐僧的悲哀。

往事如烟，揖别青春，我与这《三打白骨精》又都健在。此刻心也平静，气也和顺，再三玩味，此番品出另一体会：猪八戒煞是可爱，取经路上少了他万万不成。看官且三思——

孙悟空有本事，但是一介莽夫，面对白骨精这样的对手，只会挥棒就砸。一砸不行，二次照来；两砸不行，再来再砸，决不改弦更张。这不明摆一个有勇无谋？唐僧念咒，固然讨厌，但他竟然"拜拜"，回花果山去了。

照说猴儿可以回山，猪八戒自然可以挥泪别师父，回高老庄去当女婿。只准野性未改的猴儿称王称霸，不准打入凡尘的八戒怀念老婆炕头，这不公平。猪八戒虽想老婆想得心神不安，终以大局为重，舍了安乐窝，万里迢迢去劝猴儿。说真格的，这精神境界要比孙悟空高，用当今的话叫作：能够处理好集体利益与个人利益的关系。

八戒虽然本领不大，但以智补力，有时还大智若愚（难怪四川人形容某些人说："长个猪相，心里月亮"）。八戒智激猴王，理当羞死唐僧。唐僧自恃会念那么一段咒，屡犯官僚主义、军阀作风，破坏了安定团结，险误取经大事。猪八戒力不敌孙悟空，又没有观音在上面当后台，教那"一句顶一万句"的咒语，但八戒能动之以情，晓以大义，让傲慢的猴王屁股坐不稳；又能激将请将、搭梯下台，请回能人，挽回败局。一番举动，颇像一些电视剧中改革家们扭亏为盈的壮举。

《三打白骨精》这出戏，没有八戒还真玩儿不转。他充当了一个组织战役的指挥角色。

细想起来，八戒的有些毛病，也是可以谅解的。缺点无非三条：贪吃、爱睡、想老婆。要知道，八戒早已不是神仙，天蓬元帅贬下尘世，解甲归田一农夫；只是长得猪头猪脑，吓坏了高老太爷和小姐。对于他这个一身憨劲的庄户人来说，这三条缺点算个啥？！小农意识的最高理想："三十亩地一头牛，老婆娃娃热炕头"，不正是吃好、睡好、老婆好这三条么？

八戒确是可爱，因为他是这支取经队伍中，唯一一个带着浓厚农民意识的修行者，而且竟然走到了西天！

如果猪八戒有个档案袋，我想可以写上如下一句鉴定："在尖锐复杂的长征途中，经历痛苦的思想斗争，不断地克服了原有的农民意识。"

　　——猪八戒的可贵之处，愿人人都看见。

1986 年 3 月

画蝌蚪者惑

一人欲习丹青，买了一册齐白石先生的画谱，揣摩数日后，决定先练习画蝌蚪。他认为这是最好画的题材，几星墨点，在宣纸上那么蘸上几笔，便活了！

正是阳春丽日，这人背上写生的笔墨画夹，到郊外的溪水边去了。

过了一个多月，这人悻悻而归，问："画得如何？"其大呼上当！何故？答道："头几日刚刚画得像了，这小黑虫儿竟又长出两条后腿；又画这有两条后腿的，还没有得其妙处，一个个又变成青蛙，蹦跳藏匿，哪能描得下来？！"

于是这人从此不再提学画这事。

［评点］

古代有个寓言，说一位画蛇者，画完之后，意犹未尽，在蛇腹上添上几条腿，给天下人留下一句成语：画蛇添足。

这个古代寓言是讽刺画者做多余的事，弄巧成拙。其实，如果反过来看，画蛇添足说明此公颇有想象力。不是吗？画蛇不仅添足，还添鹿角，添鹰爪，添马唇，添鱼鳞，于是创造了一个龙。没有画蛇添足就没有作为艺术形象的龙，可见敢于异想天开地添足，是创造的起点。

至于用龙作为一种政治象征和文化象征，今天有很多人提出批评，那是艺术之外的课题。

这个新寓言中的画蝌蚪者，终于失败，在于他没有想到那个黑豆点儿，自己会添足。最简单的事物尚且不断变化，何况其他复杂的对象呢？月有阴晴圆缺，山有雾霭云霓，海有潮汐起落……

画蝌蚪者，因变出腿来的蝌蚪而困惑，从此投笔罢画，尚不可惜；然而，在现实中，因变化，因变革，使某些人感到原有的构想与现实不符，从此却步不前，则实为大谬也！

1988 年 3 月

心 曲

　　一觉醒来，发现我赤条条地站在郊外的路上，不，是矗立路上。要喊，喊不出声；挣扎，动弹不了。我变成了一座石牌坊！莫不是睡觉前做噩梦？不像，太阳火辣辣地烙着我，几只鸽子在我头上咕咕地调情。对了，这是我那首诗《牌坊的贞节》中的情形。糟了，我那首诗对牌坊的种种大不恭敬，今日让我自己受用了。报应！牌坊不是为女人立的吗？我是货真价实的男人哪！我打量了一下"自己"，马上沮丧地承认，我对自己性别的判断已经过时，我只是一堆石头，一堆货真价实的石头而已。这些石头还雕刻得真不错！算了，现在不是自我欣赏的时候，得想点招儿，让家里人知道。哎呀，我的妻子准以为我出差了，不过她应当发现我的车票还在桌子上……等定定神，有人过来了，"喂！我是叶延滨！"不知是他聋了还是我哑了，这位先生默默地从我"胯下"走过。

　　奇迹出现了，我变成了牌坊却得到一种"特异功能"——能听见每个走过牌坊的人心里的话，这使我进入了一种忘我境界，忙着记下这些心曲。好吧，当一回"牌坊型录音机"吧！

　　"可恶的传统！这就是东方文明！把无形的礼教用石头来呈现，压得人喘不过气。用死人压活人，用石头压人心，真不懂中国人为什么不知道活得轻松一点……"看来这位先生对"传统"的气出在我身上了。

　　"棒极了！这才是真正的抽象艺术。有门却没有墙，有门之形却没有阻挡的门板，与天地合一，借山水的灵秀，石头也得一种精神！抽象却不离开自然，与山水同构，风景却有哲学意识。中国文化集大成者，牌坊也！"看来这是位现代派艺术家，他太夸奖我了，真不好意思。

"人心不古，人心不古！这么大的牌坊现在这些小妖精就看不见？离婚的离婚，改嫁的改嫁，怀着崽儿去扯结婚证的数也数不清。牌坊哟，你枉自站在这儿！"看着这九斤老太的尖尖脚我真想笑。老太太，我才不想站在这里呢！

"旅游局想用这牌坊赚钱，上头却把难题出给我们文物管理所，要求给牌坊找个有知名度的主人！老天爷，咱这方水土又没养出个孟姜女、秦香莲、苏三、莺莺之类的红角儿。没法子的事，今天到文化馆去求哥几个去查查地方志，找出个上吊跳河的贞女节妇编他一个动人心魄的传说，交差！"倒霉透顶的事！我当诗人那阵子就让人编逸事弄得哭笑不得，当牌坊还要被人继续操练……

"什么玩意！几块烂石头往路上一立，头头们就当宝贝护着，天天堵车，交通事故不断，非把我这交通监理所长的饭碗砸了不可！娘的，四化四化，就拿几个拦路石没办法……"我很同情这个戴大盖帽的，怎奈我乃终身制，越老自我感觉越良好，要保护文物嘛。

"Ok！ How beautiful！ Very good！ I love you！"这位洋先生简直被我迷住了，据说他是个什么"世界著名建筑艺术大全"编辑委员会的委员。被他相中，这对我十分不利，一旦入了"大全"，我这牌坊的身份就无法改变了。福兮祸兮？

"这几块石头的雕刻技术不错。对了，搞一个'中国古代牌坊雕刻艺术研究中心'，建个基金会，拉上几百万元赞助，这倒是'搞活'的新路子！"我真想唾这秃头一口，糟了，我怎么有了牌坊意识啦？

"叶延滨这家伙上哪儿去了？！他的车票还在桌上，人在哪儿？！生我的气啦？不会的！下次这么捉弄我，非饿他一天，不给他做饭！是不是让车撞了？延滨！……"妻子那么一掉眼泪，我看见了她那让人怜爱的样子，心里酸溜溜的……嘿！我又是我了：一米七八的男人站在我妻子背后。

随后是两口子的关于这事的争吵和议论。最后总算让她相信了我的解释，是我站在这里，而那座牌坊不见了。

好心的妻子担心那些向石牌坊吐露心曲的人，面对没有牌坊的现实，能否有足够的心理承受能力。劝我写下这篇短文，好使牌坊问题有个交代。

1988 年 11 月

名师与高徒

　　某年某月某日在某名寺进行了一次辩论。寺院住持是某宗门派的开山大师。进行辩论的是这位名师的两位高徒。辩题为《名师出高徒》，辩论目的在于决定住持百年以后的下届住持。这种场面颇有点像美国的总统竞选和我们近来时兴的招标承包。闲话少说，现场转播如下——

　　徒甲："良禽择木而栖，敢投名师足下，必先心已向之。大师慧眼识才，若是愚顽朽俗之徒，焉能招于门下？入得名寺，如鱼得水，脱离功名熏风灼烤的沙滩，退出碌碌于食色的尘世，焉能不心清意静？再得大师教诲，每日功课修炼，琢玉成器，点石成金，人非昨日之人，心非凡俗之心。脱尽俗缘，六根清净，功在大师指点迷津，我等早得善缘——非徒弟们技高，实为大师德高所致也！"

　　徒乙："我常在早晚功课之暇，散步于寺内，但见暮鼓昏鸦噪，晨钟清鹤舞……"

　　说话间一群乌鸦哇哇地盘旋于寺内的古树之上。众惊，又似有所悟，寂然。主持大师半闭半睁的眼中一丝光投向徒乙，脸上露出不易察觉的一抹笑意，不语。

　　徒甲："虽说是青出于蓝而胜于蓝，然求师必须尊师重道，切不可数典忘祖，自视高徒，心猿意马，干出离经叛道之事。名师乃数百年求索者的代表，一生心血凝做这册册经典，但领悟一字，可心旷神怡；若领悟一句，当受用终生；大师留下这十卷秘籍，我等虽只能得凤之一羽，麟之一角，足以广济天下，普度众生。故而功课需日日做，典籍需字字悟，非如此，难以得大师真传，哪有高徒耳？我们都知民间有一俚语——大师的好经让歪嘴和尚念走调了。话虽粗鄙，倒可作为借鉴，一旦大师毕生心血毁于我辈身上……"徒甲语不成声，止。

徒乙："昨日我清扫殿堂，拂去了菩萨金身上的落尘，不知是否对菩萨不恭？今日我清扫庭院，扫走了古树飘落的枯叶，不知古树对此有何想法？"

大师面有愠色。徒甲暗喜，徒乙闭目静坐。

徒甲："拜师求法，乃是选择一条自觉与觉人之道。效法大师的言行，体恤大师创业的艰辛，珍惜大师给予弟子的今日，方能自觉；若为徒弟身上可见大师的神态，为徒者言语中可闻大师的声韵，为徒者何愁身后没有大师的追随之人——此乃代代相传的觉人之道。唯有如此，徒才是高徒，高徒才是大师衣钵的相传人。"

徒乙："有一事秉告主持，近日进香者众，患厕满，该请工匠扩修否？"

大师拂袖而去，众徒愕然。

数十年后，徒甲已是该寺的住持了，又在举行高徒之间的辩论决定下届住持的人选。寺院一切依旧，只是几十年前扩大的厕所近日又请工匠改为原样。住持看着这些忙碌的匠人："唉，他唯一的改革方案都被实践证明是错的，可惜！"倒也是，香火倒没断过，只是进香者少了，哪有厕满之患？

一水之隔，有一新寺院，是另一宗门派，香火颇盛。每当暮色降临之时，该寺住持立于山门远眺这座老寺，向故去几十年的那位大师行礼——尽管他不是大师的"高徒",只是在那场"失败"的辩论后被逐出寺院的……

1988 年 12 月

破冰时节说春

四川的春是悄悄来的。没有江河破冰，没有原野融雪，更没有挂满冰凌柱的屋檐滴答滴答落下水珠的诗意。只是常常密布的浓厚云层渐渐稀疏，恢复了生机的阳光常拨开云隙，而那些尚未消褪的冬云又不时飘洒淅沥冷雨。乍暖还寒，阴晴无信，这是多云多雾的盆地春季特色。

忽如一夜春风来，千树万树梨花开，这只是诗人的春意，难怪诗人用此来形容严冬的雪景；大概因为对冬的一种恨其漫长的心情，文人墨客总把春尽量美化：莺飞草长，江碧天净，花红柳绿，其情融融。

从冬到春果真是一夜间天地焕然一新，如此潇洒浪漫么？

其实不然。一切得之太易，反而不解春的可爱之处。试想，从漫长的严冬中让冰封的世界复苏，让万物重新获得生机，这该是多么艰巨的"工程"——多么巨大的变革啊！

我想起曾经在黄河滩上看到的破冰时节的春……

一片苍茫的高原，严冬匆匆撤退，在阴坡和河谷还残留着皑皑白雪。重新露面的黄土上还没有绿色的点染，风依旧刺脸，只是黄河上的坚冰已经崩裂，在我们眼前展现一条遍体创伤、杂乱无序、布满冰块和浊黄水流的河床。

船在岸上观望。

阳光对于黄河也显得太柔弱。

我感到黄河的挣扎与痛苦。没有涛声，只有冰排撞击的轰响，只有冰块迸裂的声音，而在冰块下的水流沉默地缓缓负载着严冬留下的沉重负担，静静地流……

我站在岸上，内心产生一种难以抑制的敬意。

春天唤醒了这条大河，然而从严冬的禁锢走向奔腾，不是一阵春风几声雁啼就可以完成的。涌动的河流之躯要承担巨大的破冰期的阵痛，承担冬天留下的重负，要用它自己的挣扎和流淌之力把这些残存的巨大冰排冰块带走。

这就是江河的生命在春天复苏——在变革中解放自己。

也许这就是真正的春意——旧有的冰块封固的秩序被破坏了，不肯离去的冰块和向往大海的河水互相角逐，冰块撞击彼此倾轧，混浊的流水迫使冰块断裂错位，混乱中挣扎的水流聚集力量，蜕变中相互靠拢的冰块据守着地盘。一切在缓慢而坚定地进行，时动时停，渐渐地流水显得湍急有力，渐渐地冰块被撞碎被吞没被带向远方……

我认为这是春的最好注释。春乃一种变革，一种生机勃勃的力量代替僵化禁锢的力量。在这种力量的角逐、较量之中，变革的过程就是充满了混乱、错位、冲撞、挣扎、对抗、聚合、崩裂……这样一个痛苦的缓慢发展的蜕变进程。

冰冻三尺非一日之寒，千里冰封万里雪飘的严冬格局要得到改变，也不是几缕柳条中的春风就可以实现，大河破冰期的壮观给我以启示。

春天是美好的，它给一切生命以希望和未来。然而，大至江河挣脱冰层的禁锢，小到种子顶破坚实的果壳，不都伴随着破裂的痛苦吗？

那么，当我们这个古老的民族又一次迎来自己的春天，在这片土地上进行着前所未有的改革事业的时候，面对"破冰时节"那些冲撞、矛盾、痛苦和蜕变中的混乱和丑恶，我

草色·天韵——叶延滨精短美文100篇

们能够退回去吗？我们难道可以诅咒春天么？

既然阳光谁也不能垄断，那么春天的到来谁又能拒绝呢？

只是那种被文人墨客过于浪漫化的春意还是少一点好，因为我们不可避免地要在乍暖还寒，阴晴无信，风雨交加之中走过春天泥泞的道路……

1989 年惊蛰日

荒野无灯

　　不知是不是每个人都会有这么一段经历，在记忆中留下一段对黑暗很深的、难以忘怀的感触，我把这种感触叫作"荒野无灯"。小时候怕黑，怕一个人待在家里，怕窗外那些与神怪故事相连的响动。这种恐惧不是对黑暗本身，而是对藏在黑夜里的鬼怪的敬畏。长大了，常走夜路，在乡间，在大山里，一次又一次地强化了我对黑暗的印象。天地浑然于漆黑的夜幕之中，天上无星无月，有时飘洒一些无端的雨丝，黑影幢幢，或是浓云或是山影或是树阴，黑暗在你面前悄然分开，又在你背后迅速合拢，只有路面上的水洼是亮的。这时候，我往往疾走如飞，目光朝着前方茫然地搜索，直至一盏灯像萤飞进心田，猛然点燃温暖全身的火———种热爱和感激之情。

　　人生之旅，总会经常穿行于荒野无灯的境界，如火车会钻进漆黑的隧洞。当列车在长长的隧洞中穿行时，虽然身处险境，但作为乘车人，我们处之泰然，泰然是因为一种信任感和依赖感。是的，我们处于这个闹哄哄的世界，常常身处黑暗而不惊，有时来自一种盲目依赖和盲目信任。我读高中时正值"文化大革命"，深夜值班站岗，但回头看一眼同伴的眼睛，便相信这两个小时不会出事。现在回想起来，因为无知，反而坦然。　孤绝是一种人生境界，它对我们所产生的影响，远远超过了独行夜路所带给我们的刺激。有时我们身处闹市，四周是熙熙攘攘的人群，两旁是红红绿绿的彩灯，而我却如处荒野，心里刮着凄冷的风。谁都可能产生这种体验，你明明被这个世界紧紧搂着，然而内心却感到自己是无人理睬的弃儿。 不仅在闹市里，甚至在熟悉的人群中，也会有这种孤绝感。那些熟悉的脸一下子变得陌生了，没有一张嘴对你说真话，没有一双眼睛使你感到温暖，无靠无助的感觉紧紧攫住你的心，从环境到心境，都真是"荒野无灯"。乞助和寻求怜悯是常被人采取的解脱方法，可惜这种解脱是以出卖或出让尊严与自信为代价的。

　　人生之旅常常有一段难以摆脱的黑暗，它对于每个人都是一样严酷。这种黑暗也许是一个大时代的国家民族的浩劫，个人只分担了其中的一份；这种黑暗也许只是个人命运中的小插曲，诸如失恋、被诬、疾病等等，对其他人而言是微不足道的琐事。然而每个人在通过这段黑暗时所产生的心境是不同的，解脱的方式也会各异。 说到这里，我可以认为人是有灵魂的，因为我们平素看不到的内心世界，在这个时候往往会显影，会左右我们的言行。柳宗元的《江雪》一诗，应该是孤绝心境的最美描绘。"千山鸟飞绝，万径人踪灭"——在此绝灭之境，能够不与人为伍的独钓又是一种境界，而能在绝灭孤绝之中钓寒江之雪，乃是最高境界。以前老师讲课总是说这是诗人失意心态的写照。

　　其实，人难免不失意，失意时不失人格，不失风骨，不失高洁，才可独处寒冷的江峡中，成为高天银雪世界的唯一自持者。假如你在蓑笠翁的位置，会如何哪？我曾问自己。我说，我不如他，我不会怕冷，却会怕这荒野没有一盏唤我回去的灯……

1991 年

（注：2007 年高考语文试卷阅读题将此文题目改为《灯火的温情》）

鱼缸内外

　　看到金鱼在玻璃鱼缸里悠然自得的样子，真让人产生临缸羡鱼的心境："真是个自由的小东西，无忧无虑，看一眼也叫人忘记了这尘世的烦恼。"我想这样心情不是我此刻独有，"无新意。"我对自己说。大概人们在家里摆上一只鱼缸，鱼缸里再养上几条小金鱼，就是为了可以随时分享鱼儿的自由，让鱼尾轻摆，拂去心中的不快。

　　鱼儿们真的是自由的吗？这是一个感觉以外的理性问题。认真想一下，我们所认为的"自由的"鱼儿，是指自认为自由的鱼儿。鱼儿在鱼缸里不吵不闹不挣不扎地活着，它们悠哉游哉的样子，活像我们仰慕已久的那些山野贤达。这是一种典型的"自我感觉良好"，而且这种良好的感觉还感染了我们，让我们也以为它们是自由的。但这个自由只是存在于感情的层次上，一旦我们认真想一下自由是什么时，我们就发现这些鱼儿多么可怜，它们从一生下来就注定是一只透明玻璃缸的囚徒。

　　也许人对自由的理解和体验要比鱼更接近自由的本质。如果一个人生活在一只"人的高级鱼缸"里面，比方说像最近一部电视剧的名字《住别墅的女人》，翻译一下，就是在鱼缸里生活的女人。一般说来，这种人会被人羡慕，在这个层面上，羡慕与临缸羡鱼是同样的。人毕竟不是鱼，除了追求一个好鱼缸——别墅呀轿车呀——人们还有一种渴求，对自由的渴求，这种自由好像是永恒的主题，于是就有了对永恒的渴求。追求自由和永恒的人们，好像有着相近的方式，他们舍弃了世俗的欢乐，为了这个难以实现的梦幻，变得憔悴不堪，直至皮肉枯萎，灵魂却闪射出照人的光彩。在这些光彩中，我们常捉到这样的字眼：永恒主题、本质、艺术生命长久、千古传诵……啊，这就是在鱼缸之外的自由。

我们不得不面对这样一个现状，那些渴求灵魂自由的人，其肉体往往无法自由，南非的曼德拉一生在牢中为消除种族歧视而奋斗，他总算把牢底坐穿了。但从大多数情形来看，往往没有这种大团圆结局，因为所有的这类事情，都有一个基本的前提：人生的短促与精神追求的没有穷尽。就自由而言，政治范畴的，有相对于奴隶制的自由民的自由，而封建制下自由民所有的自由在今人眼中，几乎与自由还没有挨上边，因为今人的自由有着全新的内容。

人们说到这一命题时总会想到梵高，他苦难的一生和自由的画笔构成了一个世界奇观。他在死后以其艺术征服了世界，他成功了；但这种成功并没有永恒，当拍卖行以百万千万美元的价码，让他灵魂的结晶，在并不期求灵魂永生的暴发户和贵妇人之间交易倒手，请问，梵高用苦难换取的自由，不又再次被锁进保险柜写进银行账户了吗？

一位古代哲人说过一句让我们熟悉的话：鱼，我所欲也；熊掌，亦我所欲也。啊哈，妙绝，在现实短暂的苦乐与自由永恒的梦想之间，世界就是这样，把现实给了得到熊掌的人，把永恒给了失去鱼的鱼缸……

1995 年 1 月

能大则美

　　说到大则美，你会想到李白诗，黄河之水天上来……江河之美，在大，江河之大，在源远流长，汇万千支脉，成浩浩巨流。波宽浪阔，烟云浩渺，日升月没，皆成气象。夏日洪峰，如走雷霆，千山万壑，呐喊助威，有弄潮的好舟，在狂涛中奔泻，让日月无光，云闪雾躲。冬日冰封，天地缄口，任孤雁横空，红狐疾走，不动不化的是冰晶世界。大则美，美在无穷变化的气象。

　　江河之大美，不可细究。如黄河，千里奔涌，成一整体。如取一脉，或只是一混浊小溪，或只是一次山洪泼出的泥流；如再取一勺，则是一杯黄汤，半个时辰澄出一捧黄土。记得那次到壶口朝觐黄河，大瀑喷出一峡飞雾，那细不可分的水沫，留在衬衣上的是星星点点的黄斑。啊，黄河实是那穷山僻壤里流出的无名溪河的总汇，能大，大则成美，将万千的水土精华，合为大美之魂。

　　说到大则美，你会想到今日之都市，高楼如林，车流如河，夜里灯火如海。都市之美，在大，在以巨大的立体艺术，展示高妙无比的心灵之功。居高远眺，望见的是自己内心的渴望；楼宇车流不见人，却如与一知己促膝谈心。都市之大，让神工鬼斧为之叹服。如花之容，却能四季不凋；如风之歌，又有立体音符。大则美，无你无我无尊无卑，大而容之乃成大器！

都市之大美，不可细取。将一都市全景，缩为一个机关大院，再取一幢办公楼，某个处，某个科，几张桌子，几个抽烟读报半死半活的人。上班、下班、菜场、挤车、提职评薪、杯水风波、鸡虫之争、墙角里的死蟑螂、烟缸里的求爱信……一家有一家难念的经，你上台高兴，他下岗伤心，昨天还是红得发紫的新贵，今天却成了交易所里一泻到底的垃圾股。啊，甲悲乙欢丙离丁合，A升B降C迁D留，大而容之乃为大美，将万千芸芸众生的才情精神，合为大美之象。

说到大则美，你会想到那些伟人，那些在自己事业上取得成就之人，当人们谈起他们的时候，只是用写意的口吻，说一个大写的人。大写之人无疾？大写之人无癖？大写之人无疵？非也！如江河，将其日月细分，也昏浑几日清新几日，将其得失细分，也有草沫也有泥沙。如城市，将其喜乐细分，也为油盐愁也为鸡肋忧，将其功过细分，也有闯红灯也有亮黄牌……他们一辈子的大部分都与别人相同，是人，是凡人，也是有疾有癖有疵的俗人。只是，就在这"只是"上，他们将其生命归于一件事，或一大国之富强，或一小球之夺冠，倾其毕生精力，全部心血，则一生成其为大，大则美！

能大则美，大，是江河之汇；大，是都市之容；能汇能容之心胸，乃是天地之间真正的大美。

1997 年 9 月

一滴水

　　一滴水想在诗人、散文家和哲学家那里寻找自我。因为它常听其他的一滴水谈起这件事，说只有诗人、散文家和哲学家才最了解一滴水。

　　啊……一看见这个"啊"字，一滴水知道它找到的是诗人。"啊，一滴水里也闪耀着太阳的光辉。"这话多好，一滴水有那么大的本事，太阳的光辉！多么伟大的一滴水啊，一滴水感叹自我的时候也用上了"啊"字。当一滴水想到自己也是太阳的时候，他有了一种天才的悲哀：天上那个太阳也太骄傲了，好像世界上只有它一个太阳，不，还有一个呢，还有"闪耀太阳光辉的一滴水"。为了让太阳尽早地知道这一点，一滴水早早地趴在了最高的一株青草叶尖上，等那太阳从地平线升起来。太阳升起来了，刹那间，一滴水也闪射出七彩的光芒。真的！一滴水兴奋地向太阳喊道："喂，太阳老兄，你看见我了吗，我也是一个发光的……"一滴水的话还没有说完，它就在太阳光的霓虹里，化为一缕气，消失得无影无踪。

　　一滴水的这次寻找自我的努力失败了。不过它知道一个事实，不要到诗人那里去寻找答案。还是散文家的话实在，散文家怎么说的呢？那是一个熟透了的说法："滴水穿石。"多实在，多有分量，与草尖花丛中里装扮太阳绝对不相同。看来诗人都是在花花草草中找到那个五彩缤纷的定义，而散文家总是写下力透纸背的金石般正确的话。想到这里，一滴水已经悬在崖顶上，它马上就要滴落，看到在下面的那块巨石，它心中升起了无限自豪："对不起了，石头老弟！"一刹那间，它滴落在石头上，飞溅起来，一滴水在眩晕中，不忘望眼那块石头，天呀，它一动不动地呆呆立在那儿。碰壁以后的一滴水，去找散文家问罪。散文家说，你只看到"滴水穿石"四个字，那是我文章的标题，没看内容哪行？原来文章在这里，说一滴又一滴的水千百年后会穿石。天！那不是一滴水，是一条河。一秒一滴，一天八万六千四百滴水，一年是三千一百五十三万六千滴水，千百年有多少啊，能叫滴水穿石么？一滴水觉得散文家实在不懂数字："散文家是什么，这下我知道了，就是不学数学的人士。"

最后一滴水去找哲学家。哲学家说："透过一滴水可以看到大海，一滴水就是一个海。"海是什么？一滴水觉得哲学家的确很有学问，但要知道海是什么，才能知道自己是什么，于是一滴水长途跋涉，一路上问："海在哪里？"找海的一滴水又一滴水成了溪，成了河，成了大江向东去。当它见到大海的时候，他知道哲学家又把话说反了。不是吗："大海里有无数的一滴水，而一滴水离开大海就什么也不是，什么也不是，只是一滴水！"

想到这里，一滴水明白了，他终于找到了自己。一滴水是什么："不是太阳，哪怕有时也有光芒；不是穿石的利器，也许某滴水会有这个运气；更不是大海，大海是让所有一滴水忘记自己的地方。一滴水不是太阳不是石头不是大海，就是一滴水而已。"

1997 年

关于机会的实话实说

　　机会这个词，在这两年已成了在报刊杂志上出现最频繁和谈论最多的词了。出现多，也就引人注目。议论多，也就容易产生不同看法。本文不想对"机会"再做什么新的阐述，把各家的"机会"找到一起，也就在这里给你开一个实话实说的小型笔谈会，你可以旁听也可以参加讨论，谢谢。

　　"机会就是牌桌上的重新洗牌。上一盘你输了，拿了一手臭牌，这没有关系。打牌，总是会拿臭牌的，但重要的是在拿臭牌时，不要臭了心情，而是等待出完这手牌，然后洗牌。洗牌就是机会，四个人重新抓，就看谁抓住它了。"说这话的看来是个赌客，他对机会的理解，你认为如何？对了，你说他的那个"机会"等于赌客们的"运气"，也叫手气，如果机会就是这样的，那么这个世界上最能抓住机会的人就是牌桌上的人了。

　　"机会是一只在山林乱窜的精灵，人们像猎人一样，在山林里寻找它，但多数人只看到过它的足迹，望到过它的影子，永远是与它失之交臂。只有一个猎人，他跑累了，靠着大树闷了一觉，一醒来，发现机会这小精灵也一头撞昏在这棵大树上了。"这是个老故事，但很多人说这就是机会的"正式版本"。也许你和我一样，也曾收藏过这个版本，当我们钻进被窝时，对自己说，明天有个好运气，当我们一觉醒来，心里说今天会有好事等着我吧……

"机会是在竞选中你可以听到的各种许诺。你可以为你的希望投下一票，但得你一票的人会不会实现你的希望——这个难题的名字就叫机会。"我和你都知道这是一个误读，但我和你都认为：机会等于不负责任的决策者无须兑现的许诺。这个定义虽是错误的，然而也的确是常见的事实。

"机会是在上帝见我们之前，艰难人生旅途中，和我们日夜相陪的牧师。"说这话的人是一个虔诚的教徒。我不是一个宗教徒，但他对"机会"安排的职务我认为非常合适。

"机会是开给无能者的一张药方，这药方不能让他们变得能干，但会让他们活得快乐而且充满信心。"说这话的不是医生，但我觉得他好像也给我开过这么一张处方？

"机会是一个穷光蛋，突然得到的一笔遗产！"我听这话后，认定我是算穷光蛋，不过我坚信没有哪位好心的亲戚会为我准备好那东西，所以我决定不考虑这个定义。

"机会是一份早已写好的聘书，只是你总是忘了去领取。"我知道在领取时，不光需要我的身份证，还要我的学位证书、职称证书、论文、获奖证书……所以我不知道这份聘书是"机会"还是"陷阱"？

"机会是自以为天才的人，没有收到的汇单。他把已失去的时间，折成金钱，又把金钱换算成社会对他的欠款，而偿还欠款的汇款人，名字就是机会。"这话说得绕口，但真有这样的人，你见过，我也见过，这种人言必称"天生我才必有用"，这种人四周的人对其评价，一般是两字：有病。

讨论还在继续，但我不得不退场了，因为我知道上述机会对我而言，已经够多的了，下面的机会还是让给别人吧……

1997 年

铁哥们

　　他俩是铁哥们。不一个姓的哥们，有时比一个姓的亲兄弟还亲，这好像是人人都知道的事实。亲兄弟们在娘怀里抱着的时候，还是亲近得很，一旦倒过来，亲兄弟在这个世界上，不是让女人抱着，而是自己怀里抱着一个女人的时候，就要分家另过了。古人说，女人是祸水，大概就是说的这情形，而且只说抱着女人这后半节，不讲让"祸女"养大的前半段。忘了。

　　铁哥们就不一样，说"在家靠父母，出门靠朋友"，这朋友就是指铁哥们。阿甲和阿乙曾是最资深最正宗最名牌的铁哥们，远近闻名。

　　阿甲和阿乙都是外地到京城的打工仔，阿甲从湖南来，阿乙从湖北来，是几年前，睡在火车站的地上过夜时成了哥们。阿甲已经几天没吃饭了，看见阿乙从包里拿出一只烧饼，眼睛一下子就放光，那光发绿。阿乙熟悉这绿光，他也常放出这绿色眼神，所以，他知道这是救护车灯在发光。救命要紧，于是他把整个烧饼给了阿甲：吃吧，哥们。阿甲听到"哥们"两个字，就着眼泪把这烧饼吃下去了。阿甲从此跟上了阿乙，他说：这才是哥们，把自己全部的东西都可以给对方，全部！他心里想：对！全部给对方这才够哥们。

　　阿甲和阿乙在京城一起闯事业，什么事也干过，开初没混出样子，两个人还是公认的铁哥们。有了一支烟，一个人抽一半；有了一包烟，一人分半包。有了一瓶啤酒，一人喝半瓶；有了一箱啤酒，两个人面对面地吹喇叭，一人半箱喝光它。有了一张床，两个人共同盖一条被子，互相闻对方的臭脚；有了一套房，也两个人共用一只马桶。就这样，一包烟的家当，一瓶酒的快乐，一张床的地盘，他们在京城立住了脚。阿乙有文化，找到的活工资高，阿甲干苦力，挣的却不多，但还是一人一半。到后来，阿乙又买了一套房，他就对阿甲说，两套房我们一人一半，你挑吧。两套房在两个区，阿甲和阿乙从此就分开过日子了。阿甲还是说：我们这才是铁哥们，不管是一支烟还是一套房，没说的，一人一半！他说出这"一人一半"后，觉得以前好像不是这么定义"铁哥们"的，心里有点不快。

　　分开后的头一年，听说阿乙做生意挣了五十万元，阿甲去找阿乙。阿乙没说什么，拿出五万，"兄弟你过年置点东西吧。"阿甲拿着五万，心里想：这一人一半的铁哥们怎么变成十分之一了？又过一年，听说阿乙做房地产挣了五百万，阿甲又找去了，阿乙拿出十万，"兄弟你也用这钱开个店吧。"阿甲心里很不痛快，心想：这五十分之一还叫铁哥们么？他伤心地去大醉一场，一边喝酒一边骂："这个当年把全部东西都给朋友的人，一有钱，就变心，全部变成了一人一半，变成了十分之一，变成了五十分之一，这还叫铁哥们么？真是一阔脸就变，有钱人没情义呀！"

　　阿乙知道阿甲骂他，心里也不解："这个人真不够哥们，钱真是坏东西，坏了兄弟情分。唉，当年给他一个只值五角钱的烧饼，换回他双泪流。现在给他十万元还不知足，这像个哥们么？"

　　两个哥们就这么掰了。都因为在计算"铁哥们"价值上出现了分歧：阿甲是用比例法，说从给全部降到了给五十分之一，所以阿乙不够哥们。阿乙用的是直接价格，说从给五角钱到给十万元，阿甲还不满足，太不哥们了。

大概所有的铁哥们最后分手，都因为有不同的算术题在测定哥们的"含铁量"，这个含铁量就是他们心中的财富。

1997 年 12 月

经 典

社会上"经典"两个字用得多起来了。开初爱用这两个字的，是学院里的教授们，好像是他们的专用品。后来教授用得多了，引出了好多人的不满，觉得这样大方地乱用"经典"二字，其行为如同医生开大处方，得个感冒，给一堆进口的高档药。后来，经典这两个字到处都可见，于是，只好对经典两个字进行研讨。

说到经典，首先是请公认的经典人物发言，例如请马克·吐温。请他出来估计不会引起争议，比方说"他那么年轻，称得上经典么？""他的作品有争议，能算经典么？"这样的质疑在马克·吐温的"入典"资格上，还没有出现过。可以认为他是一个各界公认的经典性作家。

经典性作家马克·吐温认真地表态，他是从经典作品的角度来为经典下定义的："所谓经典，就是每个人都想读而不去读的东西。"听完了老马这句话，得琢磨。看来老马也是从自我感觉出发，叫有感而发：一是作为经典作家，感觉到自己没有人读了，有落伍的寂寞。二是尽管如此，还是认为"每个人都想读"，这是否是自我感觉代替了公众感觉呢？马克·吐温还不糊涂，他是说"每个人都想读"而没说"每个人都该读"。前一说法是可爱的感觉良好，而后一说法就有学阀味的腔调了。

首先与老马开辩的是学生，现在流行辩论会，能与马克·吐温辩一回，也是一个经典辩论了。学生说："所谓经典，就是不想读，却要去读的东西。"这是学生立场的论点，我们都当过学生，回到我们当学生的年月，我们会说这个定义：高！实在是高！当学生，老师圈出一堆书目，这些书目上又注明，某某的经典作品是要列入考试内容。于是去图书馆借出来，良药苦口地读，然后一辈子记住这苦味！至今为止，人们说到学校生活，还爱用"苦读"，我想这苦字，一定不只是说衣食。

接着与老马开辩的是一位青年教师。他站在另一个立场，又对这一立场有一种批评态度，他说："所谓经典，就是都不读，却都在说的东西。"听了他的话，觉得偏激是显见的，但是也说出了现实中的一种存在。在当老师、当导师、当领导的人们中，不乏其人。口口声声黑格尔的未必读过几本黑格尔，口口声声马克思的也"没时间"去读原著。这是报纸上常说的事，不算青年教师的发现。当然，在教师行列里，不乏这样的人——常常引经据典，他知道的也就是引出的那几点而已。

不和老马辩论的是大众，他们尊敬经典作家及一切被冠以经典的东西。但他们知道经典就是珍贵，也就是消费不起。因此大众的趋向是远离经典，远离的另一端就是"流行"，流行的琼瑶，流行的金庸，只是金庸最近也开始"经典"起来，这一下子，马克·吐温的定义"都想读却不去读"就更不好办了。可见流行是很厉害的东西，什么叫流行，因此可以得出一个定义："让大众远离经典的东西，同时也可以让经典变味的东西。"

1999 年

九不可为

　　做人之道是个从古到今都有人在研究的大道理，自己是个写文章的人，记得也写过许多该做什么的文字，但很少写不该做什么的文字，不习惯。今日与友人聊天，说到文化人不可为的事情。想想有理，文人有文人的样子，有些事确是不可为，做了就没有样子，挨骂难免，当紧的是自己就看不起自己了。我想了想：做了哪些事会自己看不起自己呢？扳着指头数了数，我对自己说：叶某，你若要做个不骂自己的文人，九不可为也！

　　钱不可贪。不仅文人不可贪钱，官不能贪，民也不可贪。官贪财丢了乌纱帽，本是无限风光在险峰，千难万险换来极目天地的得意，得意之时忘乎所以，再迈一步，无限风光瞬息之间变成万丈深渊。文人不可贪财，因为文章可以换钱，但人格不可拍卖，凡卖了人格者，其文必臭。

　　文不可抄。文人抄袭就是行窃，世上凡是行窃者，皆是小偷大盗，不论因此道而富贵还是显赫，皆不为人所齿。文人抄袭还是窃取同行的成果，窃同行则更下流，甚至连下九流的黑道都不屑与之为伍。

　　师不可骂。文人立世做人的本事，都不是从娘胎里自己带来，也不是官宦世袭，商贾继承。文人那点本事，都是他人教的，自己学的；没有老师传道授业解惑，哪能成为文人？因此文人的牌位上，应是"师、天、地、君、亲"，师为首尊。也许世事变迁，志向转移，过去的老师与自己不再同道，甚至成为对手或敌人。纵然如此，师也不可骂，人各有志，但不许忘本。

友不可卖。文坛上的文友，是文人成就事业的支柱，也是文人"高山流水"的知音。分分合合，聚聚散散，世间常情。卖友求荣之事，卖友求名之事，卖友求利之事，卖友以自保之事，皆不可为。文坛纠葛，当事人多是"当年友人"。风起雨至，运动来，风止雨停，运动去，"当年友人"变成仇人？读忆旧文章，常拍案叹息，天下短视轻义多是文人！

官不可讨。现代社会，官场也是有文凭的人来做，文人做官也是现代社会正常现象。硬要说你是民间，你就是好文人，写出就是上上品；硬要说王蒙当过部长，就是官样文人，写的就是官样文章，谁信？自欺欺人耳。但文人不可去求官，不可去讨官，不可去要官。官场的官也有人讨来当，要来做，那是黑箱操作，见不得光；你若是个文人，就是"准公众人物"，想去讨，去要，去求，公众皆会看在眼里，你于是在丢，在扔，在弃，丢了清流名节，扔了文人品格，弃了公共信任。手莫伸，伸手终后悔！

上不可媚。有求必媚，无欲则刚，留一点风骨当桅，撑起文章做帆，行之必远。无风骨之人其文如筝，可一时高扬，但命系一线，断线时，连声音都会听不到。

下不可慢。文人常自命清高，古人如此，今人也如此，高到诺贝尔奖或是自认的精英文化＝（几个写文章的"大师"）＋（一两个写评论的同志）＋（三四个媒体的哥们）。这样的圈子自己玩玩还行，就像开间 KTV 包房自己唱自己听，与读者无关。从写文章的开始，我就不敢怠慢读者。怠慢两个字，说的是，不可无视读者，更不可炒作读者，炒作是另一种轻慢。

自以为是的出版商炒作图书时，也把作者放进了油锅，让你走红，让你发烫，让你香飘四方，然后变成油渣。

风不可追。说来容易，做起来难，尽力吧。草木有根，尚且随风俯仰，人无根系，只有一双好动的腿，那能心静如止水？只是想到那些树上的叶子，能守住根本时还绿葱葱的有精有神，守不住随风而去，有风中舞蹈的快活，其后变枯变黄，被扫帚驱赶，谁为之叹息？

天不可欺。天行有道，人间有正气；不可欺天，当养浩然之气。知道自己不是个完人，更不是圣贤，只是要做个自己看得起自己的文人，说到底，就是要相信天地有正道，人间有正气，做人也就正自己。写这篇短文自勉，不想以此正人。

2001 年 8 月

读书的理由

　　前日，电视台的几位记者，扛着摄像机到家里，说是做一个关于读书的节目，要在书房里才好。雨蒙蒙，几位做完事情，也不好马上赶路，雨留人。从节目和工作中出来，一个青年记者说："我们现在忙得昏头转向，还得读书，考职称，考托福，考来考去，出了学校还得读书。叶先生算是熬出头了，不考官，不留学，自己不评职称只是去给别人划圈，我呀，到你这个份儿上，早就不读书了。"我信他说的，自从几年前，再不用让别人评，让卷子考，我确有一种"解放了，天亮了"的快感。读书不赶考，何等爽快的境界。那么，不考何必读书，读书何为呢？读书不为考试者，还有一种人，是不进考场的考试：读书做学问。这是职业读书人的境界，叫作自己考自己，认真的读书人，一辈子就在学问上得到快乐与满足。等到这等读书人出了考场，交了考卷，到另一个世界去了。后人又接着用他的学问，去考下一拨读书做学问的人。我不算个做学问的人，有人要说我学问不深，我不会生气，我这辈子的正业是编辑，做到顶是个编辑家，副业是作家，到现在还是个业余作家。因此，我读书，一是爱好，二是习惯，三是业余，如此说来，读书何为？

　　一为养生。读书看报，如同一日三餐。饭天天要吃，总统与百姓，概莫能外。看报纸读时文，就是吃饭喝汤，不可一日停止。读书人也是凡人，在养生的需要上，与当官的、经商的、打工的，没两样。当官读报，重在领会上头的精神，这上头的精神关乎国运民生，读书人也应知晓。现在有的读书人一听见政治两个字就撇嘴，就不屑，自以为这叫清高，其实，这只是老百姓说的"装嫩"。完全不讲政治，读什么书？只好读情书，情书能读一辈子么？经商人读书看报，重在经济市场。打工者看书读报，意在看到前途。唉，上头有精神，交通有规则，世态有炎凉，不可不知，此谓养生。

二为养气。读书读得多了，也就读出书生意气来，何为书生意气？读书人不会不与官场之人来往，官场中人也是读书人，只是先读书，后一心一意从政罢了。官场有官场的正气，叫清廉，叫先天下，叫什么的都有，就是不把自己放在百姓头上；官场也有浊气，浊气太浓就有了臭味，人称腐败。读书人也不会与商场绝交，现时的商人大概都是读书人下海，捕鱼捞蟹，难免沾上腥味。当官的浊气重了，进医院的有，进学习班的有，进法院的也有。经商的腥气重了，有工商来管，有银行来追，有熊市来找。读书人满世界地走，也会沾些腥味臭气，只能自省自养，读书就是养气，书中有天地正气，养吾胸中浩然之气。

三为养趣。读书常读有趣的书，这是不为考试，不为文凭，不为职称而读书后得到的快乐。过去的人说，活得太苦，是指求温饱难，生活无法满足肉体的需要；现在的人说，活得太累，是讲求快乐难，生活无法满足精神的需要。读书养趣，就要读杂书，天天读圣人书，如同天天吃龙虾，高贵够，营养够，但只吃龙虾，三日之后就如嚼蜡。就养趣而言，经不如史，史不如子，子不如稗，稗不如侠。现在是，桌面上都说是在读经，桌面下只是在读侠，这样做来，上面与下头，想要情趣相投，就很难了。还是吃杂食，才能养情趣。

四为养性。读书人不能靠读书吃饭，入世下海都是做事，不当官不下海也要做事才能叫个读书人。有一种人，也读书，找个有钱的富婆包起来，于是成了不做事的专业"读书分子"。骂当官的，损下海的，嘘爬格子的，看不起还要上班做事的，以为唯有自己才是天下最最纯正的读书人，其实，吃软饭也是个行当，读书人吃软饭，这不算是中国的新景致。大家不说，不是说不知道你的真本事在何处。不管在哪儿做事的读书人，只要做事，就有顺与逆，达与穷。事做得顺了，名气大了，读书可以养性，不张狂，知节制。事做得不顺当，遇到坎儿了，不钻营，不苟且，读书就是躲进小楼成一统，另一个世界大得很，心会宽，气也平。凡是我读书多几本，写的文章多几篇，这情形，也多是人家说的"受挫不顺"的时候。丰年做事情，小年收文章，此乃养性也！

读书养生，读书养气，读书养趣，读书养性，这就是一个业余读书人的读书理由。

2001 年 12 月

大炕时代

　　我们有过"吃大锅饭"的时代，我们也有过"睡大炕的时代"。一个讲吃，一个讲睡，两者加起来，就是一种生活方式。吃大锅饭再加睡大炕就是革命时期的计划经济（或者叫军事共产主义）最主要特点。现在讲，还不迟，吃过大锅饭睡过大炕的一代人还健在，一说就会明白。过去常讲"温饱"二字，解决温饱最快捷的方法就是把一代人弄去睡大炕吃大锅饭——"文化大革命"中知识青年上山下乡，最根本的原因就是如此。整天搞运动，城市生产不发展，不能为青年提供就业机会，怎么办，到农村睡大炕吃大锅饭去吧。那时，正面的口号是"到农村接受贫下中农再教育"，背面的口号是"我们也有两只手，不在城市吃闲饭"，背面的更接近真话。历史发展了，现在是农民进城，接受市场经济和城市文明的再教育了，大炕时代一去不复返，不说说，也许真忘了。

　　大锅饭并不难吃，因为最后还是一个人一只碗，在吃的动作发生时，还是个人行为。睡大炕就不简单，现在二十岁的年轻人，能睡在大炕上不失眠，恐怕不多。有个成语"同床异梦"，常是贬意，用在大炕上"同炕异梦"，就百分之一百的正常情形了。一排人睡在一条大炕上，你的汗臭，他的脚味，说梦话的说梦话，打呼噜的打呼噜，咬牙的，放屁的，这个起来小便，那个站起梦游，五味俱全，五音不停。那时，我在延安插队，第一条大炕上同睡的有四个人：范加辉，初中生，因好打架进过班房；马德祥，初中生，因偷窃被派出所抓住过；沈宁，高中生，父母是高级知识分子被打倒，拉一手好提琴。这样四个人在一条大炕上，和平共处一年多，真不易——"同是天涯沦落人"，"各人做着各人的梦"。青春和梦想，让我们躺在一条简陋而又空气污浊的大炕上。我们生活在这一条大炕上，国家也出了安置费，每人一百六十元"安家费"，就注销了我们每个人的城市户口。在陕北一条山沟里，把我安置在四分之一的土炕上，宽两尺，长六尺。

农家的大炕上摆着农家全部的生活内容。那时典型的陕北窑洞布局，进门是灶和锅，地上有一排水缸、酸菜缸和米缸，这是窑洞的前半部，与吃的主题有关。后半部是大炕，大炕靠里是炕台，上面放着被褥、木箱和炕桌。晚上，把被褥铺上，从外面拿回一只大尿盆放在炕角。睡觉时，长辈睡在炕头，那里是灶火的热风进到大炕下面风道的入口处，暖和，来了客人就让客人睡这里。老老小小睡在一条大炕上，当儿女长大了，就再挖一孔窑洞。女儿嫁出去，儿子娶媳妇，性生活多的成年男女，要分开住了。进他们自己的洞房，然后再与他们自己的儿女睡一条炕。关于农家的大炕我有一篇《想起土炕》，记录了我在与知识青年共同生活之外，与农民共同生活一年多的印象。

知识青年在大炕上同炕异梦地生活下去，除了劳作的艰辛让我们与失眠无缘之外，在特殊时期社会压力的铁钳下，生存本能也发挥着一种龟壳效应。睡觉的地方，应该是个人的私密空间，然而大炕却是集体宿舍、公共客厅和会议室。集体宿舍里，男人与男人之间，一切都是公开的，音乐家与女朋友的通信约会是公开的，小流氓之间的往来和活动也是公开的。比方说，马德祥就当着我们的面，把香皂丢进开水盆里，用两根手指往出夹，说是"练活"。他夹钱包的手艺就是这么练出来的，下乡了，虽说没有钱包可夹，但手艺不能丢生了！在小马练着开水里夹香皂时，沈宁拉起他的小提琴，他不拉样板戏，拉的是练习曲，这些东西在市面上讲也是"封、资、修"。沈宁叹一口气说："下乡也好，老乡比居委会的老太太们好多了，不会来敲门叫停。"

大炕时代，我就躺在长六尺宽二尺的土炕上。范加辉说："这尺寸和埋死人的墓坑差不多。"我对他说："不一样，坟墓冷冰冰，而我们的土炕下有热风，炕尾有尿盆，炕头还有一盏油灯，吹灭了灯啊，长长的夜里，还有你和我各自长长的梦。"

2002 年 1 月

研究一个讨厌的人

　　没办法，有时候你也会像我今天，和一个自己讨厌的人坐在一起，不是坐在一张长椅子上，而是面对面，在一间不大的会议室里。实在不喜欢他那张总是挤满笑容的脸，那些笑容像发酵的奶油一样，酸而且馊！生气吧，只能是折磨自己的神经，在已经倒霉的环境里再添上倒霉的心境。出去吧，大街上正刮着零下十度的西北风，让自己在寒风中诅咒挨冻，而让那个讨厌的家伙在暖气充足的房间里品味红茶和享受驱逐对手后的快乐，实在是一件傻透了的事情。不能生气，也不能退场——生活有时就这样给我们出题目。好吧，那就研究一下这个多年不见，一见就让人讨厌的人物吧。研究！必须用研究这两个字，这两个字有三重意义：一是让自己与对方保持距离。讨厌的人之所以讨厌，是因为与自己有恩怨纠葛，会引出那些不愉快的往事。研究好就好在引出距离感，研究是让自己端正态度，有了距离感就少了情绪，多了兴趣。二是让情绪退场，情感退场，让理性出面，让头脑在另一个跑道上思考问题。由情到理，首先就能让自己从恶劣的心境中解脱。三是角色转换，让老对头变成了新对象，研究的对象，就会有新发现。想一想也是，这家伙再令人讨厌，也比不上东条英机和希特勒吧？研究半小时，总比生气半小时强。

　　他穿着一件厚呢子大衣，大衣放在身后的椅子背上，那种大衣在他那个内地城市里，只有厅局长们才穿。稳重、沉闷、保守和暧昧。他矮小的身体不适合穿这种大衣，会让人觉得他是钻进大衣里的鼹鼠，踮起脚才能撑起这件沉重的外套。于是他脖子上围了一条红围巾，让人们的视线抬高，从那沉重的大衣里和他一起从领口伸出头来。这个红围巾让我想起他曾有过的风流事件，不过他到底还是为了这件准官袍，割舍了那份情缘。唉，围巾上的这颗头还是多年前那个头，只是头发又少了许多，光滑的不再是前额，而是头顶。有一缕头发，认真地从左面的耳侧越过秃了的顶峰，贴在右耳的上方。要保住这几根残存头发，要染黑它们，每天还要指挥它们越过秃了的头顶。这是件细心的工作，当然，从我一认识他，就知道了他的心细。细细的头发就像他的字，每个字都写得工整，每一笔都匠气十足。头发这东西，像人的才气，多了怎么都好办，越少越费劲。记得他曾自己评价自己："我这个人没上过几天学校，在文坛混出来，靠的就是才子气加上流氓气。出身苦哇，从社会底层爬出来，容易吗？"他说得也对，只是才子气越来越少，就压不住流氓气了。当然，官场和文坛的流氓，不比大街上的滚刀肉，不是用力去搏，而是用心去算。他够费心了，原先还算光滑的前额，算出了一道道深沟。我相信面相也是心象。心地坦然的人，脸上也光明清秀，心里阴暗险恶的人，会有一脸的苦大仇深。他这个人呀，得是得于算计太多，失也失于太多算计。看来，他给别人心上刻下的一道道伤痕，老天爷也一刀一刀地刻在了他的额头。额头上刻满了，眼角和腮帮子上也沟壑纵横，像水土流失。当然，流失的是岁月，岁月带走了许多曾经有过的友情和信任。有人说眼睛是心灵的窗户，自从认识他，我再也不信这句话了。他的眼睛很会表达，准确说是表演，有时盯住你，你会觉得那双眼睛充满了真诚和善意。只是后来，我发现这双眼睛像猫的眼睛一样，会变化，会调光，当需要的时候。啊，这不，此刻他一直呆滞的目光瞬间消失了，两眼放光，可以用"炯炯有神"这个成语了！啊，他想发言了，灿烂的笑容从嘴角吹出来，开遍了他整张脸……

时间过得真快，半个小时过去了，我为自己新的发现而陶醉。一切都没有改变。还是这个会议室，还是这个令人讨厌的人，还是那夸张而蘸满"哈！哈！"的发言，但我已经不觉得他那么讨厌了。他生动，他善于表演，他活得努力而辛酸，他让我同情。

这是我的体验。如果要作总结的话，那就是两句话：第一句，当我对我喜爱的人认真观察的时候，这种观察让我从爱我所爱的人进而热爱生活。第二句，当我对我所讨厌的人认真观察的时候，这种观察让我从热爱生活进而热爱文学。

2002 年 2 月

热情难以消化

　　大刘现在几乎变成一位吃斋的居士了，以前他可不是这样。以前要是有人请客吃饭忘了叫上他，他跟你急："咋啦，这么不够哥们？怕我有艾滋病？艾滋病吃饭不传染！"大刘爱往饭局上凑，不为吃食，为的是热闹。这是他的理论："中国人讲什么？礼仪之邦，两个字，食与性！一是喂肚子，二是养儿子，喂肚子是生存权，养儿子是发展权，这是基本人权。但是光这些，直接冲着目的地去，那就叫没文化。养儿子不是要结婚么，结婚要仪式么？仪式要闹洞房么？吃饭也一样，要先请人么？要去进馆子么？要应酬说话么？对了，这些过程就是文化，人生的趣味就在这到达'肚子与儿子'之前的过程中。"说是这样说，但为什么眨眼间，变成了居士了呢？经不住几个同事的盘问，他长叹一口气，讲了如下这一段故事——

　　那天快下班了，来了位作者，他有本书我给他写了评论。我也不认识他。我们这些搞评论的，写写书评本来也是工作嘛。我这样对他说。他千谢万谢，说要给我润笔费，说要请我到他们市去讲学，说死说活我全都拒绝了。最后说请我吃饭，推不掉，我就和他进了饭馆。

　　这人那张嘴呀，真能说！只是一边说，唾沫星子也如雨点子一样，乱溅！我开初没有发现他有如此丰富的降雨量。上了菜，摆了汤，我才发现在凉菜、热菜和汤菜上，不断地有唾沫星子如雾如雨，润物细无声地覆盖了一层。我说："咱们吃饭吧，吃了再聊。"他说："吃是小事，就是想和你聊！边吃边聊，东西不好，好的是能面对面地说说心里话。"听他这一说，我能把他咋办？

他见我光听他说，不动筷子，就催我："吃呀吃呀！这菜味道还行，自从我得了肝炎住院以后，我就没有下过饭馆了。出院后，这是头一回。"这人怎么有肝炎？有肝炎他怎么还请人吃饭呀！我心里发毛。他笑着说："医生说了，让我忌酒，让我少吃油荤。医生的话当然要听，但是为报答你的知遇之恩，我舍命陪君子！吃菜！吃菜！"他把筷子放到嘴里，抿了一下，舔干净了，夹起一片海参就放到我的碗里。我忙说："谢谢，谢谢，我最近转胺酶高，不能多吃油。"他说："没事！没事！医生说了，我得过肝炎了，不会再得了。你转胺酶高，要去看一下医生，别成了肝炎了。当然，就是肝炎，我也不怕你传染，谁叫我们是哥们呢？"你看，我倒成了个肝炎病人了，这是怎么回事呀！

他一边说，一边吃，一边笑，热情万分。我才发现热情这玩意有时竟然是最难以消化的东西！我叫过小姐，让小姐换过这碟子，平静一下。唉，不打送礼的客，不讲酒桌上的理。我耐着性子，喝了一口酒。他又热情上了："你看我，也不给你添酒，来！来！我们碰一个。"我只好端起杯子，伸出手，和他碰杯。"慢！慢……"他突然接过我手中的酒杯："让我检验一下。"径直吐出舌头，用舌尖在我的酒杯里蘸了一下说："没做假，没做假，够朋友，够朋友，干！干！"怎么办，我只有把这杯酒当毒药喝了。

到这程度时，这家伙（对不起，我实在找不到更适当的词了）热情像火山一样喷发出来了。像所有的酒疯子一样，开始放开自斟自饮地喝酒，一刻不停地给我讲他的奋斗史。一讲到伤心处，鼻涕眼泪一起向外喷射。于是，在所有的菜盘汤盆里，唾沫、眼泪和鼻涕就像酱油、醋和味精，统统再加了一遍。最后结完账，我只好扶着他才能走出饭店。他在告别的时候，用稀溜溜满是鼻涕和眼泪的手，使劲捏住了我的手，依依不舍。在他坐上出租汽车那一瞬间，最后抓住我的双肩，紧紧拥抱，把脸上和手上剩余的那些热情分泌物，留在我新买的大衣上。

那天，我一关上出租车的门，飞一样跑到浴池去。刷牙、洗头、冲澡、我恨不得把胃和肠子也翻出来涮一遍！直到现在，一听到"饭局"两个字，我的眼前就走马灯一样出现：喷泉一样的唾沫、抿筷子的厚嘴唇、伸向酒杯的舌头、稀溜溜满是鼻涕的手……

老刘从此真的不再进饭馆了，他只是多了另一种热情，爱让医生给他做检查，查了血，下回查尿，再下回查心电图，再下一回查 CT……而且，一说到体检做化验这种事，他热情洋溢，眼睛放光，就像以往说到饭局一样！

2002 年 4 月

解读娱乐版新闻的要旨

　　现在报纸上，特别是报摊小报上的娱乐版总是很热闹，让人目不暇接，合了一句俗话，说的比唱的好听。倒也是，一个城市里，数得出来的几家剧场戏院，唱传统戏的坐满了老外们的旅行团，奏西洋乐的坐的是白领丽人和金领恋人，就是卡拉 OK 也多变成了公费们的包房，老百姓多数还是在娱乐版享受都市娱乐。报上冒出那么多的大腕，如何得其真实面目？我这里，试说一下解读方法。

　　原文："最近，著名书法艺术家莫明堂先生从 Y 国出访载誉归来，在本市某饭店召开了记者招待会。他的作品展在该国首都展出，引起轰动，当地媒体高度评价，盛赞莫明堂先生的艺术，与有关方面商定，莫明堂先生将每年到 Y 国举办作品展。"

　　解读如下：

　　"最近"——其实那是半年前的事情，只是记者半年前没有拿到车马费。

　　"某饭店"——不是说的三星级四星级的大饭店，是住宅小区自办的快餐小店。

　　"记者招待会"——莫先生再加上这家小报的记者的两人约会。

　　"从 Y 国出访载誉归来"——莫先生的儿子在 Y 国开了家中国餐馆，因为老婆生孩子，请莫先生去帮忙，受到了儿子全家的称赞。

"作品在该国首都展出"——莫先生用毛笔为餐馆再抄了一遍菜谱,挂在馆店外面。

"引起轰动"——行人看菜牌上的中国字,不明意思,一时间影响了交通,警察出动,罚款并勒令拿回店内,还要注上 Y 国文字。

"当地媒体高度评价"——当地电视台称赞警察处理这起影响交通的事件迅速及时。

"盛赞莫先生的艺术"——当地食客发现莫先生的烹饪技艺比他儿子的高明。

"与有关方面商定"——莫先生与儿子及儿媳妇说好了。

"莫先生每年到 Y 国举办作品展"——莫先生与儿子商定的是,由儿子出钱,让莫先生与老伴每年去看一次儿子和孙子,但是在探亲期间要为儿子的餐馆充当客座厨师。

所以,娱乐版上的这则新闻应该这样解读:

"半年前,本市书法家莫明堂先生,请本报娱乐版记者在他们小区的快餐店喝了一回啤酒。告诉记者,他到 Y 国去看了一回开中国餐馆的儿子,因为儿媳妇生了个胖孙子,下厨房的人手不够,就把莫先生请去救场了。莫先生为了帮儿子揽生意,把菜谱抄了一遍,挂在馆子门外,那 Y 国人不认识中国字,路过的人都停下来看稀罕,影响了交通。警察立即赶到,按规定乱挂广告罚款,并勒令取回店内,并且必须注明 Y 国文字。为安定警察和记者,莫先生亲自下厨,炒了两菜给警察和记者品尝,意外地得到了极大的好评。于是莫先生天天下厨,儿子饭馆生意日臻兴旺。他的儿子和儿媳妇一高兴,便和莫先生商定说好,以后儿子和儿媳每年出机票钱让莫先生夫妇到 Y 国探亲,在探亲期间，莫先生要下厨房给客人炒菜，这样，儿子和老子都不吃亏，双赢！"

2002 年 6 月

三得意

　　说的是一个人，在地方上小有名气，如果在科举时代，够得上个秀才，懂古文，说方言，还读过几天的英文。因为有这才干，在前几年还担任过当地政协的委员，姓马，吃早茶时，街坊都先向他打招呼："马委员早，马委员今天又要接待外宾了？"小城不大，有明清建筑，成了对外开放的观光点，常有各式的外国人来此观光。旅行团的这等外宾，就有旅行社的小导游陪同，重要的外国要人和港台富商，上面有专人陪着来看，不要本地的陪同。介于这二者之间的观光客，就常常劳动马委员的大驾，请他出来当陪同和解说。马委员在文联里当个创作员，资格老，评上了一级，全称"国家级一级作家"，马作家写过什么大家记不得了，同事便从这一长串称号中免去作家两字，当面背后地叫："马一国！"马一国在文联上班没有实事可干，三天两头旅游局来请，两头挣钱，一头吃社会主义大锅，一头吃多劳多得的红包，同事说他也算"一国两马"。

　　开始请到马一国，大家觉得老先生学识渊博，请得应该。一请再请，几乎成了专业，大家心里就嘀咕起来：小城虽说资格老，但够资格的地方也不多，文庙前半条街，再加上两个老牌坊，能有多少故事可讲？就算是小城故事多，录音机录下来，叫旅行社的那些导游小姐背上三天三夜，也就滚瓜烂熟了。而且小姑娘们说的是普通话，水凌凌的声音，也比马一国公鸭似的嗓子好，何况，马先生还不会说普通话，这更让大家不好理解了。

不吃梨子哪能够知道梨子的滋味。有好事者，跑到旅游局去打听。旅游局的是牛局长，因为县上这个局长也只是个科级，所以大家都叫他牛头："喂，牛头，你把文联那个马委员弄到你局里当陪同，怎么成了个专业户了？""你说那个马嘴啊，谁是马嘴？你还不知道马委员有个雅号叫马嘴？我们就吃那张嘴了！那张嘴让马委员出够了风头，现在他还有个大号叫三得意！"什么三得意？马局长卖关子不说，好事者更心痒痒，于是跟着马委员实地考察了一回。

第二天，有个日本吟诗考察团来到此地观光，这算外国文化代表团来访，当然要马委员出马了。走到文庙，牛局长介绍说："尊敬的外宾女士先生们，为了让诸位更能理解本地这些文化古迹的珍贵之处，我们特请来本县国粹专家马先生给大家作介绍。深得古建筑文化精华的马先生为了更好地阐释和介绍这些古迹，他只能用方言古文给大家介绍，同时，我们请来了古文专家陈校长、方言专家朱先生和日文翻译攻小姐，配合马先生工作，谢谢大家光临。"说罢马先生用方言背起他自撰的一篇古文，依依呜呜，啊啊呀呀，摇头晃脑，抑扬顿挫，如歌如泣，似唱似号。在谁也听不明白的一通云山雾海之后，众人听得目瞪口呆，寂静半分钟后，响起哗哗掌声，马委员脸上露出得意的笑容。然后，古文专家陈校长出场，又是一通依呜啊呀之后，众人依然不明白，再次寂静半分钟后，又起哗哗掌声，马委员脸上再次露出得意的笑容。随后方言专家朱先生将此方言又译成普通话，观光者中有稍知一点中国话的人，开始合上张开的嘴，频频点头，以表示他对中国话很明白，那些不懂中国话的日本人，则从同行的点头中感受到此中学问的博大精深，嘴里哟哟的赞叹。于是再次爆发热烈的掌声，马委员的脸上第三次露出得意的笑容。啊，好个三得意，原来高招在这里。等到导游把马委员的那段话最后翻译成日文的时候，观光客们已经对原先想看的古迹不感兴趣了。他们认为此行最大的收获，就是看到了一个学问高深得要三个翻译才能让平常人明白的马先生。而马先生的三得意，也发自内心，谁能想到他这样的高水平的节目呢？

于是，一座庙前半条街，再加上几个牌坊，每一处都要再来一回"一讲解配三翻译"的表演，就把一个代表团拖在这里待上大半天了。又是餐饮，又是购物，让县上许多行业得到振兴。马一国的三得意也造福一方啊！不久，文联主席称病让贤，马一国说："我是个作家，哪有时间去当官呀？"坚辞不受，一时传为佳话。

2003 年 10 月

两篇日记

　　我四十年前读到的两篇日记，至今难忘。

　　那是我读高中时，一位语文老师写的日记。语文老师的日记我怎么能看到？我需要讲一下时代背景，在我另外一篇杂文中曾提到此事。那篇杂文叫《下楼洗澡》，说的就是那个时代的情形。

　　那时，正在轰轰烈烈搞"四清"运动，四清，就是清查政治、经济、思想、组织诸方面的阶级斗争的问题。原先是在农村里搞，后来城里也搞，而且这"四清"所涉及诸方面的事情，几乎无所不包，也就是全面大搞阶级斗争的政治运动。在这个时候，正面的天天在报纸上看到的是学雷锋，是中国人高尚品德典型的雷锋日记，是学雷锋出现的好人好事，打开报纸就会觉得处处鸟语花香，莺歌燕舞，道不拾遗，夜不闭户。与此同时，城乡紧锣密鼓的"四清运动"搞得风声鹤唳，鸡犬不宁，黑云压城。运动工作队一进驻单位，就把领导干部和一般干部分成四类，一类、二类是依靠团结对象，三类是敌我矛盾按人民内部矛盾处理，四类就是"阶级敌人"。本是残酷的阶级斗争，运动的用语却非常生活化。对前两类依靠对象存在的问题，用检讨与批评方式解决，就叫作"洗手洗脸"。对问题严重的后两类人，进行批判斗争，就叫作"下楼洗澡"。最后被开除与处理，就叫作"给出路"。说真的，如果没有经历过那些严酷斗争，只是读报纸甚至读那时的文

　　　　　　　　　草色·天韵——叶延滨精短美文 100 篇

件，一边是处处学雷锋树新风，一边是对犯错误的人"洗手洗脸""下楼洗澡"，何等温馨！何等其乐融融！

在我读书的那所中学，也在进行"四清运动"。这位语文老师的日记让我看到了，是因为他被定为运动中的重点对象，日记作为"反动罪证"，在批判他的大字报中，摘抄公布于众。这位老师没有给我上过课，我记得他好像姓唐。这两篇日记是所有大字报中给我最强烈刺激的文字。那场运动在我们学校搞了一年，生产了成千上万张大字报，我只记得这两篇日记。日记原文我没能背下来，但日记内容基本可以复述出来：

日记一，食鼠

备完明日课，又批改今日作业，已是深夜。冬夜天寒，寒意中更加饥肠辘辘。翻箱倒柜，找不到一粒儿食物。唉，食堂晚餐那三两饭半碗清汤，早就没有影子了。听见老鼠在咬纸箱，可怜的老鼠，也准保是饿得没办法了，谁叫它与穷教书匠为邻呢？

噫，老鼠到家里来，也不是一天半天了，老鼠一定长大了。硕鼠硕鼠，莫咬我的纸箱，硕鼠硕鼠，纸箱里只有书。唉呀，老鼠会有多重？剥了皮，火上烤一下，滋啦啦地冒油，那味多香哟！不要想！堂堂知识分子，怎么想到那又肮脏又卑微的耗子？读书！读书！

已经一个月没沾肉了，食堂菜汤里也多不见油花花了。鼠肉也是肉，猫儿吃得，人何不能吃？何况，悄悄捉之，悄悄食之，无人知晓？何来丢脸？

……一顿美餐！呜呼，天下第一美食：寒夜烹鼠。

日记二，糖

多年未归家，乡下的妻儿见了我，都不好意思，怯生生地迎上来。小女儿已四岁，今日见爱女，她的衣服是大人的旧衣改成的褂子，裤子的膝部还新缀两块补丁，但洗得干干净净，让人怜爱。

我从妻子身边，抱起爱女，想起专门为她买的半斤水果糖，便从挎包里，摸出一颗来。爱女目不转睛地看着我的手。我剥开糖纸，把糖纸递给她，然后，把糖块塞进她嘴里。

爱女惊慌地瞪大眼睛，吐出这块糖，哇地一声，放声大哭起来！我不知何故，愣愣地手脚无措。妻子连忙从我手中接过女儿，低声说：没有事，没有事！只怪她从来没有吃过糖……

这两篇日记，成为这位老师"攻击社会主义"的罪证，运动中被开除回家了。他没有给我上过课，只记得他好像姓唐。只记得他写的这两篇日记。

事过四十年，我再次想起这两篇日记和日记主人的命运。它让我相信，真实的文字具有永恒的魅力。真实的文字也许只记下一个普通人的小事，只是小事的一个细节，就能将一个时代永远记录在案！

2004 年 4 月

吃竹笋屙背篼

这是一句四川话，这句话常常让我惊叹民间口语的生动与尖刻。"龟儿子没有定盘星！是个吃竹笋屙背篼的家伙！"把它翻译成普通话："这个人说话是没有真话的，就像没有准星的秤；从嘴里吃进竹笋，从屁股拉出来就是一只竹编的背篓。"写成正式的评论文字就是："这个人不实事求是，编造假话自欺欺人。"

还是"吃竹笋屙背篼"生动！民间语言真是充满魅力。

头一个说出这句话者，一定是想象力丰富的人。这是跳跃式的联想：竹笋——长大了会变成竹子——竹子用刀剖成竹片、竹篾、竹丝——加工成竹器背篼。这是一个竹文化和竹工业的全过程。但这个过程变成这个谚语，就飞白和精练了：从嘴里吃下竹笋，从屁股拉出来是竹背篼。何等荒诞又何等合理的想象！所谓合理，竹笋是可以变成竹背篼的，变化条件是需要一个自然的生长过程加上一条手工艺加工流程。所谓荒诞，人人都心知肚明，在现实生活中这个过程不可以通过肚皮来完成！

于是就引出了"吃竹笋屙背篼"的尖刻。因为现实生活中没有的事，居然这个家伙就能屙出背篼来，第一，这个家伙敢说假话。第二，此家伙还有一副厉害的"下水"。吃竹笋，人人会。但吃了能屙出背篼来的人，其心何其坚硬，心是劈开竹子的砍刀！其肝何其锋利，肝是剖出竹篾的尖刀！其肠子何其弯弯绕，能编出一只竹背篼！不能不让人再三品味。

第一个说出这句话的人是个天才，他有诗人的想象力和杂文家的洞察力，而且他创造生动的语言表述：吃竹笋屙背篼。只是用了个"屙"字，使他列入了民间写作的行列。

之所以记住这句话，还有个原因，是因为常遇到这样的人。实在想不出另外的话来形容当时的境况，一次次借用此话，于是从生活中体会到民间谚语的魅力。

我刚参加工作不久，被某家媒体当成"典型"批判。一大版文章，没有点名，但有关的人都会知道是在写我，我也知道是在写我。因为处处有我的影子，而且大段引用日记和通信。影子也罢，"笋子"也罢，都是从叶延滨经历中露出土，而编出的结论，却是一只与我毫无关系的背篓。记得我当时指着那媒体老总说："别跟我说事出有因，你去调查呀！把你脚上的脚气，手上的瘊子，肛门的痔疮，全放在你脸上，你也不是个好东西！"当时年轻气盛，还不知道有这句"吃竹笋屙背篼"，同样的意思，我说得粗俗，不雅。

有位先生因为我所不知道的原因，把我当成他的敌人，他给他的朋友写信，把我说成是个野心家和势利小人。他的朋友也是我的朋友，也许他觉得我不是这样的人，觉得我应该知道已被流言所包围。这封信便到了我手里。读这信，初读觉得可恨，越读越觉得可笑，于是心里骂了一句："平时像个君子，怎么也是个吃竹笋屙背篼的家伙？"感到这句话恰到好处而且节省。

因写作有了点名气，除了听人说好话之外，听到别人说坏话的机会也多了。朋友转告是关心，他人转告也有各自不同的想法。我从不愿意对流言蜚语进行解释，于是这句话成了最简洁有力的表态："嘿，没办法当真，这世上总有吃竹笋屙背篼的人嘛！"这是我发自内心的话。民主作风不仅当权者该具备，在网络时代也许每个人都应当有。所谓民主，有人说就是"好话坏话都要听"。听好话不需要民主作风，民主作风专门指能听坏话，包括流言蜚语，听了不跳起骂娘，不心急上火的表白，因为对付"吃竹笋屙背篼"所生产出来的泡沫背篼，最好的清洗剂是时间。

经过时间的清洗，"吃竹笋屙背篼"在文书文件里常变成这样一句话：事出有因，查无实据。网络时代加速了流言传播的速度，因此，我十分感谢这个词替我回答各种流言的骚扰。来自生活的语言，就这么永远新鲜而富于生命力。

2004 年 12 月

茶会凉

身在普陀，天高风清，海蓝山青，心情一下子放松。

这些日子过得挺累，总在为单位的事烦心，好像总有解不完的疙瘩，虽不出力，但费心劳神。也如赶路的人总在看前面的路标，顾不得擦一下头上的汗，仿佛天下最大的事情就是搁在手心里的那点事，捏出一把汗来。

其实，都一样。人人都有一本难念的经，别以为自己遇上的是九九八十一难之中的头彩。在法雨寺，人头攒动的香客，每一张虔诚的脸上都让我看到一个故事的封面。我是在寺庙里待过多年的人，不是出家，是上学。我上过的一所小学曾是一座旧庙。我的初中也是在山上的大庙里，现在那里已经成了风景名胜区，前两年回去过，寺庙整修一新。大概那里的周末，也会像普陀山的庙宇一般热闹。我的高中曾是一座洋教堂，后来增加了新校舍，最能入梦的旧事，背景还是洋教堂青灰色的尖屋顶。

想到这些，是笑自己"觉悟"晚了。在那些古庙旧寺里生活了那么多的日子，就没有想过寺庙给我们提供什么东西。其实也想过，当然想过。我的学生时代并不平静，建国之初，斗争与理想，都在宣示十分积极的人生目标。居古庙而想天下大事，大概我们这一群"居士"，是最让菩萨们伤神的弟子。说起来，已是四十年前的事情了。站在普陀的这座殿宇，随着六级殿堂沿山势逐渐上升，我的思绪从岁月的那一头回到了眼前。眼前是佛国之约，是信众与游客带着俗世的烦恼来，又在香烟烛火中许下心愿去。"有感即应，如一月丽天，影现众水；无机不被，犹万卉敷荣，化育长春。"我十分喜爱法雨寺的这副对联，就像菩萨中的观世音如此美丽，让百姓平民一见就亲近。观世音是平民的菩萨，大慈大悲，寻声救苦，也就是为平民解除烦恼也。

烦恼是人生的一种痛苦。烦恼是心之痛，心之苦，心之疾。穷人有穷人的烦恼，富人有富人的烦恼，在烦恼的折磨面前，也许富有者比贫困者更受煎熬。穷人常常有个误区，以为只要有了钱，一切烦恼就烟消云散了，其实，天天在电视上播给平民百姓看的大宅门里金粉世家的故事，演的全都是有钱人家的烦心事。穷与富如此，美与丑也如此，丑小鸭有烦恼，绝代佳人也有烦恼，也许后者不比前者少。民与官也如此，无权在手的老百姓常有办事难的烦心事，手上捏着权力的官员们睡起觉来不比平民百姓踏实。唉，人生之苦，心疾难治，所以，日渐富起来的平民百姓，还是爱给慈眉善目的观音烧一炷香，说几句心里话。

烦恼之苦，盖出自四个字：患得患失。分开来讲，就是"求不得"与"舍不得"。人生其实也是两种状态，一是无，二是有。无，是人生常态之一，因为无，所以才有"追求"这两个字——求学、求职、求爱、求进步、求财富、求功名……正是如此，人生才有那么多滋味，那么多故事，那么多的精彩与沮丧。有，也是人生常态之一，因为有，所以才要懂"舍得"这两个字——谢幕、落榜、换届、下台、破产、退位、失宠……正因为如此，人生才有那么多回味，那么多惆怅，那么多壮士未酬的仰天长叹。

我们从小受到的教育，就是人生要有追求，生命不息，奋斗不止。我们最少受到的教育就是人生要能舍得，你曾得到的，也必然会失去。取舍进退，生活的艺术就这四个字。不讲进取，人生没有动力，也不会有所建树。不讲舍退，人生就最终会失去方寸，也难以享受生活的多种境界。像我这样生命过了一半旅程的人，那里有解忧的观音？看来就是心中要知道"舍不得"乃百种烦恼之根。换句话说，再好的茶捧在手上，也会凉……

我在普陀山的法雨寺，眼前香火缭绕，香客攒动。心里头冒出"茶会凉"三个字，我觉得近些日子缠住我的烦恼一下子松开了，夕阳一缕从高大的树枝中，给我鼓励似的洒在我的身上。

谢谢普陀山，入岛进山三日，得此"茶会凉"三字，足矣。

2005 年 1 月

手的备忘录

　　最多的与无数手亲热过的手是领导的手。局长的、部长的、市长的，还有首相总统们的。握手成了职业，成了工作，成了规定动作，也就忘了握过谁的手了。因此，最健忘的也是这些手。为了让健忘之手被历史记住，大人物的手连细节都与历史有关，比方说我记得小时候读过的一篇散文《挥手之间》，好像是方纪先生写的。写毛泽东从延安上飞机赴重庆谈判，上飞机向群众挥手的瞬间，大气。这种短小而分量沉甸甸的好文章，现在少了。如今写文章的写手们，要处理如此重要的一个题材，绝不会写一篇短短的散文了事，起码一部长篇报告文学。那时候文章用手写，现在手会打字，还可复印、下载、扫描。手法一多，水分也多。

　　最值钱的握手是对手间的握手，所谓"历史性的握手"多是握住了曾为敌之人的手。同志的手天天握，亲人的手一辈子握，没感觉了。因为曾是对手，曾是政敌，所以握手就特别值钱了。只有请摄影师劳神，摄影师记下的都是历史性的握手。比方说周恩来与尼克松，谁先伸出来？谁先握住谁？载入史册。比方说连战、宋楚瑜参访大陆，与中共高层的握手，也就成了各报的头条。

　　最早拉住自己手的是母亲的手（当然也可能是父亲），母亲拉住孩子的手，就把一个婴儿拉扯成一个男子汉。当一个人变成男子汉了，他下意识的动作是躲开母亲的手。当一个人变成男子汉了，他脸红而又激动不已是因为握住了另一个女人的手。娶了媳妇忘了娘，天下男人的手，都这个德行。然而天下的女子，都又是因为握住男人这善变的手，而变成了另一个母亲！

最不愿被人拉住的手是小偷的手。小偷有与手难解的名字："扒手"。手也是小偷谋生的手段和工具，我见识过小偷苦练基本功。他在脸盆里盛上半盆子开水，开水里有一块已经用过的香皂，香皂又薄又滑，他用两根指头，一次接一次地把它从滚烫的开水里夹起来。小偷的手也许比常人的手更灵巧更勤快，但这世界还是认定，小偷是不劳而获的寄生虫。

最有权威的手。我印象最深的有二：其一是乐团指挥的手，捏住根小棍，在空中比画，几十个乐手都老老实实按这手的起落而演奏。其二是马路边上开罚款单的手，开完了，往车窗上一贴，开车的司机就老老实实去交钱。都不由分说，都手下不留情面。

最难有收获的手是那些伸出来乞讨的手。据说现在也有变化，个别地方出现了乞讨专业户，讨回的钱盖了高楼修了宅院。因此，以行骗而伪装乞丐者，收获了人们的同情心，并把这些同情心兑换成了财富。于是每一个面对乞丐的善良人，都在做一道难解的题："给钱吧？你是在鼓励骗子！不给钱吧，你是在漠视痛苦！给还是不给……"

最胆大妄为的手是理发师的手。谁的脑袋都敢摸，不管是爱打扮的小姑娘，还是道貌岸然的大人物。如果说发型师是艺术家的话，那么就是有一双"把头发当作材料进行创作的手"。如同雕塑家把泥巴当材料塑出作品，如同大厨师把萝卜当材料刻出花儿来。

最没有嫉妒心的手是在银行里数钱的手。每天有无数的钱在指尖翻动，手几乎没有感受，唯一需要的是时时把数字弄清楚，把手感有问题的假钞挑出来。认真想一下，那些亿万富翁之手，并没有比一个银行小职员摸过的钞票多。看来，真正拥有的并不一定捏在手上，捏在手上的并不一定真正拥有了。不仅金钱，爱情、荣誉这些人们追求的目标，都是如此！

最委屈的手是钢琴家的手。一场演出，十根手指发疯地在琴键上跳舞，成功了，演出轰动了，登在报纸上的不是这双手，而是那张脸，那脸上的从来不动的鼻子和在演出中紧闭着的嘴。

2005 年 4 月

灯灭了

灯灭了以后会发生什么事情呢？先讲一个古代包公破案的故事。说是包大人抓到了几个疑犯，无法断定在这几个疑犯中，谁是真凶。于是，在这一天，包公将几个疑犯上衣脱去，光着上身，关进一间黑屋子里。关进去后，对疑犯宣布："尔等将双手放到这张桌子上，不准乱动，上苍受包公之托，在灯灭了之后，会在你们中间一个人的背上，留下犯罪的证据。"说罢，转身离去，牢头吹熄了灯，关上了门，一片漆黑。过了半个时辰，包公带着牢头，打开牢门，高举灯火，对着其中一人说："你是真凶，给我拿下！"众牢头一看，那人背上留下了许多黑色斑迹。原来，包公将桌上抹了一层黑灰，几位疑犯手放上去，便沾上了黑灰，真凶心虚，用手遮掩自己的背，于是留下了证据。这是一种游戏，它的心理依据就是"做贼心虚"。

灯灭了以后，会发生什么样的故事？现实生活中，还有另外的真实。现在的年轻人没有经历过"运动"，要讲"运动"很难讲清楚，于是我想用"灯灭了"再讲一遍。在阶级斗争为纲的极"左"路线影响下，每个单位隔不了多久就要搞一个运动，每次运动都要抓出几个阶级敌人。于是情形就有点像这样一个场景：一群人被带进一间屋子，包公是上级派来的工作组长，而所有的人都还不知道自己的前途。组长开始讲话："我们要团结百分之九十五以上的群众，抓出一小撮坏人，我们相信大家，会大胆揭发这些藏在我们中间的……"于是，这群人每人都发给一支饱蘸墨水的笔。灯灭了，一片寂静。再打开灯的时候，有那么些人的身上，便被人涂满了黑色的墨迹。这是另一种游戏，它的心理依据就是：你不是坏人吗？那么你必须找出一个坏人。你不下地狱吗？那么你推一个下去！这是对人性恶的公开煽动。只是在公开场合运动的主持者冠冕堂皇宣扬的是"勇于与坏人作斗争"。这种游戏潜在的依托是大多数人的自私、软弱与冷漠！

　　一次又一次，灯灭了（文件说是"运动"开始了）。上一次是发一支笔给你（文件语言是"发动和依靠"你），下一次就是让你把手放在桌子上（文件语言说是向你"交代政策指明出路"）。事情当然不像我说的这么简单，但是事情确实如我说的如此荒诞。记得"文化大革命"结束，日本电影《追捕》在中国上演，引起轰动。也许，今天再次上演，绝对不会甚至只会引出哄笑。那是因为刚刚走出"文化大革命"的中国人，也刚刚走出被"运动"追捕的心理阴影。电影中，关进疯人院的主人公被人诱导跳楼："跳啊，高仓跳下去了，唐塔也跳下去了，向前走你就会化入蓝天白云……"这是影片的经典片段，凡是经历过那个年代的人都会记住这组镜头。别人为什么记住，我不清楚，我知道我为什么记住，是因为我生活中有另一组真实的画面——1967年，在"文化大革命"武斗和造反派闹得最厉害的秋天，在四川成都，当时的政权"四川省革命委员会筹备小组"和"支左"的军事代表，将正在被批斗的厅局级以上的干部集中在锦江宾馆办"毛泽东思想学习班"。从造反派批斗的牛棚进到宾馆，也许让这些人有喘口气的日子。我父亲当时和一些大学校长都住在宾馆七层。我借住在父母一个老战友家，走十分钟路就到宾馆门口。不让见面，但能传出消息。消息说与父亲同室的四川医学院院长正写着检讨，一步跨上桌子，开窗就从七楼跳下去。消息还说另一位成都大学的副校长，从七楼走到楼顶从顶楼跳了下去！我不知道这个"学习班"里发生了什么事。锦江是四川最好的酒店，却让在这里"读书学习"的人选择了跳楼！我不知道怎么办，从那以后，我每天没有事，就围着锦江大楼，在马路上"散步"。不知道父亲能不能看到我，我想他万一，在推开窗的时候看到我，会知道我为什么在这里，我希望他活着……

灯灭了，黑暗中的人会因为懦弱，做出伤害自己或伤害他人的事情。但毕竟许多人都挺过来了，挺过来的原因很多，有一点很重要，心中的灯没有灭。这灯，也许是自信，也许是良知，也许只是亲情，只是黑暗中亲人的温暖的手甚至只是亲人远远的身影——灯就亮着！

2007 年 5 月

一个启蒙时代最深刻的故事

　　我最早认识诗人普希金，是他的童话《金鱼和渔夫的故事》。那是一本彩图的儿童书，一个渔夫出于怜悯将一只小金鱼放生了，小金鱼原来是海里的国王，于是要给渔夫报答，实现他的愿望。善良的渔夫有一个贪心的老婆，从想要一只不漏水的木盆，到要一间大房子，一个庄园，最后想要替代金鱼成为海的国王，最后，所有的愿望化成了泡影，只剩下破木盆伴着穷困的渔夫和他贪心的老婆。这本童话书是我儿时最早的启蒙读物，还有《小红帽》说一个狼外婆的故事，还有《白雪公主和七个小矮人》，还有《中国古代寓言故事》讲的是"叶公好龙""杯弓蛇影""揠苗助长""守株待兔""狐假虎威"……这些故事书都是低幼的彩图读物，但这些书，几十年过去了，仍留在我的记忆中，记得它们的开本大小，记得它们的封面和图片。

　　一生不知读过了多少书，能记得的真的不多，但这几本小书，我不知为什么真的记住了，大概孩子最早的记忆，就像是一张白纸上留下的痕迹，会影响一生。比方说，我写诗多年，尊敬和崇拜普希金发自内心，无论有多少损害他名声的传说，无论他的一生并不都光彩耀眼。记得到俄罗斯访问，在彼得堡，我们参观了他最后的居所。在他平凡的寓所，许多俄罗斯青年和我们一齐排队，等待进入普希金旧居。旧居不大，参观都限定在一定的人数内，所以，要事先约定钟点，安静的旧居只有解说员的声音在空旷的屋子里回响，所有的光荣与骄傲都成了我们眼前的宁静，也许，我们永远无法走近普希金，然而我们却能走进他留下的宁静。从寓所出来，我们又去了他最后决斗的那个小树林，到小树林时，初冬的彼得堡下起了小雪，雪花重新让我们感受到那场决斗的冷酷。普希金用生命去捍卫的荣誉，到今天仍是他生命中无法抹去的寒意。

我不知为什么，在那个雪花飞舞的小树林想起了金鱼和渔夫的故事。也许普希金对这个世界一无所求，他只索求荣誉与骄傲，所以他成为世世代代人们精神的引领者，引领我们走向高贵和自尊。

高贵与卑琐有时只是一步之遥。正如"争取"与"索取"之间的区别，正如"赢得"与"求得"之间的区别，也正如"永不满足"与"贪得无厌"之间的区别。

说得清楚吗？说得清，也说不清，当清自清，浊者自浊。

在今天，我们的孩子所受到的教育要比我们当年丰富得多，电视、网络和各种媒体，每时每刻都在给他们灌输"竞争时代"的最新理念。更快、更多、更自在！更富、更爽、更有名！这类"合理利己"理念正像魔杖一样驱使着人们走上各种搏击场：交易、招聘、选拔、辩论、选美、超女、投标、竞拍……所有的加速器都在制造"一夜成名"的超女超男，都在追捧"瞬间暴富"的成功人士。

而失败者和落魄者，更多的是他们！他们在聚光灯照不到的地方，他们诅咒欺骗他们的那些美丽的谎言，同时用仇恨的眼光看着曾经和他一样的聚光灯下的"胜出者"。是啊，这是一个最简单的真理，谁也不是法力无边的小金鱼，所有人都应该知道在任何一场竞争中，失败者总比成功者更多。因此，不要当那个欲望无边的渔夫婆娘。

为了这点，我们可以忘记这个世界上曾有一位伟大的诗人叫普希金，我们也应该重新普及一下他的童话《金鱼和渔夫的故事》。

万一我们中的某一位，已经重演了这个故事，变成双手空空的老渔夫。怎么办呢？这样吧，请读一下普希金另一首短诗《假如生活欺骗了你》："假如生活欺骗了你，／不要悲伤，不要心急！／阴郁的日子需要镇静。／相信吧，那愉快的日子即将来临。／／心永远憧憬着未来，／现在却是阴沉：／一切都是瞬息，一切都会过去，／而那过去了的，就会变成亲切的怀恋。"

唉，谁说这个时代不需要诗人，不需要诗？……

2008 年 6 月

总有一朵花正在为你开放

都喜欢手上有一朵花，是别人送的，那一朵小花，也许是情人节的礼物，也许是你和他之间的秘密，也许与别人都没有关系，只是你自己，在山间小径漫步，信手从路旁的草坡上，摘下的一朵野菊，你把它带进了你的房间，也就把刚才山野的气味和色彩留在自己的身边。

不过，自己手上有一朵花的时间总是好像比别人手上有一朵花的时间少，因为"别人"有无数个，这是道数学题？不。是心理学的题目？也不。只是生活最真实的内容，只是我们忘记了安放它的位置。报上有这么一段文字："姚明对他的朋友说：生活能选择吗？永远像现在这样，我羡慕你清闲，你羡慕我有钱。"也许不只是姚明和他的朋友，有这种互相羡慕，或是互相欣赏，遇到另外的情境，手上的花会长出刺，还是会互相忌妒。我们更多的不是面对姚明，因为爹妈没有给你这么一副高大体魄当本钱，我们每个人更多的是面对身边的人，同事、同学、邻居以及各种圈子里的熟人。在这个时候，常常会因对方手上的"那朵花"而心生羡慕，甚至心生妒忌，心生不平之怨：老天爷，怎么好事都落在他的手上！

姚明对他朋友所说的话，是老实话，但不是什么真理和高论，因为那只是一块硬币的一面。只看到这一面，就自然产生羡慕甚至妒忌之心。这句话换一个人来看，比方我，我就这么想：有钱的姚明这下子没法子过我这样自由自在的日子了，我得感谢老天让我能有如此清闲的一段时光！于是我拒绝让我的钱包去和 NBA 的钱包打比赛，我愉快地安排这段清闲，读几本好书，写几篇文章，包括这一篇正在写作的短文。

这短文就是从读到姚明的话引出，我觉得姚明可爱的坦白中也有一丝不完全清醒的坦率。不是手上那只篮球才是命运赐予的鲜花，上帝既然是公正而英明的，那么，他一定也在我手上放有另一朵鲜花，只是我们也许眼睛盯着别人的手，而让自己的那一朵枯萎了。

我从另一段话，想到了关于鲜花和命运的故事。我们看了许多二战集中营的故事，这些故事，让我去知晓善恶，同时也让我思索命运。在集中营恶劣的现实生活中，囚徒们被剥夺了一切，而党卫军们则占有了一切，阳光、食物、水甚至清新的空气，这真是太不公平了，这个世界所有的不公平都集中在这个叫集中营的地方。但是在活在这个集中营里所有的人的内心，在夜晚的梦里，却是另外的两种境遇，囚徒们"拥有"希望和明天，这明天和希望是维系他们生命的最好礼物，梦里会有蓝天、草地、鲜花和解放者带来的阳光下的自由呼吸！不是每个人都能得到，但只要活着就有希望得到！而党卫军们的噩梦，是绞架，是审判厅，是无休无止的追捕，只要他们活到战争结束，就会得到噩梦中可怕的预言！

集中营的故事有许许多多，但所有的故事，都是上面这个事实的具体化和个别演绎。真的，当我一次次重温苦难，我增加了对生活的信心——只要活着，永远不会被剥夺得一无所有，在手上还会有"一朵花"，只是你和我千万不要忽略了"自己手上的花"，哪怕它只是梦里的自由，铁丝网外面的绿草！下面这段话是当年集中营里一名囚徒的祈祷："亲爱的上帝，别让我死在这里！请求你听我这一次！我要死在外面。我还年轻，请让我死在外面！我还想看一眼自由！请求你，让我看一眼自由再死。我知道自己不会活多久，可是，我想死在外面的草地上。"这就是一个被剥夺得只剩下生的希望，当生的希望那么渺茫时，死也要"想死在外面的草地上"！在这个党卫军枪口下的死亡集中营里，还有比"渴求活着"更有用的东西吗？这就是亲爱的上帝给囚徒们最美的花朵，囚徒们用心血滋养着这朵花，直到集中营成为一个记忆，而苦难中的这段祈求，证实生命的美丽与顽强。

永远不要只会羡慕别人而忘记自己手上还有另外一种"美丽的花"。相信命运在关上一扇门的时候，会打开另一扇窗。一定要为生活找到理由，只要活着，就别让自己手上的那朵花枯萎了，请留心关爱自己手上正在开放的花，上苍让你活在这个世界，就不会让你的手空着！

我们不可能每个人都成为姚明，但我相信每个人手上都有一朵花正在为你开放，那是命运的赐予，请留意你自己的花，别让它枯萎了，只要你关注了它，你的生活就一定会变得不一样了！

2008 年 4 月

春天来了，树木飞向它们的鸟

今日闲翻书，读到犹太诗人保罗·策兰的诗句：春天来了，树木飞向它们的鸟。一下子让我呆住了。真好！真是一句好诗。春天是诗人永恒的主题，正如爱情，也如友谊，上下数千年，纵横数万里，扳着指头数不过来的诗人，也是箩筐也装不完的春天的诗。我不认识保罗·策兰，但就是这么一句，我相信这是一个够资格的诗人。树木飞向它们的鸟，多好的诗句，就是与常人眼中看到的事样稍稍变了一下角度，就是主观地说出自己的想法，把人们认定的自然现象和科学道理稍稍扭动了一下。一句话就写出了一个生动、活泼、充满朝气和神秘魅力的春天，是创造出来的春天。大概这就是诗人的特殊才能，语言的点金术。也正是因为看似平常的语言全因特别的表述而展示魔力，所以才有那么多的人，痴痴地与语言角力，像一个掘金者，在语言的老坑道里劳作。只是大多数的劳作者写出了一本又一本的诗集，却没有唤醒语言的魔法。真正的诗人在今天，在过去，在未来都是写诗人群中的少数。

保罗·策兰的这句诗，诱发出另一个诗人的话："诗是对生活的纠正。"这是著名诗人帕斯的名言。也许，当我们想象着那些大树欣喜地向鸟儿们飞去，飞翔的梦让它们长出了自己的羽毛，那些绿色的叶子和嫩绿的枝条。大概在二十年前，我谈自己的诗歌创作时，也用树来描绘自己的心态。"我也有我的困惑，我曾以树的困惑来描绘我的不可摆脱的窘迫："根扎进了传统的土壤，越扎越深，而枝叶却以叛逆的姿态向天空伸展，展示一个飞翔的梦境。"（1988年《叶延滨诗选》后记）这段写于二十年前的话，是用树的形象表述我内心的困境，但从这一句话中，我认定，我心目中的那些树，是梦想飞翔的，那些在风中摇曳晃动的枝叶，正是飞翔的姿态。也许正因为如此，当我读到"春天来了，树木飞向它们的鸟"，我的心被震惊了，保罗·策兰说出藏在我心里的感受。

诗人何为？诗人面对的是语言。多少人说了千万遍的话，你需要重新诉说，在重新诉说中，让读者倾听到藏在自己心里的那些与生命有关联的话来！就表面的生活而言，我们生活在一个程式化的时代，数字化的时代，官话和套话充盈的时代。也许就政治、经济和社会生活而言，这叫作现代化进程中带来的社会生活更便捷，更有规矩，更规范，也就更合理。我们在法律条文、合同文本、首长讲话之类重要而枯燥的语言中，得到社会生活所必要的条件和保障。但我相信，我们每个人的灵魂仍旧充满着梦想与渴望，从某种意义上讲，是与大观园里林妹妹心灵相通，也与天子呼我不下船的李白精神相通！

这让我想起了近年来，我所在的《诗刊》开展的"春天送你一首诗"大型公益活动。这些天随着社会经济发展和文化消费的多样化，"诗歌消失了"的种种说法在媒体上时常出现。《诗刊》下半月刊编辑部的编辑们，发起了"春天送你一首诗"活动，每年四月开始，加盟此活动的城市、工矿、学校，就和《诗刊》一起开展各种诗歌活动，朗诵会、研讨会、诗歌比赛、送诗读诗等各种活动，连续几年，一发而不可收。几年来，在全国已有一百多个城市举办了这个活动。我每年都参加"春天送你一首诗"的活动，那些生活在底层的人们对诗歌的热爱，常常让我久久难以忘怀。记得去年在苍南一所打工子弟小学观看孩子们朗诵诗歌表演。精心布置的舞台，孩子们全心投入的朗诵，特别是操场上站满了他们的父母。这些在城市还没有"户口"的孩子，站在舞台上展示自己的才艺，用诗歌表达自己的希望和梦想，听着听着，我的泪水挂在脸上，我想，也许对于我们这些成人，这次朗诵会只是一次观看，但是对这些孩子，却是人生第一次超越，一次把握命运的演练，一次梦想放飞！

　　春天是什么？春天是一棵小草，是一朵小花，是一只雏燕，仅有这一些还不够，还要有诗，诗就是我们灵魂季节里的那一棵草，那一朵小花和那一只雏燕。因为有了这叫作诗的东西，我们的生活从此不一样了，我们才那么多地感受着世界，感受着："春天来了，树木飞向它们的鸟。"多好啊，有了诗歌的春天如此迷人……

2008 年 2 月

睁眼闭眼

唱二人转的小沈阳这一年火了，说不上是喜欢还是厌烦，但他说的那话，让人忘不了，一闭眼再一睁眼这一天就过去了，一闭眼再不睁眼这一辈子就过去了。这话厉害，生活的节度和生命的长度，就在这睁眼闭眼间都说到了。

认真想一下这个题目，还真耐人寻味。睁眼闭眼间我们都怎么哪，活着，为生活奔波，还有做一个又一个的梦。活着，就是能吃能喝能喘气，光这样，活着也没有大的意思，所有的动物，小到蚂蚁蟑螂，大到鲸鱼犀牛，吃喝拉撒带喘气。所以小沈阳的师父赵本山有理了，这活得没劲的痛苦就是两种状态：一是人活着而钱没有了，二是人死了而钱却没花光。

如果就是吃喝喘气，人的一生就这八个字：睁眼闭眼，有钱没钱。嘿，够没劲了。

但毕竟人不都这么活着，人活得有没有劲，关键在于有没有"想法"，通俗点说，有没有想头！老辈人变成三个字，精、气、神。

有了想法，人就活得五彩缤纷，这世界也就五光十色，外面的世界很精彩，人人都知道。七十二行，天文地理，三教九流，诸子百家，宏观微观，科技哲学，林林总总，让我们来到这个世界就深陷其中，红尘滚滚中身不由己，有想法的人也活得累，忙求学，忙成家，忙置业，忙发展，忙竞争，忙功名，忙忙碌碌一辈子，一眨眼就过去了！什么叫一眨眼，也就是快速地睁眼闭眼一次耳!

　　人生苦短,庸人也叹,英雄也叹,其中的甘苦滋味不一样。像动物一样,吃喝喘气一辈子,没劲,睁眼闭眼之间开支了全部生命;人在江湖,奋斗拼搏一辈子,够累,累得长嘘一口气就仿佛刚明白人生苦短。

　　于是有人说:智者寿。我想,何谓智者?我想,智者何来长寿?

　　智者,就是有脑子的人,当他发现只会吃喝喘气与动物没有两样,他就要求自己活着也思考着,用脑子活着。

　　智者,就是有自己脑子的人,当他发现只会按别人的嘴巴闯世界,就会人在江湖身不由己,他就要求自己不仅要闯世界,还要用自己的脑子去思考这个世界,睁眼看天下,闭眼想宇宙。

　　智者的脑袋有两种作用,一是先知先觉。人都是学而知之,学习前人,然后总模仿前人追随前人,只是庸常凡人。智者学而后知不足,敢怀疑先人,敢超越圣贤,敢挑战权威,这样的脑袋才是自己的脑袋,小到诗韵曲律,大到宇宙天地。"帝王将相,宁有种乎?"想出这句话的陈胜肩上长着自己的脑袋。智者的脑袋第二种作用是善于总结,活在世上,有的人沉浮宦海,有的人弄潮商海,有的人行走江湖,有的人泼墨笔耕,各有各的活法,只是活明白了的人不多。"满纸荒唐言,一把辛酸泪!"贫病终生而写出了红楼一梦的曹雪芹用自己的脑袋想明白了千年文人没悟透的世象百态。

　　智者就是有自己脑子的人,智者说到底也就是少时敢想他人所未想,成年能悟他人所未悟。敢想,叫有理想抱负,是朝前看的人生,生命的长度向前延伸,从鼻子下的现实得失,将生命的触角伸向地平线。善悟,叫能回首往事总结人生,生活过的酸甜苦辣重新嚼出另一番滋味，生活的长度，就从一次人生变成再三重温，不仅长久，而且厚重。

智者寿，寿在敢想，寿在多思。用一句大白话解说：没有理想，上半辈子，白活了；没有回忆，下半辈子，白活了。是这个道理吗？细想一下，真是。

人一辈子，就在睁眼闭眼间。只是，睁开眼，没有理想的人，其实啥也没看到；只是闭上想，没有回忆的人，其实也等于没在这世上来过。多简单的道理，想想，惊出一身汗！！

我们许多老同志，年轻时有理想，也许那理想今天显得幼稚，但上半辈子就没白活；年老了有回忆，也许回忆中有甜也有酸涩，这下半辈子就有了味道！有理想有回忆，这睁眼闭眼的一辈子就无憾无悔，值！

2009 年 5 月

同行一程

出门旅游是件值得认真回味的事情，通常旅游总在意"景点"，旅行社卖的就是它们，人们花钱受累费时间，也是冲它们而去。比如，巴黎的大铁塔早就熟悉了，只缺亲眼见，飞过大洋横跨欧亚，花费那么大的代价，到铁塔跟前，坐着老旧的笨电梯，上去再下来，然后跟着导游的小旗，像一群羊溜溜地走了。唉，我们这些观光客目标一旦太明确了，真就是：上车睡觉，下车尿尿，晚上住店，白天看庙，手握门票，照相就笑。

多走几回就发现，目的地和景点其实就是个标志。重要的是这一个个景点串起来的过程。享受整个过程，才对得起我们花的银子，费的时间，在外流浪一圈。有了这层觉悟，我渐渐能体会旅游生活的旖旎风光了，这风光不仅是旅行合同上写下的景点，不仅是车窗外变幻的山水，就是车厢里的这个旅行团，也情趣盎然让人着迷。

大概旅行团算是一生中最短的"小社会"了，从集合上飞机到飞机回到出发的那个城市，这些人就是你单位里的同事，就是你大杂院里的邻居。背景变得快，一天一个城市，快速地跑片，压缩版演义单位里的逢场作戏，大杂院里的亲疏恩怨。

坐在头一排的那个女士，一路上都在做瑜珈。坐在后排的我，看不到她的头，只能看见她的穿着袜子的脚，在前排用各种姿态冒出。坐在后排就像在看木偶戏，不是用手表演，而是脚丫子当主角。用得着在旅行途中坚持做瑜伽？当然大可不必。但人家就是做了，不看也得看。如果她再年轻二十岁，就不必用脚尖，直接用脸吸引注意力。是说人老珠黄吗？年轻那阵脸上抹的东西大多了，现在真成了名副其实的黄脸婆。黄脸无妨，练瑜伽让身材发挥吸引力。坐车的时间比走台步的时间多，也没关系，就在座位上练，不信没人看。比如我就是看客中的一位。一边看一边想，幸好办公室里没有这一位！长长地舒了一口气，对自己那个经常让人头疼的单位，实实在在增加了一分好感。

后两排有一个七八岁的小孩，一路上就没有停过嘴。叽叽呱呱地说着大人常说的废话，"品位不高""土老帽""艺术气质差"……活脱脱一个微缩版的九斤老太太。这是京都和省城里某些院子里长出来的小葱苗，名门还是新贵？要命的是，在这位葱苗边上，两位并不痴呆的白领男女，却一阵阵地发出惊呼和笑声："真逗！太聪明了！妙语连珠啊！"其实，除了孩子被他俩捧得像个小猴般手舞足蹈，车里的其他人都明白，这些话都是说给孩子的爹妈听。爹妈带着部下一起旅游，部下知道该说什么。其实哪个单位没有两三个这样的"宝贝"？有背景的"宝贝"爱闹事，其他的人只有两个选择，要么睁眼说瞎话地捧着这位，要么受气出力收拾这位甩下的烂摊子。唉，还是旅行团好，摊上了这么一根小葱，不闻就是了，戴上耳机，照样看风景，不碍事！

遇到了这位邻座算是这次旅行出了一次"事故"：比丢了护照事小，比买了假表事大。这邻座没事就划拉头发，头发不多，头皮不少。划拉完头发，手也不闲，抠脚趾挖耳朵搓汗泥。车一停站他就下车去吸烟，让人刚轻松十分钟，他又上来了，冲着你耳朵就说他的知心话，话的热情度不高，带烟味的唾沫星喷人半张脸。这也就是命！必须想办法换一个座，换了座，这次旅行才不会阴云密布！他当然不是个坏人，我要感谢上帝让我在旅行团遇到他，如果上帝在单位里让我遇到他，而且是搭档就惨了，要么跳槽走人，要么辞职回家。想到这里，我打心眼里感谢导游，他那么善解人意地让我挪了个地方，而不是像我的上司笑着对我说："要善于和各种人共事，我们来自五湖四湖，多看别人的长处嘛……"谢天谢地，导游还没有学会说这样原则性强又永远正确的官腔，高兴得心里洒满阳光。

最好的旅伴是真正来旅游的人，穿休闲装，客气地打招呼，不多言多语，遇到上面这些特殊团员，最多抿嘴微笑。这种人多了，旅行团就是个和谐社会。我努力成为他们中的一员，我发现要做到也不难，做到三点就行：一不是车厢里声音最高的人，二不是最后一个上车聚焦目光的人，三不是导游总想躲开的人。不难吧，有些人竟然一辈子也做不到，奇怪了！

2009 年 7 月

不同你玩了

　　这是一句小孩才说的话。这句话会唤起许多的记忆。

　　一群孩子在院子里游戏，好好地，又跑又跳，突然，这群孩子对着一个孩子说："不同你玩了，就不同你玩了。"那孩子半张着嘴，想说什么，没有说出来，眼泪却流下来了，他用牙咬着下嘴唇，转身离开了这群孩子，那些孩子啊啊地笑着跳着，好像欢呼着一场比赛的胜利。

　　我觉得这个场景就在昨天，我该是他们的爷爷了，但就是那一句："我不同你玩了！"让我感到这个世界最早的寒意。我认为，游戏是人生最重要的课堂，孩子们在游戏中长大，学会与人交往，懂得友爱与友谊，明白互助与互利，同时也会知道争斗，知道羡慕和妒忌，知道委屈与孤立。

　　一群孩子呼啸而来，我是他们中的一员，也许因为我做得不好没有让"孩子王"满意，也许因为我的出众，让比我更有威望的孩子丢了面子跌了份："不同你玩了！"为什么？没有为什么，就是不同你玩了。我在人群中用目光搜索我的"铁哥们"，而我的好朋友害怕也被孤立，把脸扭到一边，一只脚在地上不由自主地蹭来蹭去。这时，我感觉这个世界真的太让人失望了。我忍住眼泪，跑回家，妈妈一眼就明白出事了："怎么啦？谁惹我的宝贝儿子了。"话音未落，我会委屈得放声大哭，小胸脯像风箱一样起伏，抽搐哽咽得一句话都不成句子。

为什么委屈？因为我们生下来就是家里的宝贝，爹妈捧着哄着供着。游戏是孩子们的事，而孩子的游戏规则也是有"潜规则"，有等级，有头目；而等级和头目，由多种因素形成，父母的地位，老朋友和新人，岁数和体格等，如果这个孩子的爸爸是这个单位的一把手，那么在院里没人敢惹他，当然如果另一个孩子膀大腰粗能打架，也有机会当孩子王。

"不同你玩了！"是我从游戏中体会到的群体生活中重要的惩罚。现在的孩子不仅是独生子女，也缺乏孩子间游戏所进行的"社会演习"，特别是那些坐在电脑前打游戏的孩子，不会知道这句话的分量。

"不同你玩了！"这是一个群体对你个人宣示的惩罚。人是社会动物，渴求交往，追求他人的理解和承认，这在孩童时代就会显露的天性。最彻底让我明白，当别人向你说这句话不一定是你的错，那是在读高中的时候。"文化大革命"开始了，学校里有了红卫兵，我是共青团员还被选为学生会的学习部长，突然一下子变成黑帮子女了，官方正式说法叫"可以教育好的子女"。我认真地感受到，那些戴着红袖章的过去的同学和朋友，一起对我说："不同你玩了！你玩完了！"我第一次懂得骂人不带脏字："可以教育好的子女"！没有一个贬义词，但不明明白白在说"你现在不是个好东西"吗！我被激怒了，我想明白了，我扭头就做自己的事，找到三个还认可我的同学，组织了一个长征队，在红卫兵们坐着火车大串连时，我们走了六千七百里路，从四川走到北京，干了人生一件无用但值得记住的事，就这样走进了社会生活……

参加工作后，常常感受到荣辱无端，毁誉无定。一段时期像中了头彩，好事接着好事，领导重视，同事支持，群众满意，荣誉无数。另一段时期好像噩梦缠身，倒霉事接着冤枉事，领导不满，流言不断，冷板凳伺候。所谓宠辱不惊，难的还是后者，热乎乎的脸贴上冷屁股，热乎乎的屁股坐上冷板凳。

不同你玩了。老板跟你说，换一种说法："请另谋高就。"领导跟你说，用另一种语调："组织上考虑根据（下面任选一词组填空：群众反映、工作需要、政策规定、集体研究）决定你……"

以我的经验，遇到这种情况，光委屈没用，学秋菊要个说法更傻（用自己的全部精力，去证明老板或领导的一个小失误，绝对是对自我生命的浪费！）自己需要很快地将官话或光鲜辞藻转译回那句话："不同你玩了！"早早地想自己的辙。我觉得这一生最大最重要的人生体验之一，就是能够领会听懂这句话的各种变调，尽快说服自己适应新境遇：走人换场子或者耐下性子坐冷板凳。

走人换场子，是找另一拨人一起玩，结束走下坡路的日子，企稳向上，这点谁都懂。

坐冷板凳，也是常事，有时换不了场子，只有坐冷板凳。前提是不想当秋菊不觉得自己是窦娥，就能坐得住。常有人说：叶延滨呀，你写了几十本书，哪来那么多时间呀！说真的，一半是坐在冷板凳上写出来。冷板凳不可怕，不就是没有人理你吗？不就是让你干不了该你或你想干的事吗？然而，谁能让你，眼读不了书，手写不了字，脑子想不了问题呢？中国会越来越民主，社会将越来越开明，不该再有文字狱了，不会有老虎凳了，但恐怕在可预想的日子里，坐冷板凳，老板和领导客气地对你说出那句话的各种版本，完全仍有可能！

"不同你玩了！"一群孩子对着那孩子叫。那孩子突然转身大声回答："我自己玩！谁怕谁呀！"

　　啊，这就是今天的孩子，我那时也该这么大喊一声：你以为你是谁呀……

2009 年 8 月

第三辑

有人在远方等你

托钵僧墓地记行

1987 年 9 月 10 日。

今日的观光游览值得一记，前两天我对一切有一种目不暇接的陌生感和新奇感，而今天所看到的使我感受到两种不同文化背景和政治背景下的另一种人的生活方式。

早上，司机告诉我们昨日的女导游生病，换了一位临时导游瓦莲蒂娜。瓦莲蒂娜是位漂亮的姑娘，在巴勒莫大学贸易经济系读书，这所大学有四万五千名学生，6 月放假，11 月 15 日才开学，利用假期找工作挣钱，这是体现自立意识而且很体面的事。瓦莲蒂娜在汽车通过闹市区自由大街时，指着一幢公寓大楼对我们说："过去我家就在这里，现在搬到郊外，条件好多了。"她接着告诉我们，她男朋友的父亲是当地一个有名望的律师，最近正参与审理一桩黑手党的案件，此案件对三百多黑手党人起诉。西西里没有工业，现在的繁华与黑手党的投资分不开，不过"钞票是没有气味的"，谁也分不出来这些投资哪些是黑手党的非法所得。

汽车特意绕行到巴勒莫监狱外，这里拘押被捕的黑手党要员，高高的牢墙上筑着哨岗，墙外十米处又竖起一排钢铁的栅栏，栅栏外停着蓝色的装甲车，上面站满手持冲锋枪的卫兵。戒备森严，固若金汤。然而作为黑手党的灵魂——巨额资本，却在这森森大牢外统治着意大利黑社会。谁在囚禁谁？天晓得？

从巴勒莫监狱穿过旧城的"幸福之门",很快就来到"让罪恶的灵魂得以升天"的地方——巴勒莫大教堂。这个教堂修建较晚,教堂中的宗教画和雕塑更富于世俗气息,艺术家们更注重对人体的表现。这种文化现象值得研究,在西方神学统治的中世纪只讲灵魂的解脱而对肉体的需要采取禁欲主义的态度,然而艺术家们却在神圣的教堂中最先展示人体的魅力和线条;在儒学统治的中国,人的躯体从来不能进入艺术表现的领域,传统绘画中的"神似""写意"直至首都机场的"壁画风波",都有一种潜在的"东方意识"。这是两种文化的差异还是两种道德观的差异呢?

从大教堂出来乘车来到西西里王宫。王宫对公众开放,现在是议会和党派活动的中心。王宫规模不大,和我们省文联的院子差不多。王宫内的巴拉的诺教堂也对公众开放,此时正在举行婚礼。在意大利每年4月和9月是办喜事的时间,所以我们每到一个教堂都可以看到漂亮的新娘新郎。教堂的对面是各党派的办公室,共产党的办公室旁是新法西斯党"社会运动"的办公室,门挨门,牌子挨牌子,好像我们省文联内各个协会的牌子挂在一起似的——这大概可以算作意大利政治的缩影了。手持冲锋枪的警察在王宫大门站岗,保卫着古王宫、上帝、新娘新郎、共产主义和法西斯幽灵……参观完了王宫,前往托钵僧墓地——我忽然想起了但丁,我们在重复他的长诗,从"天堂篇"到"地狱篇"。路上司机笑着问我们:"去托钵僧墓地?你们中国人不害怕?上次我送一车日本人去,他们全吓跑了!"墓地有什么可怕的?我们以微笑表示了中国人的胆量。

墓地大门有一穿着黑色长袍的僧侣托着大盘索要钱钞,我是本代表团"财政大臣",先给了八千里拉,托钵僧嫌少,再付二千里拉，僧侣才退到一旁。通过一条地道，进入墓地，头皮猛地一阵发麻，浑身乍地惊出冷汗，原来这是一座尸体陈列馆！

整座墓地是座尸体陈列馆，馆内有若干条通道，其格局如宝光寺的罗汉堂。第一条通道是僧侣尸体停放处。第一具尸体是1599年死去的一个教士的真身。尸体都经过处理，取出内脏，风干皮肉，然后穿上衣服，竖立在通道两侧，墓碑就铺在通道上。此时，为了壮胆，我脑子里冒出一首流行歌曲："走在死人的墓碑上，两旁的死人向我张望。"走过僧侣通道，是贞女通道。这个通道里的女尸生前均是处女，她们的尸体躺在通道两侧的隔板上（颇像火车的硬席卧铺），重重叠叠地躺着，都穿着长裙，天知道命运的列车将她们的灵魂运向何方。第三条通道是家族通道。好像剧院的包厢，每个包厢里立着一个家庭的尸骸。父亲、母亲和孩子们都穿着生前的衣物，只是失去生命的脸庞上失去了笑容和温馨，反倒使人感到一种透骨的凄楚。第四条通道是社会名流通道。两侧立着曾经声名显赫的官吏、贵族、富商、律师、名医……岁月之河冲走了笼罩在他们身上的荣华富贵，干瘪躯体上的衣冠落满灰尘。这座墓地，最后一具尸体是1911年死去的一个五岁小孩。据说这个孩子死后，一位医生在他的静脉里注入一种药水，这孩子的躯体于是完好无损地保留下来。此时，他躺在锦被里，像熟睡模样，皮肤柔嫩而有弹性，还有红润的光泽。那位医生至死没有说出他给小孩注入什么药物。这个永远熟睡的面容姣好的孩子，就成了这墓地的最后的奇迹。

好像走入了地狱，看到了末日审判。那些附着皮肉的头颅表情十分丰富：安详、痛苦、狰狞……我突然感到对于生命的陌生感。这些立在两旁的尸体，比我们少了什么？生命？！

也许，宗教反倒让人活得轻松，因为宗教让人相信灵魂不死——这里陈列的只是灵魂的旧寓所，而灵魂已经在另外的新居重新开始精神之旅。不过，我是无神论者，在这里让我恐惧地感到生命的短促，它只有一次，永远不再重复的一次，而且正在迅速地从我们的躯体中溶化在时间的流水里。也许西西里人没有我这种想法，在馆内参观的男人女人甚至孩子若无其事地左顾右盼，从他们坦然的眼神，我看到两种文化背景下人们精神状态的差异。

走出墓地之前，经过一段空走道，王蒙兴致很好，开了一句玩笑："这一段咱们中国作家协会预定了吧！"我赶忙补充一句："按级别与资格入选！"我实在不愿站在这种地方，形象不佳而且一定站得很累。

午餐要了一道烤龙虾，但胃口却提不起来。饭后，米兰来的出版商送给我一本他出版的意大利文王蒙诗集《西藏的遐思》。这本书昨晚他送给王蒙时还说只带了一本，今天我们代表团几乎人手一册了，他真会做人。书出得很快，二十天见书，不简单。

下午，王蒙和冯老去拜访巴勒莫市长和西西里地区主席，我们几个人去逛商店买纪念品，陪伴我们的是上午称病没来的那位导游。她告诉我们："我没生病，因为安排我上午去陪文学奖评委们游览，我认为这样临时改变我的工作，是对中国朋友的不礼貌，我只有放弃上午的工作。"作为她的"同谋者"，司机点头向我们笑了笑。我们十分感动。我们没有听到什么"中意人民友谊"、"职业道德"的表白。司机解释她的行为说："因为昨晚与中国朋友讲好了的，她只是不愿意失约。"

在路上，司机提醒我们逛商店要注意小偷。我想起在北京时，专门给我们念了一份通报，内容也是在意大利如何对付乞讨的吉普赛人、偷钱包的小偷和抢劫的家伙……逛了几个商店，给妻子买了两件小纪念品：一个阿拉伯武士木偶，一个西西里布娃娃。今天是妻子的生日，礼物只能给她带回去了，又买了一张西西里岛风光的明信片投进邮筒，祝她生日快乐。

晚上市长宴请各国作家，宴会在一座十八世纪的贵族府第举办，没有什么讲话之类的仪式，美酒佳肴，任君自取，谈笑之间，交流感情。值得一记的是，在富丽堂皇的大客厅，摆着两只中国古瓷大花瓶，瓶上满是《水浒》中的绿林好汉……

1987 年于意大利

游黄果树遇瀑布无水记

　　住进黄果树宾馆的石板房。

　　黄果树宾馆与瀑布隔一深谷，挂在瀑布对面的半山腰，成遥遥相望之势。是观瀑的最佳位置。

　　位置好而不逢天时，时值五月春夏之交的旱季，河水几乎断流，只有几股碗口粗的水注，在巨大的褐青石壁上跌成雪白的银练，泻入幽深的河谷。河谷除了常年滚瀑的石壁是褐青色的外，皆是一片墨绿的，那几缕银练飘落，更显得幽深寂静。

　　让人怅之，寂寞的情绪如无形的雾，从这谷底涌进心头。

　　意外得很，好像熟人多年不见，一下子迎面走来，让人叫不出名字。

　　我对黄果树瀑布的了解，应该说相识很久，了解很深了，以至于成为一种"文化心理"了！最有象征性的，是那种叫黄果树的香烟。儿时玩烟盒儿，就认识它，牌儿是树名，画的是瀑布，锡纸里裹着的是点上火冒烟的东西，水火共存的怪物。以后有了烟瘾，知道这是名牌香烟，价钱一涨再涨，但总舍得为它花钱，名山名水，名牌商品，山川自然与商品经济的杂交物。读过写它的文章，看过拍摄它的电视，还有诗就不知有多少了。作为一种文化的象征，大多是写瀑布，轰隆隆地吵着，雾腾腾地跳着，湿漉漉的情绪泡着我的倾慕之心……

没有水，千里迢迢来此作甚？

看这空荡荡的山谷？

怅然凝视许久，倒也看出些名堂。形成瀑布的这条河并不大，从它倾入深谷前的河床可以知道，宽不过数丈，深不过数尺，水也并不与他处的有异。只是流到此处，地势陡落，形成一个断裂的高阶，形成一个喇叭形的峡谷。从谷底朝上看，巨崖三面环立，被河流冲荡的地方恰是喇叭嘴，河水跌入深谷后溅出一水潭，然后从喇叭口泻出……

看来平平常常的河水，之所以演出雄壮奇美的大瀑布美景，是得地利之妙，没有这贵州高原山势的多变，哪有大瀑布？不是水勇，而是水不得已而为之。

话说回来，也算我有缘分，得旱季的天时，让河水退出舞台，让我得识黄果树大峡真面目。此断崖十丈，经千年狂瀑激荡而不改旧貌，不得不让人面对这不起眼的褐青的石崖，肃然起敬。

这面长年累月支撑着大瀑布的石壁，坚韧无缝，浑然一体。水流集中处成沟，瀑幅散飞处凸起如浪，整个作为瀑布床体的石壁，并不平整，也以一种流动状悬立在这峡谷的喇叭口上。

看得久了，居然石头如瀑，流动起来！

好生动的一幅"石瀑图"，青幽幽的深峡中，石头呼吸流动，形如瀑，形如浪，形如流——刹那间又凝成石头！

没有这石头之韧，哪有这流水之勇？在我身边是徐霞客的雕像，他对瀑而坐，如我一样地凝望"石瀑图"。

没有大水，比之有大水若何？

1988 年 5 月

漓江秋月夜

无语悄立船首。

只有心跳，感到一股热血涌上了我的双颊，当一轮清丽明朗的中秋月从云霭之中浮起，一片银辉镀亮了漓江。

一幅水墨画：山浓，水淡，云浅。兴奋了一天的神经也浸润于这天水一色的恬静。白天乘船去阳朔时，两岸神姿仙态的黛绿奇峰曾让我欲发诗狂，只是船边碧透清澈的漓江让我欲狂却痴，想出了两句诗："请忘掉所有的诗行，莫把这方山水弄脏。"是的，山水诗所要追求的是一种情景交融，物我两忘，浑然合一的意境，这是几千年的传统，在这个传统里表现了华夏民族与自己生存环境的血乳关系。大概这是一种民族的根性吧，我是平生第一次来桂林，兴奋和狂喜之后，在这水墨画卷般的中秋漓江，我渐渐地悟到了这种意境，感情随这片月辉在漓江上静静流淌。

然而我却平静不下来。

我此次来桂林，不是一叶扁舟一杯美酒，不能学李白"举杯邀明月，对影成三人"；有爱妻与我同行，补我们未能尽兴的蜜月，更有台湾诗人洛夫、辛郁、管管以及香港诗人犁青夫妇，欢聚在这条游艇上——这是四十年来第一次同游漓江同赏中秋月的海峡两岸诗人的团圆夜。

山水有情。秋月有意。情意融融，如这夜色拥抱着山水，山水拥抱着海峡两岸的诗人。

洛夫先生坐在我的身旁，他望着水中那轮圆月，也在沉思。啊，问君何所思，问君何所忆？洛夫是湖南衡阳人，是在台湾影响很大的一位诗人，有诗集十部，散文集评论集译著十六部并主编诗刊《创世纪》。他刚退休从事专业写作，今秋回内地故乡探亲后又与湖南、上海、北京等地的诗人们见面。洛夫对我说："我此行在台湾就精心安排了，一定要在桂林漓江上过中秋。"这个安排充满了诗意，然而若没有时代的巨大变迁，这梦能变成现实么？我们能有这梦境般的诗人团圆夜么？我想起他赠送给我的他的自选集《因为风的缘故》，这多情有意的时代之风啊……

　　诗人管管是个开朗并充满幽默感的人，他在台湾还是颇有知名度的影视演员。此刻，他用戏剧腔调朗诵自己的诗作，让游艇充满了笑声。与他接触一天多，他谈论最多的是环境保护问题："要工业化，要搞开放，但这环境污染问题一定要解决才行，子孙万代的事嘛！"言为心声，诗人管管从来不认为这片土地与他无关，四十年的阻隔，割不断人心的根。

　　诗人辛郁用花儿调唱唱了一曲甘肃情歌，那缠缠绵绵的恋情，让我们如饮一杯烈酒。这情谁能说得清，这情谁又唱得尽？我不禁把目光投向犁青夫妇——这对风雨同舟的伉俪。四十年前，犁青揣着一支写诗的笔浪迹海边，现在犁青成了一位实业家，不忘报效祖国，我们这些海峡两岸的诗人在桂林下榻的凯悦酒家就有犁青的一份投资。近年来犁青先生写下了大量歌咏祖国山水的诗篇，我在四川曾先后读到了他寄赠的山水诗集《千里风流一路歌》、《情深处处》、《犁青山水》等诗集，在那些诗行中跳动着一颗海外赤子的爱国之心。此次洛夫一行回大陆探亲访友，犁青夫妇一路作陪，我与妻子就是得到他俩的邀请，从四川赶到桂林与台湾诗人们相会的。

朋友们让我朗读自己的诗，我没有准备，想起白天在去阳朔的路上那两句诗，又想起犁青先生的一首诗《我等你来，你来青春就来》，于是面对海峡两岸的朋友，即兴朗诵了这么一首小诗——

　　想忘掉所有的诗行
　　怕把这秀丽的山水弄脏
　　我等你来啊
　　你来为我带来皎洁月光
　　从此以后哪怕山高水长
　　漓江在我们的血管中流淌……

我一边想一边脱口而出，诗很粗糙，不过我总觉得还是表达了我的心情。今天也不改一字地记下这首诗，毕竟它会让我终生不忘这次相聚。

月挂中天，舟泊江心，已是午夜。江畔赏月的人们放起了礼花，游艇上的歌声和笑声溅起江面上粼粼的月光……

我不会忘记这个漓江中秋夜。时间：公元 1988 年 9 月 25 日。

1988 年 10 月

崖畔上穿花袄的女娃

西行漫笔之一

　　车向西行，在去吴旗的川道上急驶。雨后清晨，秋天被梳理得分外精神，河水平稳，河面上水彩似的漂浮些许雾岚，从水面浮起，又无声息地隐入两侧的山峁。河道不宽，川道也不宽，除了一半让水流，另一半刚好修路跑汽车。此刻，没有什么风景好看，在收获之后，光秃秃的山梁山峁，像一群蹲在一起晒太阳的老汉，还吧嗒着老旱烟。飘起青烟的阳洼上，准有窑洞，窑洞前有几棵树，枣或者梨，让埝畔多点生气，埝畔上总是全家的活动中心。瞧，在那崖畔上不正站着个穿花袄的女娃么！

　　红袄袄，绿树树，旁边有条黄狗狗。

　　这是一幅让人感到亲切的风俗画，大概是最富陕北特色的了，在画片上画过，在戏台上演过，在电影上见过，在歌子里听见过。这就是"家"的概念，是老人和远行人回忆中的家，是少年和光棍汉们明天的家。对于我，则是二十年前的家，知青们的家。不知为什么，在我当知青时，就发现女娃们都爱朝埝畔边上站。山沟里的人家住得都分散，各家一面崖上挖上一排窑，多的五六孔，少的一两孔，挖窑时清理出的一块平地则是各家的活动场所，支上碾盘，晾晒杂物，喂养鸡猪。老汉家多靠里，贴着窑面晒太阳，蹲在地上闷头抽烟；婆姨家则在碾上忙碌碾压一家人的口粮，或者饲养鸡猪，占据这块平地的中心部分；女子家则爱往埝畔边上凑，一站就是半晌。

有啥好看的？看外面的世界呗，看邻家的故事，看地里受苦的人们，看路上来来去去的景致，看心上人的影儿，一直看到迎亲的队伍快到庄里了，才躲回身后的那孔土窑。从拖着鼻涕的毛娃一直站成一表好人才的闺女。大概这就是命吧，嫁出的女子泼出的水，天生的眼睛朝外瞅的人啊。

这站在崖畔的女娃，红袄袄，绿树树，旁边还有条黄狗狗，她在望自己的风景，自己却成了一方的好风景。

可惜，汽车一溜烟，拐过山沟，没影儿了。

如果远远是一队牲灵，休管是驮炭的，驮盐的，叮叮当当的脖铃儿那个脆呀，后生家那悠悠颤颤的曲儿那个酸呀，慢慢地靠近了，又一步一回头地远去了。

那该是多够味的一幅画呀，可惜……

1991 年 12 月

游尼亚加拉大瀑布记

　　一过哈密顿，举世闻名的大瀑布就快到了。它位于美国与加拿大边界，尼亚加拉瀑布城与美国的布法罗城一桥相连。瀑布城是一个非常彻底的旅游城市，不长的街区全是酒吧、饭店、歌舞厅、商店，街区四周则是一个挨一个的高尔夫球场。大瀑布是世界第一，加上美国与加拿大边境免签，这里也是美国人的旅游地。大瀑布由一座河心小岛分成两个部分，一部分挨着美国，美国在河那边也搞了一些设施，让人们参观这一部分瀑布；大瀑布旁的主体是马蹄形的，在加拿大一侧，所以加拿大人自豪地把瀑布边上的小城以瀑布命名。

　　我们先看到的是瀑布的上游。河水宽阔而清洌，急速地向一个巨大的陷坑冲去，在水面消失的地方升起一大片水雾，在水雾四周翱翔着成群的鸥鸟，这种云霞蒸腾百鸟绕飞的景观，给人一种神圣的氛围和期待。沿河边漫步向下，开始见到那巨形陷落的边缘，数百米长的一个马蹄状浪环，雪白的浪沫奔突飞溅着充溢了我的全部视野。好像每一个水珠都在迸发全部能量，每一次飞旋都化作一次呼喊，于是满眼都是白浪花，从里到外都咆哮着，好像我也成了瀑布的一部分。再往前进，刚才还显得神秘的陷落一下子变得壮丽了，飞溅奔舞的水浪一泻而下，拉出一幅大瀑布的全景。我曾在国内游过黄果树，那瀑布只有尼亚加拉的十分之一，如果用秀丽来形容黄果树，那么眼前的尼亚加拉则可以说是壮丽了。尼亚加拉大瀑布和黄河上的壶口大瀑布风格也不相同。壶口瀑布浊浪排空，汹涌咆哮，让人感到有一种无法阻挡的原动力；尼亚加拉瀑布则可以用气象万千这个词来形容，一幅马蹄形的巨型帷幕挂在天地之间，这雪白的瀑布与蓝天、山谷围出一个奇美的世界：瀑布冲出的山峡轰鸣着水的合唱，水雾在峡谷中飘散，映出两道七色彩虹，双虹齐飞，在虹彩中向着瀑布前行的游船像神话一样的可爱。

　　感受到大瀑布的力量还是在深入地层到达瀑布腹心之后。大瀑布旁边开凿了一条通往瀑布背后的隧道，游客买了参观票之后，便可坐电梯到达地层深处。从这里有一条通道可以走到瀑布前面距它最近的一个观光点，这个观光点在瀑布底部的左侧，一出洞口，那狂泻的水柱自天而来，虽距瀑布还有百米之远，但风吹过来的水珠已如暴雨一般。幸亏下来时给我们每个人都发了一件黄色的塑料雨衣，但打到脸上的水珠，还是让人感到疼痛。另外有两个通道伸向瀑布腹心，我们走到最深的那个洞口尽头，在距洞口十多米的地方有一道栅栏，栅栏外的洞口伸到了瀑布最粗的一股水柱跟前，洞外是流水急如闪电狂泻，洞内是如雷的轰鸣无休无止地滚动，在这地层深处的惊雷声中，我感到大自然所具有的力量，使我在这条几百米的走廊里，深深体会到敬畏的含义。从地道出来，我们又登上了瀑布前停泊的游艇。这里的游艇每次能载二三百名游客，游艇码头距离瀑布底部约有一公里远，游艇载着游客迎着瀑布驶去，直到最近的地方。这是很刺激的项目。上船时，又给每个人发了一件蓝色的塑料雨衣，一船的蓝雨衣，看上去很有冒险味道。船徐徐向瀑布开去，迎面而来的水雾变成了雨，雨点越来越大，直到如瓢泼兜头而来。船驶近瀑布时，已经开足马力，抖动着挣扎着无法停稳，这时我们浸在不知从哪儿泼来的水花水珠里，四面都是自天而泻的瀑布，天不再蓝，岸已不知何方，只有瀑布。它的水柱撑着这个世界，它的轰鸣回响在我们灵魂中。啊，我们中的许多人兴奋地大叫大嚷，这是一种空前的体验，是受洗仪式，被大瀑布，被大自然，被大宇宙！

尼亚加拉瀑布一日，让人终生难忘，地球上有这么个美丽的地方，一生能来一次真是幸运。我们都想留下这件蓝雨衣做纪念，于是仔细把它卷起来，这时，我们发现在雨衣上贴有小指甲那么大一个标记：MADE IN CHINA……

1995 年 5 月 31 日

一个小时和三个听众

　　两个月前，去香港转了一圈，回来以后，没有写什么文章。倒不是忙，而是没有感觉，或是感觉不到位。我不认为，一个作家到外面转一圈，就会有什么惊人之作；同时我也认为，一个作家到外面转一圈回来写点文章，也是情理中事。谁也不用一读就想到写作是经天纬地的大业，如此玩玩就写，读了心里有气，只能是伤了自己胃口。话说回来，到香港后，感觉与在广东相仿，新鲜感少，想写的念头就小。过些时日，回想在香港的一些见闻，又觉得有味，记下来，免得忘了，也许读者朋友读了也会有点体悟。

　　这天下午的日程是："下午 5 点与香港青年作协、青年写作协会座谈"。主讲者是近两年在国内文坛十分活跃的方方、扎西达娃、陆星儿这几位小说家，我们其他几位诗人、评论家也一同前往会场，为香港朋友捧场。我们是 4 点多钟到达会场的，青年作协的主办者在那儿等我们，茶点、聊天、参观会场和活动中心，到了 5 点没有人来，再到 5 点半，来了一两个人，到了 6 点钟，除了主持会议的只到了三位听众。我们的团长邓友梅先生说话了："我们香港的朋友们有许多优点，但也有一些缺点，比方说不准时，我们用了一个小时来表达我们作为客人应有的礼貌，但我们不能再等了，对于我们来说，时间同样是金钱。"于是我们只能不理会主人尴尬的笑脸，离开了会场。不管是应邀准备发言的几位小说家还是我们每个出席座谈会的人，大概都没有遇到过这种场面。没其他原因，就是那些可能到会的人先要上完班，下班后还要在路上抓紧时间，顺便干点其他事。据主办者说，在我们退场以后，有不少人来到了会场……

当然，香港朋友不都是如此，这次访港其他活动大多还是热情得同样让人难忘。香港作家联会在前天的座谈会，到会的人就不少，气氛也很热烈。第一天的欢迎酒会更是高朋满座，各界人士该来的都来了，我就是在那个会上见到了许多想见到的香港朋友。但在这些交往中，我依然可以感受到那个"三人到场"的影子。一是大家在一起很少谈文学，到会人数最多的欢迎酒会上，许多记者是得知新华社香港分社副社长张峻生先生要出席会议，而为他到场的。当新华社的这位负责同志一露面，那些大报小刊的记者一窝蜂迎上去的场面，让我知道香港新闻界的"官"念很强。二是许多写小说写诗的香港朋友，不以自己与文学有缘为荣，在我交换到手的一堆名片里，只有一位从大陆去香港定居的王一桃先生在名片上印上"诗人、散文家"，大多数朋友是"教授、资深记者、高级编辑、董事长"，刚从上海文学报去港的江迅，名片上印的也是"资深特派员"，让人想到007。

我完全理解这些文学界朋友在香港的生存状态，是和一位香港的作家朋友彻夜长谈之后。这位朋友在上海长大，在香港有经营得很不错的产业，他说：香港最重要的支柱是商业，香港最宝贵的资源是有100万商业精英，这百万精英在均衡配置世界财富的流通中，让自己和香港一起成为财富的象征。在以金钱为价值尺度的香港社会，作家地位是低下的，文学也只站在报屁股上。他接着说，我十分清楚，我是一个两栖人，我是一个香港商人，同时我又是一个上海作家。他的话当然也不一定准确说明香港的文学状况，但至少这一点感受是强烈的，与香港的经济和社会发展水平相比，文学实在太瘦小了，太寂寞了。瘦小而寂寞的文学，依然有它忠实的伴侣。到港以后，接到作家也斯夫妇的电话。七八年前，他们夫妻到四川访问观光，我曾作陪。这次他们知道我来港，十分高兴，一定要和我见面请我看电影。我躲掉一个宴会，看了一场他俩安排的《摇呀摇，摇到外婆桥》，电影院里除了我们三人，不到十个观众。在这个没有观众的大厅里，想到这一对国产电影迷的作家夫妻，想到痴迷于文学的香港朋友们，深深的敬意从心中油然升起……

1995 年 12 月于香港

大屏风之谜

　　站到教堂神秘的大屏风前，我觉得今天的行程，像一次模拟的朝圣。

　　早上10点，我们离开马其顿首府斯科普里，目的地是奥赫里德市。主人为让我们能参观到这个神秘的大屏风，带我们绕行泰托沃，沿马其顿与阿尔巴尼亚边境的山峡行进，到达深山里的圣JOVAN　BIGORSKI教堂。导游兼司机忙于赶路，错过了途中的餐馆，进入峡谷后，几个小时，再也找不到吃饭的地方。高山深涧，让我们想起了那些关于游击队的电影，你没能与我们同行，想一想《桥》或《第八个是铜像》，就知道我一路的风光了。在山高林密疑无路的地方，车头向山坡一扭，挣扎几下到了教堂门口，这已是下午三点。

　　这是一座十分神秘的古教堂，最为神奇的就是主厅里的大屏风。这巨型的木雕屏风高约三米，宽约六七米，上面分出许多浮雕面，分别雕刻着圣经故事。这个屏风是玛科夫兄弟的作品，1829年动工，1835年完成。它雕工精细，造型生动，显示出超凡的技艺。最为神奇的地方，它不是一般的浮雕，而是有六层造型面。向我们作介绍的教士说，世界上最好的木雕也只有两层，这个屏风雕出了六层造型，就在今天人们用计算机技术也很难做好。他接着表明他的结论："这个奇迹能在一百多年前出现，证明了神圣的力量。"

　　这的确是马其顿的一件国宝，它无价，到目前为止，世界上没有任何一家保险公司为它承保。在这座教堂里，还有其他许多圣物。这座教堂是因山泉而造，教堂里有一帧发现这山泉的圣人画像，加了一个银壳，镶护着全部画面，只露出圣人的脸。这个银壳是由两万个银币打制，据说很多人站在像前就自杀了。在大厅里还有一个大银箱，里面珍存几块圣人的骨节和耶稣受难十字架上的一小块木头。在这些圣器圣物面前，最让我感动的是教士对自己信仰的虔诚。

这是一位二十来岁的小伙子，长得高大英俊，我个人认为是我见到的最漂亮的马其顿青年。他能进深山守老寺，没有信仰难以设想。在向我们介绍大屏风时，我再次感到了信仰的力量。介绍这样一块大屏风，照常理有几分钟时间足够了。这位年轻教士，在介绍完大屏风的制作背景之后，又一幅幅地介绍屏风木雕作品的内容，十分钟、二十分钟、三十分钟……我开始明白了，这屏风上的内容也就是《圣经》的内容，漂亮而迷人的教士，正在认真地向我们这些东方人传播教义，尽管只有三个听众。我非常感动，因为他如此认真地讲解，不是在为老板打工，也不是为了挣小费，没有人督促，只有内心信仰的自觉。

当我明白这个参观的内容，已由这位教士悄悄变为一次传教行为之后，我感到我们的外在形式，也很有传教意味。我们都站在神圣的教堂里，由教士把他理解的《圣经》，用马其顿语说出来，这声音我们听到了，但神秘而遥远。导游兼翻译萨沙将马其顿语再传达为英语，教义从马其顿语时空进入了英语天地，我们感到接近了，但仍朦胧。钮保国先生再一次接力，将其翻译为我们的母语中文，于是《圣经》由此进入我们的世界。这不像我们通常说的交流，交流是双向，这是一次最直观的基督文化传教方式，听众只有三个人，然而每句话都要三次传达：屏风上的圣经——马其顿教士的嘴——导游的嘴——钮保国的嘴。

我们在大屏风前站了一个多小时，这种体验让我从"传教"这个侧面，进一步了解基督文化。对我而言，它和当年进入梵蒂冈西斯庭教堂，在魁北克教堂观看弥撒全过程这两次体验有同等强烈的印象。

离开教堂，直驶奥赫里德。车出大峡，面前天地开阔，到达奥市，面前一片大湖，水鸟飞翔，天鹅戏水，岸边情侣对对。这里是联合国人类文化遗产保护地，是欧洲著名的旅游胜地之一。

1997 年 8 月马其顿

存放眼泪的瓶子

这是一些各式各样的小瓶子，在奥赫里德市博物馆的展柜里。一寸高，小手指粗，主人介绍说，这是存放眼泪的瓶子。这些一千多年前的瓶子，在男人们出征打仗时，妻子和家里的女人们，用它存放眼泪，待到男人们回家的时候，这只瓶子会告诉他，亲人们是多么地挂念着战场上的勇士。

我在各种博物馆里，第一次看到这样的瓶子，在这家博物馆里，有许多这样的瓶子，可见这是古代马其顿人的风俗。这让我很震动，这一只只大拇指似的小瓶子，每一只里都盛着一个故事，那故事里有一把剑，有一匹战马，还有一双双流泪的眼睛……这实在是让人吃惊的"史实"。在这家博物馆里，还展出罗马时期的石柱、历代钱币、宝石首饰和艺术品，但让我记住这家博物馆的，就是这些小小的存放眼泪的瓶子。

今天，斯特鲁加诗歌节组委会安排我们来到奥赫里德市。一是参观这家由一座旧贵族豪宅改成的博物馆，二是到奥赫里德湖滨的总统别墅，总统将在别墅草坪设酒会接见各国诗人。在博物馆见到那种存放眼泪的瓶子以后，我觉得十天来我对马其顿的了解，开始进入了一个新的境界。

离开博物馆，沿湖畔行进了十多里，进入总统别墅区，这是临湖的一个小丘地，接见在较低的一个丘地平台上。绿草如茵，在草地四周有几棵高大的乔木。总统别墅在一旁的另一小丘上，比这儿高一些，别墅屋顶上飘着红黄两色太阳图案的马其顿国旗。当我们来到草坪时，总统已在那儿迎候，突然，湖面上飘来大团的乌云，风也掀动着树枝，来了一阵急雨！诗人们刚才还是单衣薄衫，风雨一来，只好躲在大树下。人群散开了，八十岁高龄的总统格列戈罗夫先生却依然站在雨水中，面对大家发表欢迎的讲话，一直坚持了几分钟后，保卫人员才从别墅里取来伞。在雨中和总统一起，动也不动的只有两位韩国的女诗人，她们是总统讲话最忠实的听众，她们的裙衫被淋透直贴在身上。老总统真让人感动，这位参加过二战的老兵，这位两年前在首都遇刺，头部中弹，经过抢救摘除了一只眼球才保住性命的老元首，此刻笔直地站在风雨之中，让我又想起那只瓶子，马其顿为勇士们准备的盛眼泪的瓶子！十多分钟以后，云飞雨散，又是艳阳蓝天。总统依然站在那儿，出席酒会的人们在总统面前排成单列，总统一个个地接见他的客人，亲切的交谈几句，握手留影，然后再接见下一个。接见持续了近一个小时。我们中国代表团四个诗人，排队和总统见面，送给总统一幅中国画，画面是一簇红牡丹。后来，我们又第二次和总统合影。总统在今年5月访问过中国，他见到我们非常高兴。

晚上，在奥赫里德最著名的索菲亚教堂举行金环奖颁奖仪式。古老的教堂里坐满了出席诗歌节的各国诗人、马其顿的各界名流，总统也再次出席，这是三天的诗歌节里总统第三次出场了。在仪式后，四位著名的表演艺术家朗诵了得奖诗人阿多勒斯的作品，最后是优美的萨克斯管独奏。马其顿国家电视台向全国进行了实况转播，在这个大教堂里，与上帝同在，与生活同在，与现代技术同在，是什么？是诗！这种崇高感，对我这个诗人来说，已很久没有感受到了。今天，坐在这里，我再一次拥抱到诗歌的魅力和感受了诗歌的价值。这个世界不能没有诗——啊，诗歌是一只为人类盛满眼泪的瓶子。

1997 年 8 月于马其顿

文化台湾日记

1999 年 4 月 30 日。晴。

今天是在台访问的第三天，从都市出来，一入佛界，参观佛光山。二入自然，到台湾原住民区山林。早上出发，到了高雄县大树乡佛光山。佛光山寺是台湾最大的寺院，由星云大法师创建，从 1967 年动土至今，已是集寺院、教育、慈善为一体，有数千僧众，规模宏大的佛教寺院。到佛光山才知道是封山时期，不接待信众和游客。山林碧透，寺院黄亮，雨中游山，看了藏宝丰富的文物陈列馆，进了集办公、修禅、展览、会堂为一体的如来殿，会见了世界知名的星云法师。下午到屏东市，进了原住民文化园区，看了正走红大陆的台湾歌星张慧妹同胞的歌舞，小憩三地门乡公所，然后深入大山腹地德文村，在山林中的排湾族乡间野店晚餐。夜里九点返回高雄。

佛光山的建筑规模如此宏大，出乎我意料。从布局和规模很像内地一所综合性大学的格局，其富有和藏品更像旧时王宫。因为各种原因，我们团一直不同意参观佛光山这个日程，但主人执意安排，看来也许是有他们的道理。它打破了我已有的寺庙印象。我有个偏见，认为中国的观光就是看寺庙，也认为外国的观光就是看教堂。一山一水再加一座小庙，于是便成了一方风景，中国外国基本如此。佛光山一行，让我开了眼，此庙已非昨日，至少有三个让我瞠目之处。一是高科技高度现代设备。进山门前先在接待室休息。在接待室墙上有二米长的巨幅照片，在一座万人大体育馆内，万众聚会，下面有一行字："佛光卫视开台暨弥陀圣诞……"已经用卫星电视传其佛法，那么，上下楼的电梯，室内的空调，文物馆内的设备，出版音像制品的完备，就不再让人感受到那种从古至今在寺庙所体现的修禅与"苦行"之间的联系。二是高文化与知识结构。佛光山开山星云法师擅讲演，喜著述，将佛教教义与百姓生活联系，著有高深的讲法论著也有《佛光菜根谭》这样的普及读本，从陈列室看星云大法师著述早已等身，佛光的出版物也洋洋大观。另一个例子是佛光山办教育，从幼儿园、小学、中学一直办到大学。这样传播佛教文化，确实下了大功夫。第三，佛光山将佛法世俗化，在佛光山的导游图上开宗明义写道："提倡人生佛教　建立人间净土"，下面有四部分：以文化弘扬佛法，以教育培养人才，以慈善福利社会，以共修净化人心。这种世俗化的佛法深入百姓日常生活，成为不少信众的人生哲学和心理指导，所以佛光山称其道风是着力"给人信心，给人欢喜，给人希望，给人方便"，从而得到众多信徒。记得在参观其俗家信众修禅的法堂时，住持就讲："北约的飞弹不能解决二十一世纪的问题，我们这是跨世纪的希望工程。"一句话里透出了佛光山对国际国内事件的关切，此佛不在深山中，此佛是现代世界观——当我看到佛光山与各国政要合影交谈的照片，我觉得这是十分值得研究的一座说是出世实在入世的寺院，三个字：不简单。

　　与佛光山的现代化成参照的是原住民的较为原初的生活方式。原住民就是我们常说的高山族。高山族是一个统称，现在台湾的原住民有泰雅人、赛夏人、布农人、阿美人、邹人、卑南人、鲁凯人、排湾人、雅美人。他们住在台湾山地的保留区，生活较为困苦，少男少女出外寻觅工作，留在村里的多是老弱。昨天晚上刚看了电视上一个节目，这个栏目叫"李'总统'不知道"，这一期说的就是李登辉不知道原住民生活的艰辛。因此，下午看原住民文化区的商业歌舞，再到大山深处的原初野店晚餐，我都没有产生"多么美好的自然生活啊"这种原本为我们设计的感喟。

1999 年 5 月 1 日。阴。

"两岸文学研讨会"在高雄中山大学召开。从早上 9 点到下午 6 点，研讨会举行了开幕式、三场论文研讨会、分组讨论、综合评讲、闭幕式等程序和内容。登台发言者共有 41 人次，其发言时间都做了明确规定：论文发表 18 分钟，论文评论 8 分钟，座谈发言每人 15 分钟，主持人每人 5 分钟，现场讨论每人 2 分钟。由于这样格式化地进行研讨，交流的形式大于交流的实质内容。如三场论文发表研讨，一场小说，一场散文，一场诗歌，每场 75 分钟，每场大陆和台湾各有一论文发表人发言，又各有一评论人就对方的论文进行评论。一天时间把两岸的小说诗歌散文都论及了，都讨论了，都评讲了，开了幕也闭了幕，该有的程序都有了。学术的形式主义在中山大学得到了最充分的体现。两岸的文学交流在这次会上也表现出必要性：一是情况不明，彼此都对对方的文学情况缺乏清晰的了解；二是身份不同，大陆作家是文学活动的参与者亲历者，而台湾的教授们是旁观者和研究者。晚上，我和郦国义采访了余光中先生，这是一次有内容的访谈，也是今天最实际的收获。

两岸文学能够交流起来，总比不交流好，有规矩总比没规矩好，分歧很大的交流，大概也只能采取这种有时限的方式进行。在这次交流会我从下午1点半开始，先后四次上台；做论文评论发言8分钟，论文发表15分钟，主持小组讨论90分钟并做5分钟主持人发言，综合评讲发言10分钟，在一个下午的交流中转换四次角色，加上晚上采访，在这一天的交流中，我先后充当了评论者、发表者、主持者、总结者和采访者。今天是五一劳动节，合乎这个节日的提示。这在我的文学生涯中也是一次全新的体验。于是记下充当每一种身份时的不同感受。

评论者。台湾的裴源先生发表的《近代大陆新诗之发展》，对1949年到1997年的大陆新诗持全盘否定的态度，只肯定了一个《草木篇》，其余部分的谬误更显而易见，如雷抒雁是"朦胧诗"代表人物云云。我在评讲时，充分肯定其对大陆诗歌进行研究的热情，对于论点不予置评（在台湾你能让别人不批评大陆么？）十分明确的指出该论文的史实资料谬误太多，表示欢迎裴先生到大陆来继续交流。体会：评论者要努力让观众明白你的观点，同时也尽可能地接受你的观点。

发表者。我发表了《两岸诗歌现状》，评论者是中山大学外文系副教授张锦忠，这位对两岸诗歌现状不甚了了的先生，无话可说，于是对论文的长短发表了一通议论："说长吧又短了，说短吧又长了。比正规的论文短，又比诗话长……"听了这种近乎无礼的评讲，我笑着说："谢谢，你已经很客气了，因为你读懂了我的论文，我的论文第三部分就是指你这种评论家。"我论文的第三部分题目是《批评的误区》，对不了解诗歌现状的评论家提出了严厉的批评。把批评家变成表扬家，这个问题基本已是文坛上的事实，只是没说穿而已。

主持者。我主持了90分钟的诗歌组发言，其中有5位诗人做了主题发言，他们是大陆晓凡，台湾的辛郁、张忠进、王禄松、钟顺文。发言水平不错。自由读者讨论时台湾中央大学李瑞腾与大陆作家薛加柱在两岸交流问题上交锋。其间，我在调节会场气氛热烈的同时，努力提升几位发言人的要点，为综合评讲做准备。体会：主持人在会场上如同法官，要叫会场气氛热烈同时进展顺利，主持人的发言不是为了说自己的东西，而是引导、强调、转移、冲淡正在进行的讲座或争论，让会议成为一次成功表现——每个人都感到他的意见得到注意。

总结者。在总结时，李瑞腾、曾庆瑞、江聪平、萧飒、郑伯宸和我分别对三台论文发布会及讨论会各自做10分钟总结，余光中先生对整个大会做了总结。余先生说："今天我们大家在这里放言阔论，这是很幸运的事，在二十年前、三十年前不可想象。""如果都是自己人谈，开个同乡会就好了。""学者的观点各不相同，如果我们把中华民族看成一棵大树，中间有年轮，不管年轮圈多大多小，只要有个同心，就是同心圆。不要因为五十年的分割，忘了五千年的文化。"体会：总结就是把别人的话变成自己的主题，再把自己的观点变成主题的眼睛。

采访者。晚上与余光中一席话，将变成《文学报》和《诗刊》的头题文章。体会：坐得下来，一切就好谈。世界上的事情，坐不到一起时，就谈不到一起。

1999 年 5 月 2 日。雨。

早上从高雄出发，经嘉义市到阿里山。阿里山观光区由阿里乡管辖，是一片藏在玉山山脉深处的原始林区。人类涉足这里只有几百年历史。传说二百五十年前有一个曹人酋长到这里打猎，这位酋长名叫阿巴里，后来这里就成了曹人的猎场。日本殖民时期,在这里砍伐森林,修建了森林铁路。阿里山生长着大量的千年红桧,这种高贵珍奇的林木,被日本人肆意掠劫。光复后,停止了采伐。五十年后,这里又重新绿荫蔽日,林木丰盛。今日到阿里山,遇大雨,感慨万千。夜宿阿里山宾馆,海拔二千三百米,寒意袭人。

一进阿里山,天就下起了大雨。只好冒雨游山了。

遮天的森林,让雨变成一种喧哗,而一大团一大团的水球,落在伞上,让人觉得是古树在向人打招呼:啊,来啦……树木那么高,让人仰起脸来,才能看到它们高高在上的叶冠。还没看清,雨水溅了一脸,好像是泪。也许就是古树的泪。这片幸存的红桧林,有二千年树龄的神树和它的子孙们,凝视着我。我知道它们在看着我,因为我正站在一座巨大的石碑前面。在日本人掠夺这片森林的时期,狂滥的砍伐,使山林失去平静。日本人时刻感到神木的冤魂在林中游荡,让他们梦寝不安。于是他们立起了这块为树魂们祈祷的石碑,又在这里修庙建塔,企图抚慰那些古树之灵。那些在这块土地上生长了千年的大树啊,那是千万个日月星辉养育的生命精华,就在锯齿中吐着木沫死去。这是多么深重的罪孽。石碑有二丈多高,粗砺的石面上锈满了青苔,我知道,它已经变成了殖民者的耻辱柱。我站在雨中的神树之中,我感受到充盈于天地之间的浩然正气。

雨水让原始林区里有一种清新之气。洗礼也许就是这样。我们从外面世界带来的尘埃,我们从世俗纷争中浸染的烦恼,我们从生命长途背驮的重负,都面对着另一种平静,森林的平静,绿色的平静,大度而无言的平静。难怪这里把林里散步叫作"森林浴"——沐浴着树林中绿色的宁静。当然,也许因为我们难得此行,也许冥冥中的神明知道,现代的我们有太多需要涤除的积尘。雨中我们走在参天古木间的林区小道，好像能感到一滴一滴晶莹的水珠，咚咚咚，在我们干涸的心田，滴注，浸渗，滋润。

因为大雨，除了我们一行，林子里几乎没有人。前面空空，后面空空，哗哗的雨使林子显出更为寂寥的安静。这样的树林，在过去也见过，在大凉山里我的初中就在深山古刹里。不过那里已处处有人的踪迹，古刹和香客共同将那座树林变为另一个意义：风水。这样的树林，在过去也曾成为我的家，一个谋生意义上的家，在陕北的富县，数百里的原始林里，我成了刚组建的军马场一个牧马人，甚至连牧马人也不是，砍树开荒的林子，在求生的博杀中，我们没有对这种杀戮树林的行为有过内疚不安……走在雨中的阿里山林道上，我想到我一生中与树林为伴的岁月，应该说，我一生在大凉山、陕北富县和秦岭横现河有将近十年时光是在林区度过，而且是在人生逆境中。啊，作为庇护者的树林，我是怎样报答它们的呢？走在雨中的阿里山，山青林深雨浓，让我不禁想起这些往事。

我们走进森林，我们走出森林。我们也许从此会有所改变。一生能有几次来这美丽的青山，又有几次能在雨中成为它的风景？

晚，宿阿里山宾馆，服务较差，女招待的脸都板得像宪兵。一路同行的《文学报》主编郦国义不愧是新闻界人士，他告诉我，这家宾馆原先是官办的别墅，改为私人企业不到一年。没办法，出了林子就是人间，人间与自然的阿里山，只隔一层玻璃。这挂着雨水的玻璃，还真凉。

1999 年 6 月整理于北京

读大漠原子弹爆心

赤焰烧虏云，炎氛蒸塞空。——岑参

车队进了原子靶场禁区，公路就开始颠簸不平了。大气核试验已经停了二十年，这些当年十分繁忙的公路无人养护，被山洪冲毁了，被风沙侵蚀了，路面上铺的柏油，也被烈日晒得爆裂翻卷，鱼鳞一样向上翘起。沙漠越野车，常常只好离开公路，在戈壁滩上前行。下午2点，我们到了"团结村"旧址，这是原试验场技术人员的住地，干打垒泥筑的墙体大多倒塌了，屋顶和窗户也没有了，剩下了几堵没倒的残墙，为我们挡住炽烈的阳光。我们在这里午餐，面包鸡蛋和啤酒。这是一支特殊的队伍，总部首长、基地司令员、军官和士兵，再加上诗人、老编辑和女记者们。这是一次诗歌对原子弹的进军，午餐后继续前行，下午5点整，我们到达距空爆试验爆心十七公里的试验指挥部旧址，当年张爱萍将军就住在这里。5点47分，我们到达空爆试验的爆心，也就是从中投放原子弹试验时的靶心和爆炸点，用白色石头砌成的巨大十字形，像医院常见的十字，只是颜色是白的！到达第一颗原子弹爆心是下午6点8分，太阳已斜在西边，阳光变得血红，让"中国首次核试验爆心"纪念碑抹上一层烫人的光泽。我们站在纪念碑前合影，我紧挨着石碑，石碑另一边站着将军诗人朱增泉，这纪念碑只有一米高，却沉重得让我们想到许多沉重的题目。

原子弹是最巨大的武器，很难从中找到诗意，但当新中国刚诞生，有人把原子弹悬在中国人头上时，为了让中国人有自卫能力，这片荒原上聚集了中国最杰出的人才。有许许多多生动感人的故事，不知为什么，此刻我想到的是关于馒头的细节。那是饥饿的年代，在天寒地冻的戈壁滩，爬上放置核装置的铁塔工作一天，所得的奖赏只是多供给两个馒头。就是这样一些献身者，让中国人有了核能力，有了自卫权和发言权。这是一首什么样的史诗啊？荒原、原子弹、两个馒头、联合国常任理事国、新世纪……我至今无法表述我的心情，只好记下在我心里闪现的一些词。

站在原子弹爆心，那个被烧得像面条一样卷曲的铁塔早已不见了。（那是前几年一些想发财的人，冒死锯走了这个铁塔去卖废铁！）但这一片焦土，让我们感受到历史曾经在何等熊熊地燃烧。司令员不断地提醒"虽然辐射量现在是安全线以上，但不要去捡拾地上的东西！"地上有什么？那是烧成玻璃状的砂砾，黑色的就像眼珠一样的焦石，看着我们这些在原子弹蘑菇云里站立的人们。哪里有蘑菇云？是的，我们也许忘记了，但历史没有忘记，它们把存在过的东西叠映在一起，于是我们知道了，那些玻璃体般的石是火之核！那些玻璃体的焦石还是砂之泪！

太阳把它最后的光辉投射给我们，让我们感到天地间巨大的热力。三十六年过去了，那朵蘑菇云早成了二十世纪中国历史的一炷火。我们不希望它再升起来，所以，中国人成为禁止核试验的签字国。核试验靶场是寸草不生的大漠，大概当年进行核试验所留下的遗址，会成为人类生命活动的证据：残墙断垣、公路和试验建筑都在证明人类的能力；但无边无垠的荒原,更惊人地证明生命在这里又是何等的脆弱。(两天后,我们从楼兰返回,再次经过这里的时候,来到了距爆心不远的一座小山。那山上到处是古海生物的化石,海藻海贝和海螺。这些生命体用它们自己的遗骸当文字,告诉我们:这里曾是大海!这里曾有无穷的生命体!这里曾经波澜壮阔气象万千!)

我到了原子爆心,这是生命最为奇特的象征:最为弱小的生命,举起最巨大的风暴;最巨大的核风暴对历史说:"让人们记住他们只有一个地球,地球曾经有过一片丰饶和美好的生命之海早已变成了一片荒漠!"

军人和诗人此刻站在原子靶场的爆心:"是生存还是灭亡?啊,地球不再需要蘑菇云!"

1999 年 12 月于马兰

戈壁月

铁马夜嘶千里月，雕旗秋卷万里云。 ——顾嗣协

离开原子弹爆心，天色已晚，我们一行的车队从爆心驶出了十多公里，到一个山口处，准备宿营。这里虽然离试验场只有十多公里，但出了一道山口，处在上风，所以受辐射的影响很小。打前站的部队，已经把这个荒原上的宿营点收拾得像个兵站了：支起了三顶帐篷，还有一个野战炊事车房，在帐篷对面，运油车、运水车、发电车，还有六辆奔驰牌沙漠大货车一字形排开。沙漠车从石油部门借来，因为前面不仅是无路可行的沙漠戈壁，而且在到达楼兰之前有几十公里坟堆一样的雅丹地貌，只有这些有着巨型车轮的世界名牌车才能闯过去。再加上我们一行到达的九辆越野车，在荒漠上排成一线，有点兵车大漠行的气概。

在无人区中心地带，山上没一棵草，天上没一只鸟，连一片闲云都看不到，真如岑参诗句："穷荒碛里鸟不飞，万碛千山梦犹懒。"大漠里，唯一有灵性的陪伴者是从东边缓缓升起来的月亮，天上没有一丝纤云，银色的月辉飘落到这大漠上，那烤人的暑气立刻消散，清风徐起，荡起我心底那些久远的诗句："江天一色无纤尘，皎皎空中孤月轮。""今人不见古时月，今月曾照古时人。""斫却月中桂，清光应更多。""月白风清，如此良夜何？"呜呼，大漠一轮月，为

我召来如此诗意，请来张若虚、李白、杜甫、苏轼同好。对月长谢，此月为我而来！

当然，宿营地并不少人间情愫。野炊也有好酒，与将军在这世界著名的无人区对饮谈诗，自有一种稼轩词中的豪放。几位诗人记者女士此刻唱起了苏联的歌曲，这也是个怪事，大概流行歌曲在这里唱出来非常不得体。金戈铁马，当有慷慨悲歌。营地里还架起了一台电视，用卫星天线接收节目。有几个人在电视前看完了新闻，就没有人理它了。旷野里，一只彩色电视独自在那儿叽哩哇啦，像是从月亮上来的UFO。我想，这个时候唯一对我们这支小队伍感兴趣的可能是从我们头上飞过的那些卫星：原子试验场，有个新营地，车队，帐篷和非军事人员……

在这里，我与将军诗人谈论的话题是，明天最优秀的军人装备是什么？我说，一只背包，里面有许多东西可以装进去，但有两件东西不可少，一本诗集，一只笔记本电脑。这诗集让你与心灵世界相通，这笔记本电脑让你与大千世界相连。当然，主人的位置不一样这两件东西也不相同，比方说总统阁下，那电脑也许就是核按钮，那诗集也许就是和平宣言签字本。将军笑了。我们从诗歌与原子弹，进入爱与恨、生存与毁灭的论题。我想起他的一首著名短诗《地球是一只泪眼》："地球是漂在水里的吗／为什么每一块大陆的周围／全都是汪洋大海？哦——地球满腹忧烦／她睁圆了望不断天涯的／泪眼／何时能哭干，这么多／苦涩的／海水？"这大漠一滴水也没有，头上飘下的月光莫不是大漠的清泪？

此月千秋不变。心气豪爽者眼中，是一轮皓月；洁身自爱者看它，是一轮清月；他乡游子望见，是一轮寒月；情人们的心里，是一轮皎月。此月千古不变，而我们只是月光里的一支插曲。千古多少月光曲，我们这一代人的月光是清是浊，是爽是寒？

因为明天的行程艰辛，直抵楼兰，然后又从楼兰返回营地。要在高温烈日下无路的戈壁滩和雅丹地貌区行军近二十个小时，所以，夜里两点，启程出发。

寂静的大漠之夜，只有月色为我们送行。马达轰响，车灯如练，声与光在大漠上都挥得很远，真是"铁马夜嘶千里月，雕旗秋卷万里云。"

在无路的大漠中心，在月光当顶的午夜，我们向罗布泊进发。

1999 年 12 月于新疆

落日古楼兰

千嶂里，长烟落日孤城闭。——范仲淹

眼前就是古丝绸之路上的著名商城楼兰。在茫茫大漠之中，有一座塔形的土堆，这是个寺庙建筑，只留下一堆残土——楼兰目前仅存的最高建筑。塔形土堆前是散乱的木头，可能是原来建筑的柱子、大梁还有圆形的木基座。这个寺院的遗址看来处于古城的中心，地势较高，旧河道从下面穿过，可见当年也是水草丰盛之地，楼兰曾是依傍河流为商旅服务的商城。现在一片死寂！我背对着塔基，站在倒坍的木柱旁，左侧有前几年立起的楼兰古址纪念碑，右侧面是著名遗址"三间房"，考古学家在此处发现大量的文物。现在望去，三间房还有残存的地基和仍然立在那里的木栅。如果不细细发掘，放眼望去，就只是沙丘和环围着遗址的雅丹地貌了。黄沙和烈日是这个世界的主角，我们一从汽车里走出来，就感到酷热中沙漠的死寂，寂静得只能听见自己的心跳和喘息。

据史料记载，楼兰在汉代还是个王国，臣民上万，从事畜牧和渔猎。公元前77年汉与匈奴争夺楼兰要地，楼兰王国几经战乱归并鄯善国，但仍作为南丝绸之路上的中继站。到了公元4世纪，丝绸之路北移经吐鲁番高昌城，楼兰的交通枢纽地位改变，同时气候恶劣，风沙侵袭，楼兰很快衰败，继而从地图上消失。楼兰文明中有畜牧文化，有屯田制的农耕文化，还有商业文化。这样一个曾繁华兴旺的文明，如今消失得干干净净，甚至地上一棵草都没有，天上飞鸟也不来，成了生命禁区的标本！

考古学家们在这里发现了他们发现的一切，并写进了一本本关于楼兰的书里。我作为一个诗人，更简单点，只是一个观光者，我看到最多的是什么？是残存的瓦片和木头。在古城的遗址，到处是一摊摊的瓦砾。这一摊瓦砾，就告诉我们这里曾有一处房屋，曾有人的劳作，曾有过阴谋与爱、欢爱与泪水、财富的聚敛与生命的挥霍！但现在什么也没有了，除了一堆瓦片！这些最不引人注意的东西，它们却越过时光的雷区，进入两千年后一个诗人的视野！也许沙漠承认了瓦片，它们也是沙土，只是经过了火，人类的火。这里还有一个奇迹，就是木材都没有腐烂，木柱还是木柱，圆木基还是圆木基。只是它们全都枯干成为木头"木乃伊"。虽然还保留着早先的形态，但全是干瘪的木筋，一丝丝地镂空的木筋。它们让我知道两千年前这里有多么丰饶的树林，也告诉我在这里早就没有任何生物可以存活，连能让木头腐烂的细菌也迁出了这座死城！残木与碎瓦向我们说：我们是人类文明沙漠化的见证者。

我们到达楼兰正是上午 11 点多钟，稍稍活动一下，就感到酷热难忍，高度的水分蒸发，让我在一天里要喝下七八瓶矿泉水。到了楼兰，更感到在旷野活动比在汽车里更烤人。楼兰这曾经活在诗歌和传说中的美女般的古城，此刻让我们看到的是一个西域干尸！在一片死亡证据的包围中，我感到那片沙漠正渗进我的肌肤。烈日当头，我们只好躲藏在沙漠车下面，高大的沙漠大奔驰车，给我们一小块藏身之地。午餐仍是面包和饮料，在我们吃饭时，发现有一只苍蝇在我们身边飞舞。啊，这是坐着汽车进来的偷渡客，我第一次觉得苍蝇不讨厌了，这个飞进了历史的小家伙，竟让死城有了一点生气。只是它不会再飞进我们的汽车，它会是唯一留下的来访者，那么，等待它的会是什么？

楼兰行，是古丝绸南路上的一次大漠阅读。读古城楼兰，读死湖罗布泊，读现代原子试验场，读一条荒凉衰败的文明历程。此次行程我们是以诗歌的名义进行的，在为获奖者颁发了证书之后，我们走进了这片大漠，这片曾产生过无数诗篇的大漠。在楼兰古塔前我们合影，用双手高高举起一面写着"楼兰行"的旗帜。带着这照片，我们回到了北京，回到了平凡的生活中。但这照片会长留在我身边，因为这是一次寻找诗歌的旅程，所有的一切，都在对我说："不能让生活死去，不能让心灵荒芜，诗歌是人类的另一条丝绸之路！"

1999 年 12 月整理于北京

花车的国度
"9.11" 巴基斯坦行

　　花车，像电影《大篷车》里的花车，只是更多，满大街都是，特别是在马路上穿梭来往的公共汽车，都画得像出嫁的新娘。这是我对巴基斯坦的第一印象。

　　我作为中国作家代表团的一员，出访巴基斯坦。时间是震惊全球的"911"事件后的第二天。9月13日我们从北京飞抵巴基斯坦最大的城市卡拉奇。这无疑是一次特殊时期的访问。从熙熙攘攘的北京首都机场登上中国民航的飞机，落在卡拉奇机场，空空荡荡，军警比乘客多，让我们感受到这个唯一与阿富汗保持着外交关系的国家面临的困境。一出机场，现实的日常生活依然生动而新奇，满大街跑的花车，一下子就印在了我的心上——这个国家与这个城市给我的第一印象。

　　公共汽车全是花车，领事馆的陪同告诉我，这些都是车主自己找人专门画上去的。每年还要举行比赛，看谁的花车最漂亮。这些花车上的花饰有典型的民族特色，画图繁杂细致，线条和色彩填满了每一寸车体，装饰性很强，喜庆欢快，像一个个盛装的女人招摇过市。按照教义，当地妇女都装束严谨，虽然许多妇女已不再蒙面，也穿色彩艳丽的裙袍，但身体四肢一点都不暴露。也许正是这样，人们把打扮的天性，放到了能活动的另类朋友身上，打扮汽车。不仅是公共汽车，大卡车、三辆车和摩托车，都像姑娘似的花枝招展。这就是文化的差异。在西方，包括中国这样较开放的东方国家，现代时髦生活的象征是"香车美女"——打扮得性感的模特在色彩单纯线条流畅的轿车前，发展眼球经济。而在巴基斯坦，女人不能干这些工作，这里没有夜总会，没有红灯区，没有模特儿表演，但这个国家仍需要让眼睛高兴的东西，那么，就看这满大街花枝招展的花车吧。

不是所有的机动车都像女人一样的爱打扮。能跑动的车辆，大多变得花里胡哨，除了上流社会的私家车。宝马车奔驰车依旧是绅士派头，坐在里面的人，也西装领带，与世界接轨。满大街看去，上流社会用的名车还是少，多数是全身花枝招展尾部冒着黑烟的低档车。与花车的女性化或者说世俗化相比，停放在街头，充当"纪念碑和城市雕像"的，是坦克、战斗机、大炮与火箭等从战场退下来的庞然大物。开始我想，巴基斯坦是个军人政权国家，也许这些城市饰物显示了军人政权的特点。后来，我感到这个理由不充分，穆沙拉夫上将执政才一年多，这些雄赳赳气昂昂的家伙肯定早就转业到这儿，站最后一班岗了。

如果我们采取这种方式：给出一点距离，看这城市，就会感到另一种和谐的美。男性的、阳刚的、雄壮的坦克和战车，威风凛凛地站在城市的各个路口；而在马路上，欢快奔驰的是花花绿绿、招人注目的花车。阴与阳，刚与柔，热与冷，在我们眼前以另一种方式和谐统一。否则，这个城市是否会太沉闷了？

出访的第一印象：花车。让我不由自主地说到女性与汽车。陪同的大使馆一秘老郑给我说，巴基斯坦有"两快"，一是汽车跑得快，交通违章多；二是女人生孩子快，巴基斯坦全国人口已达到一亿三千万。我们此次出访一直在军警严密保护下进行各项活动，所以，无法体会民间公共汽车的速度。关于妇女情况，城市和农村差别较大，按当地人信奉的宗教教义，一个男子可以娶四个妻子，不过在城里知识分子中还是一夫一妻的多。我问过一位作家："妇女有自由恋爱的婚姻吗？"这位作家说："很少，一般都在家族间联姻，我的妻子就是我的表妹。"在这样一个婚姻关系较封闭的国家，还有不少杰出的女作家、女教授和贝·布托那样的女政治家，来到巴基斯坦后，我更是对巴基斯坦这些杰出女性肃然起敬！

除了花车，有着一千二百万人的卡拉奇，确实没有更多让人兴奋的亮点，城市现代化程度大概与二十年前中国的大城市情形相似。使馆一秘老郑说，十多年前，我刚到巴基斯坦的时候，回国还往家里带这里出产的食用油呢！政治上的不稳定，加上沉重的人口负担，使巴基斯坦发展受到影响。退回去三十年，中国与美国建交，中国打开通向世界的通道，那时，卡拉奇是个多么响亮的城市名字！在卡拉奇，我在心里说了句：邓小平，你真了不起！

而此刻，我用兴奋而又忧郁的目光望着马路上的花车。在滚滚的车流旁，到处都见到乞丐，主人说：他们大多数是来自阿富汗的难民……

出访巴基斯坦回来，朋友们见面都说："听说你们这个代表团，受到了高规格的接待，长见识了吧？"真是不假。因为我们的访问是在"911"事件发生以后，又是美国将报复目标锁定阿富汗，正在调兵遣将时期，作为与阿富汗有最长的边境线，同时又与阿富汗保持外交关系的唯一国家，巴基斯坦的有关方面，十分重视中国这个传统友好邻邦派出的作家代表团在巴基斯坦的全部活动。

高规格是什么？高规格就是走到哪里都有人向你献花。到了巴基斯坦，一出机场，在记者涌入之时，接待人员就给我们每个人的脖子上套上了一个花环。花是鲜花，玫瑰和茉莉。茉莉是巴基斯坦的国花，小白花，香味很浓，也很清纯。玫瑰鲜红，像主人一样热情，只是会在浅色的衬衣上留下淡淡的吻痕。头一次佩戴花环，想到了周总理出访的那些新闻纪录片，那是童年的记忆，这种记忆，让主人的热情一下子激动了我们。后来，每到一处，都会有人献上花环，戴着花环的我们，走到哪里，都成了注目的焦点。巴基斯坦人喜欢用鲜花来表达友情。在鲜花簇拥之中，我们确实感受到了，巴基斯坦与中国几十年在国际关系的世界格局中形成的独特友谊。无论两国内部政局发生何种变化，这种发展中国家互相支持的地缘政治伙伴，巨大的国家和民族利益让友谊之花灿烂开放。从商业中心卡拉奇到文化重镇拉合尔，再到首都伊斯兰堡，越来越多的鲜花挂上脖子送到手中。在伊斯兰堡欢迎会上，几十位各界妇女向我们的团长王巨才先生献花，一束束鲜花堆满了主席台，把团长淹没在花朵之中。为什么会越来越增温？我们最后访问伊斯兰堡的时候，媒体的报道称：这是在巴基斯坦境内唯一的外国代表团。主人的欢迎词中，最常用的定语是：在巴基斯坦最困难的时候，中国朋友和我们在一起……看到如此多的鲜花，我向同行的《文艺报》张陵说："鲜花是最好的礼品，可惜不能'打包'带回去。"

　　高规格是什么？高规格是走到哪儿都有警察跟着。大概任何国家都是如此，警车开道，警察护卫。政局安定的国家，警察多是便衣，显出气氛友好而和平，当然，美国总统除外，据说他们出访喜欢把沿途的下水道井盖焊死，以表示更高的外交规格。在巴访问的十天里，只要离开宾馆，最前面开道的敞篷吉普车中，坐满全副武装的警察，其中一位警察，还把机枪架在驾驶室顶上。到了参观地点，会有另一队警察在那里等候，等候和我们一起参观。只要是在室外活动，就会有一群警察围住我们，于是所有参观活动的照片都是我们在军警中的影子。我对陕西作协的副主席王蓬说："你回去不是要写报道吗，题目就是：在全副武装军警包围中的一次中巴文化交流。"后来他真的把这句话写进了他的报道。巴基斯坦的军警制度我不了解，每到一处，出场军警的制服也不一样。不过警官总是能区别出来，在一群提着冲锋枪的警员中，总有一位不带枪而是夹着一根一尺多长小木棍者。那木棍是手杖"司提克"，我想这是英国人留下的绅士派头。巴基斯坦气候炎热，出去参观时我们都免了西装，短袖出场。军警穿着厚厚的军服，一天下来，背上全是汗渍。这让我们的团长十分心疼。一回到宾馆，王团长下车就喊："快给他们发小费。"

高规格是什么？高规格就是不能自由活动。我以前几次出访，接待者都明确用作家身份接待我和同行，做完必要的礼仪动作之后，叫上一个人陪同，到处看到处走就行了。这回不一样——有"911"的阴云，美国的四艘航母正在向此处赶来，巴基斯坦某些教派力量与阿富汗的亲密关系，使我们高规格处于保护之下。正式活动之余，出门散步或购物有便衣陪同。进了房间休息，走廊里坐着两个便衣守着。后几天我们到宾馆门口上车下车之前，都先有一个门房，扛来长棍子，棍子一头是面镜子，伸到汽车下面，探看有没有炸弹。

唉，作家出访还是规格低一点好。规格高了，就变成了友谊花朵的架子以及警察任务的目标。团里的张陵到底是记者出身，有天晚上，跟着中国大使馆的陪同一秘老郑，脱离了军警的"包围圈"，深入"民间"，转了一圈。"老叶，我看到的可是真实的老巴们的生活，开眼开眼！"至于他看到什么，没说。我想，最多也就是以前我们出访时，能见到的景象罢了。我想了想，不看也行，没有自由行动，更能原汁原味保持住这次出访的高规格：鲜花加军警。

2001 年 9 月

金门守护者风狮爷

　　到金门岛以后，几天观光，处处都可以看到一种叫作风狮爷的石雕。

　　头一天见到风狮爷，是在金城镇模范街的一家茶舍外，刚见它，十分新奇，这是一头站立的石狮，跟人差不多一样高，头大嘴阔，身体如桶，有葫芦状的雄性器官，相貌威武，线条刚劲。石雕的风狮爷还披着一件红布披风，更显得风趣滑稽，逗人喜爱。后来，走到哪里，都能见到这个可爱的风狮爷，站立的披着披风的石狮子。

　　风狮爷是金门的守护神。一千六百年前的东晋时代，中原六姓土族移居岛上，开始了金门的历史。明末郑成功在金门伐木造船，造成树林减少。清军在康熙二年扫荡郑家军，放火清野，此后金门成了风沙施虐之地。康熙二十二年，百姓返岛重建家园，后来便有了这风狮爷镇沙驱邪。

　　随着见到更多的风狮爷，我们在金门的观光，就从酒厂、瓷器厂和贡糖店走向了原野和海滨。今天是第三天了，我们看到了不少原来的金门守军留下的"战地史迹"。1949 年至1992 年，金门军事管制，驻扎数十万军队。1992 年结束了军事管制，1993 年选出了第一任县长，1995 年成为"金门国家公园"，以开放观光旅游发展金门经济。这样一来，遍及全岛的军事设施，有一部分就成为吸引游人的观光点。在叫作慈堤的海堤外的滩涂，耸立着一排排斜插在水泥桩上的钢轨制成的工事屏障。截断的钢轨都约有两米长，尖头斜向海面，在涨潮时防止船只登陆。这些工事早已没有实战作用，现在成了金门代表性的景观之一。不过在金门的观光书上还写着："标示雷区之范围请勿进入；进出海边尽量使用有足迹踩过的小路。"在台湾海峡局势紧张的年代，几十万守军在金门地下挖出了大大小小的坑道。今天我们参观小金门，就走了两条著名的坑道，一条是修在大金门岛上的翟山坑道，一条是修在小金门岛上的九宫山坑道。这两条坑道都有出海口，可坑道里还有几百米水道可停泊几十艘小艇。在两岸炮战时，大金门送往小金门的物资，就靠翟山坑道里的小艇装载，冲过大小金门间的航道，进入小金门的九宫山坑道。这些军事设施工程浩大，让我想起曾当过金门守军的台湾著名诗人洛夫的诗《石室之死亡》："我以目光扫过那座石壁／上面即凿成两道血槽……"在参观这些旧时战争设施时，导游都采取了"只看不讲"的方针。当然，对于其中一些属于明显政治宣传的观光景点，我们也没有兴趣去浪费时间。

不足二百平方公里的金门，能够维持现状，谁都知道，这与大陆力争和平统一的方针分不开。上世纪九十年代，台湾驻扎金门的大量守军撤离之后，只有四万居民的金门岛成了宁静的公园。大量军队撤走后，留下的最有价值的只有一样东西，就是树。"阿兵哥们种下的树。"导游这样向我们说，她称驻军是阿兵哥。在军事管制的几十年里，岛上居民主要的经济来源就是为驻军服务。驻军也和岛上居民一样，每人都规定要在风沙严重的金门岛上种活一棵树。兵来兵去，炮声停了，硝烟散了，岁月留下的就是满山遍野葱郁青翠的树林。

一座风沙为患的穷海岛变成了国家公园。自然风光优美的金门岛，经济发展还十分落后，城镇居民区的设施和商店的摆设，都像是十多年前大陆的小镇。田里还能看见老人驭牛犁地，街头还能看见"路边摊"向游人兜售低廉的从大陆走私的水货。但是，山光水色，翠树绿草，与祖国大陆可望可及的位置，成为今天金门最可宝贵的资源。

于是，处处可见的风狮爷更成为金门岛的象征。风狮爷除了镇风驱邪，还有另一个意义，匠人们凿出的风狮爷长着葫芦形态的雄性器官，这是因为风狮爷还管着子嗣延续的大事。在金门的一些居民群落中，还有结婚要拜风狮爷的习俗。金门现有居民较少，但在台湾有三十万金门籍人，在海外也有数十万金门侨民。金门经济落后，年轻人都向外跑，因此行政当局，对金门有不少的优惠补贴，公务员有外岛补贴，居民免费乘坐公交车，年满六十岁的金门户口的人在金门能拿到六千台币的养老金……这些都维系着金门居民的数量，并不完全是风狮爷的功劳。

金门人还是偏爱这个可爱有趣的风狮爷，旅行社赠送的几本观光书中，有一本就叫《风狮爷千秋》，一百多页的画册，留下了大大小小风狮爷们的写真照……

2002 年 10 月

日月山川

　　这是我一生都不会忘记的经历，给一群波兰孩子讲中文，这也是我自认为讲得最好的一堂课，比我在大学当教授那两年讲得还好。

　　今天是 2002 年 10 月 10 日，华沙诗歌节开始的第一天。开幕式在中午举行，上午的活动是中国诗人与华沙的中学生见面。

　　这个学校在华沙城郊，充当翻译的波兰华人女作家胡女士和我们一起坐出租车到了学校。学校名叫"空军中学"，当年是空军出资建起来的，除此之外与空军没有关系。学校管理非常严格，操场是开放的，进入教学楼是一道紧闭的玻璃门，门内卧着两条大狗。学生进校门用磁卡，刷卡进门。课间时间，孩子们只好在楼道里休息，挤得满满的都是漂亮的少男少女。

　　我们和高一的孩子度过了这堂中国诗歌课。

　　我给他们念了一首《花期小札》，也许这些花季少年能听懂这首诗："含苞。浮想联翩／让人想到心灵的渴求／美丽而痛苦／痛苦与幸福永远是／相伴而行／／初绽。情不自禁／谁也不会忘记／自己经历过的这种花期／合不上颤抖的嘴／噙不住晶莹的泪／／怒放。不顾一切／为着值得一搏的目标／我们的风华正茂／也一样同时面临／蜜蜂与剪刀……"念完诗歌，我又用粉笔在黑板上写了"叶延滨"三个字，告诉孩子们这是我的名字。

　　孩子们好奇地瞪大眼睛，我说：这首诗写得好不好并不重要，也许对于我来说，我面对一群波兰孩子念诗，你们在中学的课堂上，听到一个中国诗人念出的声音，看到一张中国诗人的脸，这本身就是非常具有诗意的事情。孩子脸上露出了微笑。胡女士发现他们对中国字特别的兴趣，便在黑板上写下了四个字：日、月、山、川。然后勾出了这四个字的象形体。我说："这就是日字圆圆的，中间有一点，这不是太阳吗？这字弯弯的像月牙，这就是月字。这是一个一个又一个的大山，就是山字。这是流淌的河水，川就是大河的意思。"中国字本身的象征意味就是诗意的源头之一，这一班的波兰中学生一笔一画把中国的日月山川描在了他们的本子上。

　　时间过得很快，下课前十分钟，波兰老师和孩子们一起向我们提问。

　　"中国字有多少个？""常用的中国字有三千多个，掌握了就能很好地交流。中国有本《康熙字典》收有四万七千零四十五个字，不过许多字现在已经不常用了。"课堂里发出一阵啊呀的惊叹声。

　　"有人说世界上最难翻译的语言是波兰文，也有的人说世界上最难掌握的是中文，你说是哪一种呢？"我想了想，回答道："我不知道中国语言是不是最难的语言，但我知道世界上至少有十三亿人在说中文；我也听说波兰文是最难翻译的文字，但在中国至少已有几十种波兰的文学作品被翻成中文；是中文最难还是这十三亿人最聪明？我看不难吧。一群聪明的波兰人今天已经在一小时内会了四个中国字：日月山川，对不对！"孩子们笑了，他们给我的回答打了高分。

　　下课了，全班的孩子把我和韦启文围起来，请我们给他

们签名。我从高高举起的一双双手上接过本子，签上自己的名字，我看见中国的日月山川在波兰的作业本上规规矩矩地站着，

像出访的中国代表团的四个老资格的代表！

2002 年 11 月于华沙

萧邦的寂寞

　　突然到来的寒流，让华沙被雪雨天包裹着，尽管只有银杏树在自己的身影里，洒脱地铺上一层金黄的落叶，其他的树叶，还在树枝上发出绿色的哆嗦，像风中尖利的口哨。我们到了华沙，执意要看萧邦公园，胡女士只好陪我们去了，带着伞。

　　萧邦公园里没有一个游人，黑色的巨型萧邦塑像，是萧邦坐在一棵在风中挣扎的树下。那棵树给人以强烈的印象，狂风把这棵树全部树冠都吹到了一侧，而树干弯曲成一把弓，而萧邦内心的音乐的风暴，正在这棵树的形象中传达给我，让我在凄风冷雨中感受大师此时此刻的寂寞。

　　我围绕着铜像，在公园中漫步。雨点滴在我的面颊上，因为我仰视萧邦。而我的裤脚在雨水中，凉意浸透了我的心境，那些丛树和花草，只有在这样的天气里，才会不害羞地哭泣。

　　谁都知道萧邦，北京的广告贴在我上班的大楼电梯旁："萧邦的节日——波兰音乐大师来京献演"。在北京的萧邦是欢乐的，至少是在高贵的殿堂里被崇拜的耳朵抚爱着。而真正的萧邦是寂寞的，也许是为了让我感受一下萧邦的心情，天空才这样彤云密布，雪雨纷至沓来！

　　在回归的路上，主人告诉我，在那个教堂里，就埋着死在异国的萧邦，死后友人按他生前的要求，送回华沙的一颗心。啊，心要埋在祖国！

我贴着冰冷的柱子，听不见那颗心的跳动。只是在雪雨中，飘动着琴声，渐近又渐远。

今天是 10 月 13 日，诗歌节正式的活动结束了，晚上我从国宾馆搬到了作家协会楼顶的小旅馆住，这是作协自己的旅馆，不大的房间，简朴的设施，但收拾得干净，窗户正对着老城的王宫，情调挺好，比国宾馆住起来有味道。半夜，我被喧闹声吵醒。是从王宫前的广场上传来的演唱会的声浪，中午就看见有人冒着风雪在搭台子，说是庆祝教皇的生日？也有别的说法，但都与教皇有关。乐队和合唱队都攒足了劲，让风雪中的寂寞变成一场狂欢。我从窗台向外望去，看不到现场的人群，我的脑海里突然出现的是下午的情景：公园里萧邦塑像前的一个演出平台，由于早到的寒流，平台已经闲置了，没有音乐的演出乐池，只有几块撕破了的广告布……

第二天，我们坐上午的火车，南行，访问圣十字省的首府凯尔采市。从华沙南行，坐了四个多小时的火车，这是我出访经历中没有过的体会。以前出访，一般乘远程飞机，其余多是乘汽车。这次坐火车，让我有机会细细地观察车窗外的波兰。深秋的乡村，有一层蓝灰色的基调，这里的土地是深灰色的，阴云笼罩的天空也是灰色的，蓝色的屋脊显出宁静与平和。也许和南欧的国家对色彩的感受不一样，在地中海边，更多是橙色和红色的屋脊，显出热烈和豪放。也许那些雪地上的桦树，那些收割了庄稼的沉默土地，还有偶然有汽车驶过的乡间公路，都有另一种童话般的音乐在鸣响？

火车上的乘客很少，这个车厢就只有六七个人，因为买的是普通车票，没有包厢，暖气烧得足，在温暖的车厢里，坐着一列晃晃悠悠前行的普通列车，窗外是宁静的南部波兰乡村，这也许就是生活的另一种情趣。在凯尔采一家俱乐部的地下酒吧里，圣十字省一位年轻的议员，与我谈论全球化，我说，中国人正积极投身于全球化的进程中，争取在这个进程中，改变自己的贫困，实现小康的目标。（在我说到这些的时候，我脑海里是繁忙的乡镇企业和大量进城的打工仔。）而这位年轻的议员一字一句地说："我认为共性和全球化是绞肉机，我很想知道忙碌的中国人是为什么活着。"（在听他说这番话的时候，我又回到了那个温暖的列车车厢里，外面是宁静而有点凋敝的乡村。）

宁静是我在波兰常常感受到的一种享受。在凯尔采市图书馆，馆长热情地把我们带到他的办公室，拿出了他们的"镇馆之宝"——收藏的十六世纪以来的珍本古籍。一位女研究生在做这些图书的修复和研究工作。当我肃立屏息面对这些"宁静的波兰"时，我的耳边飘来了萧邦的乐曲。

2002 年 11 月于华沙

俄国朋友奥列格

　　他与我的俄罗斯之行分不开，我的俄罗斯之行实际上是奥列格式的访问。

　　我们是 2002 年 10 月 16 日从华沙赴莫斯科开始访问俄罗斯。大概这是最小的一个中国作家访问团，两人，还有一位是湖北作家协会的副主席韦启文先生。没有随行的翻译，在国内与俄方联系好了，由接待方找一个翻译。

　　下午两点过了边防关，走出莫斯科机场的出口，一群接机的都举着牌子在等人。老韦推着行李车，我在人群中来回探看，没有接我们的牌子！这下子麻烦了。我们不懂俄文，也不知道接待我们的人在哪里。给大使馆打电话，文化参赞的电话没人接。给国内打电话，国内是晚上了，办公室没有人。我来回在接机厅溜达，老韦一次又一次拨电话。一个半小时过去了，一张俄国人的脸凑到我们眼前："你好！叶——延——滨，韦——启——文？"奥列格先生到了：他五十岁左右，长得精悍，没有肚子，行动利索，像个教练员，脸上有招之即来的外交型微笑。与他同行的还有中国的博士留学生孙超。孙超告诉我们，奥列格原想请他陪同当翻译，后来知道上海外语学院的郑体武教授要来与彼得堡大学签合作协议，于是今天孙超算临时帮忙。明天郑教授与我们同行，奥列格就省下一笔请翻译的钱。临时动议，奥列格有许多事情要支应，便把我们撂在机场出港口，虚惊了一场。奥列格对此好像没反应，只顾数落我们的大箱子了："我们的活动非常精彩，本来是直接开车去彼得堡，现在要等郑教授。还有你们的箱子太大了，要换小的，伏尔加的后厢要装四个人的行李……"小孙给我们解释："你们马上就会明白，这里的人爱迟到。大学研究生上课，教授迟到半小时算最正常的了。"大概他还有什么事情要办，从机场把车开到红场，让小孙带我们看一下红场，说他在红场另一个出口等我们。已经天黑了，走在红场上，又纷纷扬扬下起了雨雪。小孙着急了，一直用手机和奥列格联系，在红场的另一出口，在雪雨中，我们都浇成了落汤鸡。又等了半小时，奥列格才重新出现在我们面前，像圣诞老人一样，笑容可掬："孙超，你们等错了路口了。"我这时才想起出访前，作家协会外联部同志的一句叮嘱："他很热情，但从不准时。"

在苏联时期奥列格是苏联驻叙利亚文化中心的负责人，管一百多人的中心首长，进出坐的都是奔驰车。苏联解体后，他在俄罗斯作家协会找了个"外交委员会主任"的职务谋生，接待外国作家，其中不少是中国作家："我这个外事主任和你们的不一样，还当司机、秘书、清洁工。就一个人干！"他接待中国作家，同时组织俄罗斯作家访问中国，确实是从组团到接待，从导游到司机全包了。此次出访俄罗斯的一周时间里，奥列格和他的那辆伏尔加，从始到终与我们在一起。

当晚我们在国防部宾馆住下，奥列格拿来了小行李箱和旅行袋，换下大行李箱存放在使馆。第二天上路时，汽车的后厢里，塞满了四个人的行李、矿泉水、他家果园里摘来的小苹果和书及杂志。就像郊游，开车出发。奥列格车技高明，公路上一踏油门就时速一百公里。有人据此开玩笑说，奥列格以前也许是"克格勃"，才会这么能干！这是玩笑话，但他的能干我是亲见亲历。因为车子超速，当场被测速的警察抓住，命令汽车靠边停下。奥列格上前和他们比画了一阵子，又拿出一份文件给他们看，然后从行李箱里拿出两本文学杂志送给他们，最后拍拍两个警察的背。一场危机化解，两位警察挥手与我们告别。原来，奥列格早先接待另一个中国作家团，也因超速被捉，还扣了他的驾照。奥列格事后马上给当地省长写了一封抗议信，声称这是一件"影响中俄战略伙伴关系的大事"。不久这位省长给奥列格寄回了一封道歉信。这一回，他又让警察看了接待我们的证明文件，大概还有那封引以自豪的道歉信。

　　能干的奥列格让我有这次"深入基层式"的出访，坐着伏尔加走遍俄罗斯大地，每到一处都能会见许多俄罗斯作家，不仅到作家的家里做客，还到俱尔部纪念十月革命的"传统歌唱比赛"现场，去为他的女诗人朋友的吉他演唱捧场……

　　但是，奥列格确实是个不守时的人。与他共处的一周时间，吃饭从不准时，常常是下午四点才吃午饭，深夜十二点才吃晚饭，最后叫我的胃病发作，让我带着胃疼回到北京。就在写这篇文章的时候，我仍在继续吃"乐得胃"药片。

　　他是我难忘的第一个俄罗斯朋友，他留给我的并不都是愉快的回忆。

　　我喜欢奥列格，很重要的一个原因是他让我在俄罗斯农村生活了两天。奥列格这个俄罗斯作家协会外委会主任，对外接待工作的方式类似"承包"，他在自然保护区瓦尔代市的郊区有一幢农舍，是他用一辆汽车换来的，成了他的作家接待站，效益不错。他在农舍旁又买了一幢旧屋，还雇了两个人在湖边给他盖新房。两天在瓦尔代别墅生活，可以节省两天的宾馆和城市餐费，于是，我们这个官方正式代表团，也深入俄罗斯民间进行访问。

快到达瓦尔代了，奥列格边开车，边用手机通知他的邻居：把火炉生起来！到了瓦尔代湖边的小村子，奥列格的"别墅"就在马路旁，是幢漆成绿色的农舍。还没进屋，奥列格寄养在邻家的爱犬瓦尔瓦拉就欢蹦乱跳扑了上来。这是一只出生才八个月的大狗，身材高大，扑上来就趴在肩头上。奥列格拿出根在路上专门为它买的足有一斤重的灌肠，让受尽相思之苦的爱犬美餐了一顿。别墅是间典型的农舍，主房大概有三十多平方米，门的右手是座大壁炉，一人高，两米宽，塞满了劈柴，烧得轰轰隆隆地响，整个大屋温暖得让人忘记了外面的大雪。壁炉上摆着许多小摆件，是在这里住过的作家们留下的纪念品，坐在纪念品中间的是布偶家神。家神是个满脸大胡须嘬着烟袋的俄国老农民，有个农民的名字：斯乔潘。他是别墅真正的家长。与壁炉相对的另一侧墙，放张大条桌，平常堆放杂物，吃饭时往外一抬，就是大家的长餐桌。剩下两侧墙边，各放一张长沙发，沙发的布面有磨破的洞。这样的沙发在北京，卖给收破烂的，也卖不了二十块钱，不过，在这里派上了大用场，白天可坐，晚上放下来就是床。睡觉用的床单、被套都收在一个大手提袋里，每次用过后，送到附近"斯大林别墅"管理员那里。下次取回来，就洗得干干净净，熨得平平展展。

国内现在兴起了"农家游"，这一回在俄罗斯赶上了。瓦尔代是著名的风景区，早年斯大林，如今的普京，都在这里建有别墅。我们住的"奥列格别墅"虽然简陋，但十足的俄罗斯乡风。热心的奥列格还请来当地图书馆的女馆长带来一位女馆员，俩人主厨，烧鱼汤，烤猪肉。在他们忙着准备晚餐的时候，我们到湖边去洗桑拿浴。这里，每家每户都在湖边建了自家的浴室。奥列格原先也有一间浴室，不久前刚失火烧了。据说有位著名的诗人还为此写了一首诗："在美丽的瓦尔代／我的朋友奥列格的澡堂子烧掉了／啊，澡堂子烧掉了／我生活的一部分从此没有了……"我们今晚是在邻家的澡堂洗桑拿。白皑皑的雪地中，那间澡堂像一座黑色的地堡。大圆木砌起来的小屋，没有电灯，昏黄的烛光在风中晃动。澡堂里的每一根木头都被柴火熏得油光黑亮。进了第一道门，有个小过厅，把衣服放在过厅的长条木凳上。里屋是澡堂。澡堂里有一口大桶，我们到来前已经烧好了水，同时也烧烫了灶头的大石头。虽然明火撤掉了，满屋的木格楞，还散发着呛人的烟气。澡堂的格局和我们熟悉的桑拿房大体相同，但这雪地浴室、黑柱暗屋、烛影烟气、铁桶巨石，都叫我回到托尔斯泰的俄罗斯，农民的俄罗斯！两位邻家的男孩，大概十六七岁，一趟又一趟光着身子，跑过雪地，从湖里提水进来，浇在澡堂的烫石头上，让我们享受最原始最自然的桑拿。不到半个小时，浑身被蒸得大汗淋漓，两眼被熏得热泪盈盈。热情的邻家男孩，又用一束桦树枝叶扎成的浴帚在我背上抽打。啊，这是伏尔加河的源头湖泊之水，这是俄罗斯农民儿子之手，这是俄罗斯大地上白桦树之叶，生活啊，你给我一个神秘的洁净仪式——上有明月繁星，下有白雪蓝湖！

回到"奥列格别墅"，晚餐已经准备好了。雪地洗桑拿，木屋尝烤肉，这是俄罗斯式的享受。感谢主人盛情，只好频频举杯。俄罗斯人酒量实话实说很厉害。我们从为中国作家与俄罗斯作家的友谊，为江泽民与普京的健康，直喝到为毛泽东与斯大林开创的中苏友好……不得不接受近十年来，头一回被灌醉的滋味！

这一夜还没有把所有的酒喝光。当我们告别"奥列格别墅"上路的时候，细心的奥列格从一堆酒瓶里抽出一只酒瓶，还倒出了一小杯酒。奥列格把这杯酒放在斯乔潘面前："再见了，好好看家，我会回来看你！"听这话，觉出几分感伤。刚才，就在我们上路前，邻家的男主人去世了，奥列格去帮忙，使我们晚出发两小时。村长为我们送行："唉，现在村里人越来越少了，死三个才生一个。年轻人还都往城里去，空房子越来越多了……"

　　汽车驶出村庄，回头看，雪花渐渐遮住了我的视线。

2002 年 11 月于莫斯科

阳光的幻影

　　今天的阳光真好。春天的布拉格就这样在阳光的梳妆下，展现在我面前，像一个童话中的贵妇人，也像一个村庄里走出来的小姑娘，这要看你在注视什么，还有你站在什么地方，与这个欧洲的名城互相凝视。

　　伏尔塔瓦河是布拉格的母亲，也许就是今天让我们惊讶的安详与宁静，在公元前五世纪就同样吸引了塞特人的灵魂，让这里开始了文明的曙色。这曙色依然那么鲜亮，当我在二十一世纪五月的早晨，站在布拉格城堡外的这个观景坪台，远眺伏尔塔瓦河查理桥。这曙色已经被一支无形的画笔点出了迎春和杏花、樱花。这是最好的观景台，位于著名的布拉格城堡一侧的山坡，面对着布拉格最著名的查理桥和桥两岸的老城区。阳光在伏尔塔瓦河上流成波光粼粼的乐章，如果你想象不出，那么请想一曲德沃夏克的乐曲吧，比方说《伏尔塔瓦》。当然，如果你喜欢斯美塔那，那么就想他的《我的祖国》。我相信，音乐会比文字更能表现美，那种让心灵颤动的美。

　　当然，也许只为这个，主人不会选择这个观光坪台，因为任何一个能站立的地方，都同样地被春天的美景所包围。我们这个硬土坪台前，还有一排排光秃秃的葡萄木桩，春刚至，葡萄藤还没有爬上这些焦色的木杆，面前这一片焦色的木杆，倒是春色中的另类风景。主人齐米斯基，这位七次到过中国的"国际惊险与侦探小说协会捷克分会的主席",告诉我们七十年前,伏契克就是被党卫军人带到了这里。我们读过《绞弄架下的报告》,我印象中最早的捷克人有两位,一位是为着理想和自由献身的伏契克,另一位是奥匈军队中可爱的"好兵帅克"。党卫军对伏契克说,多么美丽的布拉格啊,而你的生命就要结束了……时过景没变,美丽的布拉格,还记得伏契克吗?伏契克是捷克共产党人,同时,也是一个让布拉格增加光彩的人,因为他的《绞刑架下的报告》,我早年心目中的布拉格是一个被理想和信仰的光彩描绘的城市。

也许因为美丽,所有的目光都关注着布拉格。我们走入了布拉格城堡,在总统府侧楼有一扇向着伏尔塔瓦开着的窗子,齐米斯基指着那扇窗说:希特勒当年在那扇窗子露过面。

布拉格城堡位于伏尔塔瓦河西岸山丘,是与平民街市遥相对望的历代国王的居所。始建于九世纪,建成于十四世纪查理四世在位期间,形成王宫、教堂、修道院整体城堡。现在它是联合国世界文化遗产,同时还有实用的博物馆、美术馆,它的第二个庭院还是总统府、外交部。外交部没有门卫。总统府有表情庄重的卫兵。卫兵虽然表情庄重,但他对穿梭于门前的游客没有反应,既不检查证件,也拒绝游客与他合影。大概这是最开放的总统府了,阳光总统府变成了旅游的一个景点。也是,既然剧作家哈维尔能当总统,总统府成为游览的景点,又有何妨?当然,总统还在上班,中国大使馆大使的轿车就停在这里,大使中午要在使馆宴请我们一行。大使近日很忙,他将离任回国,此刻也许正在向总统辞行。我们上前与司机打招呼,中午见。

布拉格城堡是建筑博物馆,从中世纪的罗马式建筑始,还有哥特式、巴洛克式、文艺复兴式和现代建筑并陈。在布拉格最富盛名的城堡是圣维特大教堂，这座教堂最初是建于930年的圆顶罗马式教堂，后经多次增修和改建，历时六百年，建成了现在主体是哥特式的大教堂。大教堂好像永远没有完工，走进布劳特拉斯大堂，发现内部的装饰主要是文艺复兴风格，几面巨大的窗户，还镶嵌着现代绘画风格的七彩玻璃画。中国人游欧洲，有句玩笑话说："上车睡觉，下车看庙。"外国的教堂也就是我们所说的庙了。教堂是一个民族文化的体现。比方说，看波兰的教堂我感到阴郁而庄重，看马其顿的教堂我感到神秘而古朴，捷克不一样，似乎更世俗，更明快，更欢乐。我把我的感觉告诉了陪同的翻译、帕拉斯基大学的年轻汉学家高博。他说："也许这就是捷克，对上帝对自己都更卡夫卡！"我看着高博那张漂亮而充满阳光的脸，我不得不相信，在五月春天的捷克，我看到的一切，都是阳光的幻影。

2006 年秋于捷克

被月色忽略的细节

　　伏尔塔瓦河穿过布拉格，河上横亘着十几座大桥，成为布拉格最美丽的饰物，其中查理大桥则成了布拉格的象征。

　　查理大桥作为布拉格的象征，一是它的重要，二是它的美丽，三是它的立体可见的历史。大桥于 1357 年动工，花了六十年的时间建成了长五百二十米宽十米的这座大桥。坚固的哥特式大桥两侧竖立着三十尊圣人巨雕，或取材于《圣经》，或是历史上的圣贤和英雄。这些雕像不是建桥之初就有的，而是从十七世纪到十九世纪陆续完成的，风格也不都是哥特式，更多具有巴洛克式风格。艺术、历史、生活就这样成为一道同时跨越时间和伏尔塔瓦的长长的通道，让全世界的游人在这里留下惊叹和赞美。

　　第一次走上这座大桥是夜色降临之后，河上闪烁着两岸灯火的倒影，高大的圣人雕像在夜幕中遮住了自己的表影，让行人走在历史阴影中的长廊。圣人们显得比千塔之都的尖塔们都要高大，也比布拉格所有的山丘都要巍峨。因为看不清，才更加神秘，在游客的闪光灯中，瞬间勾出的圣人表情，让我们感觉他们从历史向我们顾盼。查理大桥是一座步行桥，各种各样的小贩、街头艺术家和乞丐与圣人为伴成为大桥的主角，成为世俗生活的活雕塑。石头的圣像与世俗的雕塑，让我们走一次，一生回味。不把这一切放在眼里的，大概是恋人们，他们相拥于行人中，放肆地在圣像前接吻。走过夜色中的查理大桥，我知道了为什么有那么多的恋情故事发生在布拉格！

第二次走上查理大桥，是在阳光浓郁的上午，所有被夜色略去的细节，都展示在我们面前。依然是出售纪念品的小贩，我发现在一长串的艺术品小摊上，没有两家是一样的，大部分都是"自制"的工艺品，原料并不金贵，石头、皮革、木材、金质片……妙在独此一家，于是小贩们像艺术家一样自豪地向游人展示着自己的才华和还算不上才华的聪明。街头艺术家们面前都放着让游人施舍的钱筒，但游人发自内心的施与更多的来自对艺术家的赞赏。一个盲姑娘站在桥头歌唱，她不是随着收录机重复歌唱，而是一只手支着一本盲文乐谱，另一只手摸索着谱曲，一边手读，一边歌唱。她的真诚和投入，让每个走过她身边的人都放下一点钱，轻轻地。

走过大桥进入老城区。我们在夜里也经过老城，那时，投入眼帘的全是老街两旁小店灯光和珠宝的光彩。而上午则是另一景象，店铺大多还没开门，退隐于阳光后，各式各样——哥特式、巴洛克式、文艺复兴建筑让人目不暇接。这个站在墙壁棱角上的矮人，是胡斯起义二十七烈士之一，是按当时真人高度雕塑，可见当时的捷克人身材不高。这是美女喷泉，当年一个富商爱上了这个塑像，于是他把自己的财产留给了塑像。还有这个坐在学生教堂外墙上的小姑娘塑像，远远地望去像是个真的小女孩坐在墙头上。主人对我们说，她不爱上学，所以被放在这里，走近了一看，可爱的小姑娘坐在墙头，还用课本折着纸飞机。

细节是美丽的，有了细节，才让我真实感受到捷克，而不是在电影《布拉格之恋》或是欧洲的风光片里，哪怕是坐在电影院的头一排。捷克在世界上是以精美和精细的工艺著称，在旧城最能代表这一特点的就是旧市政厅塔上的古钟。这座建于十五世纪初的巨大的自鸣钟，每到整点时候都会有一番表演。我们是十点整站到大钟前，看到天象仪旁的死神鸣响了钟声，天使像两侧的小窗户打开，基督十二信徒走马灯似的在窗户中出现，最后大钟上方的公鸡展翅啼叫，整点表演完成。啊，所有的细节都向我们展现着捷克文化的精致和捷克人心灵的美好。在这里可以用一句时兴的话：细节决定一切。

在走马观花的行走中，我们往往忽略的细节恰恰是事物的绝妙之处。我离开大钟，玩味着一系列的精细的机械设计，突然发现一个应强调的细节，死神敲响了大钟！是啊，乐观的中国人也有雄鸡叫来了新太阳的思维，但忽略了每一分每一秒，也是死神带走了我们生命的一部分！"现在"并不存在，未来和过去，新生和死亡在每一瞬间递交接力棒！仔细想想，当我们感受的"现实生活存在"的时候，它已经被死神变成了"过去"，从这个意义上来说，我们所有的记忆都是"死神"对我们的赠予，当它最后对我们完成了全部索取之前！啊，这就是雄鸡把太阳升起之前，月色中我们忽略了的生命最重要的"细节"！

回想这一切，我更理解卡夫卡的阴沉和昆德拉感受到的生命之轻……

2006 年整理于北京

重返公元 79 年 8 月 24 日之旅

　　手表还没有调整为欧洲时间，此时正是除夕深夜零点。在北京，今年开禁烟花爆竹的燃放，此刻，在中央电视台满汉全席式的大歌舞中，北京城一定在鞭炮和礼花声中，演奏着中国式的世俗欢乐。此刻，我正在法航巴黎到罗马的空客班机上，在欧洲的傍晚迎来中国的新年，这也是难忘的经历。飞机遇到气流，猛烈抖动着，一个小时的航程，空姐们都带头牢牢地把自己捆在座椅上。直到快降落了，她们才赶紧送上本航班的服务，一杯小小的饮料。这杯小小的饮料，让我大为不解，大概就是二百毫升装在铝罐里的果汁，拉开铝罐倒进小塑料杯，只有小半杯。节约的内容，浪费的包装，大概只有一个理由，避免用大瓶倒饮料时把汁液洒在乘客身上。下飞机的时候，妻子悄悄告诉我，坐在她身边的女郎是个小偷，在飞机颠簸得最厉害的时候，她飞快地将手伸进我妻子外衣口袋。这是个年轻女子，不修边幅，不拘小节，上飞机就将鞋脱掉，蜷在机窗前，脸上挂着阴郁。我上次到罗马，是从法兰克福乘意大利航空，是二十年前的经历了，同行有王蒙、舒婷、周涛和吕同六。那是我头一次出国，一路阳光心情，再加上口袋里没有几个可让人偷的钱，所以，没有对我们说意大利小偷和吉普赛人小偷是旅行中的重要提示。

　　下飞机，迎着警察牵着的肥硕的缉毒犬，我们出了机场，下榻于离罗马一个小时车程的和平酒店。大概这个酒店曾做过残疾人的公寓，开运动会还是别的用途？房间到处是扶手座椅之类的配件。好处是离城市远，空气清新。第二天清早，我们便向庞贝城出发。从罗马到庞贝有三个多小时的车程，庞贝在意大利南部著名的城市那不勒斯南郊维苏威火山附近。那不勒斯是座典型的南部意大利都市，浪漫而富饶，肮脏又随意。旅游书上这样写道："这里没有传闻中的那么脏，治安也不太坏，但最好摘掉金首饰，少带皮包，只带最低限度的东西，轻装前进。"我们轻装前进地穿过那不勒斯，只见随意而散漫的一幢幢楼房间的院落里，都种着橘柑树和柠檬树，树上挂满了橙色和黄色的果实，让人感到温馨和亲近。出城向南，首先映入眼帘的是维苏威火山，那不勒斯城就在维苏威火山脚下，现在城市向外扩张，城郊的小镇已经爬满了维苏威火山的山麓。到这里，才知道我们通常关于庞贝毁灭的说法中最常见的错误："维苏威火山爆发后，岩浆和火山灰湮没了庞贝城。"庞贝城并不在维苏威的山脚下，它坐落在地中海之滨与维苏威相对，现在它和维苏威之间的洼地，当年还是入海口的海面。火山的岩浆流不到庞贝城，是大量喷射到空中的火山灰、碎石和泥浆，从空中向庞贝飘移洒降，在公元79年8月24日中午到深夜，连续覆盖十八个小时，终于彻底湮没了这座城市，当8月25日早晨的太阳升起，这座城市消失了。

现在这古城重新展现在我的面前，变成一个博物馆。它在十八世纪被人们发现以后，一点一点开掘，完整地呈现出它当初的风貌。当然，不可能是原貌。我站在庞贝城前第一个想法就是，这是一个城市的木乃伊，这是一个时代的木乃伊！

原本蔚蓝的天空，渐渐彤云密布，像拉开了舞台的大幕，重新排演久远的故事。我们的导游是台湾人，姓宋，在欧洲当了近二十年导游，高个子，长头发在脑勺扎成小辫子，干练精明。他给我看了手机里的一张近照，他穿着"倒扁红衫军"的红色 T 恤衫，红衫的胸口上画着一只手，这只手的中指向上直直地伸出来，手指上方写着两个大字："干扁"！宋导游已经来过庞贝多次，当地政府有规定，必须请当地导游解说。当地导游也是一个老导游，宽脸大眼，我怀疑他就是旅游书上写着的那位先生："在庞贝的注意事项：(1)庞贝遗址中的负责人是一位老伯，很亲切，讲解很详细，但有些色（会有被搂肩和腰的情况）。可能与当地习惯有关，但如果你讨厌可以直接拒绝。"中国旅游出版社的这本旅游书，可信，我不在这里做广告了。意大利导游老伯，对我们一行中国人十分热情，只是抽空和他认识的西方大妈们见面搂住贴贴脸，并不影响讲解得十分专业。在他的带领下，我们走进了庞贝古城：整个出土的庞贝城长一千二百米，宽七百米，城内面积 1.8 平方公里。有城门七扇，主要生活区是井字形的四条大街，主街宽七米，全都街道都由石板或石子铺成。我们是由当年对着入海码头的城门进入古城，走了约百米，便到中心广场，广场旁有市政大会堂、神庙、公共市场、公开浴池等。整个城市在铅色的云下，显得格外的死寂。

真不知道当年的火山爆发有何等的威力，几十公里外的火山口，喷发出的火山灰，就将一个城市和一个时代"化石"成为巨大的天书！以下是给我印象最深的碎片，我以碎片式的纪录，以保持它们的原始状态：

在博物馆存放得最多的是瓦罐，各式各样尖底的罐子，成百上千，一排又一排地存放在陈列架上，难道这个城市当年最多的就是瓦罐？绝不会！这是一个罗马时代最繁华的城镇，精美的服装、食物、家具、珠宝、财产，让这里成为奢侈生活的代表。不过，老天爷让火山发了怒，老天爷让火山灰掩盖了这一切，只留下无数的瓦罐后人，对我们说："看吧，盛满美酒和欲望的罐子，在一天内全空了！"空了的再无欲望的庞贝就是庞贝给世界最好的礼物。

庞贝人是谁？在博物馆里陈列着庞贝居民的遗体。我吃惊他们竟这样保存下来。遗体展现了死者最后的体态，他们被火山灰闷死并封存。后人发掘时，他们在火山灰里变成"印模"，发掘者们把石膏倒进火山印模中，就重现了当年死者的形骸。让人吃惊的是，一个死者的印模还清晰可见束在其腰间的带子。他是个奴隶，腰带上有他主人的姓名。当灾难降临时，一定有许多人逃走了，但还有人没有来得及逃走。为什么？所有的问题都不一定有答案，但最后留守的庞贝人，不是用嘴，也不是用笔，而是用挣扎的形骸告诫世人：敬畏天地吧，在大自然发怒的时候，人是多么的弱不禁风！

被岁月整体掩埋的庞贝城，几乎原状保存了城市的基本状态。由于房屋、街道和公共设施大多是石头和砖瓦结构，这样的材料在火山灰中几乎不发生变化，因此，木乃伊般的城市保存了自己的街道、房屋、广场、柱廊，甚至水罐、瓦缸、灶炉等生活设备。据统计，小小的庞贝城有三十多家面包坊，还有一百多家酒吧餐馆。我们在一家保存完好的面包坊遗址看到，一人多高的烤炉是和欧洲乡间的面包房烤炉基本相似，仿佛只要生火加料，就会重新营业。在悲剧诗人的家，还看得见当年画到墙上的壁画，地上露出来当年使用的输水铅管。在一家富翁的宅第，门庭地面镶嵌的马赛克依旧色彩艳丽。这一切都使庞贝增加了无穷的魅力，据说现在"庞贝学"已有上万研究者。

作为一个时代的木乃伊，庞贝总让人们想到奢侈无度的罗马上流社会的影子。公共浴池，斗技场，大剧场，虽然只剩下巨石残垣，但它所显示的财富印迹，也表明了古罗马时代财富惊人的聚敛和商业高度的发展。在庞贝遗址中，最完整的建筑是一座公共妓院，经过初步修复的这幢房屋有两层楼，进门的墙上画着有各样性交姿态的"菜单"，狭窄小屋里还砌着石床。这家公共妓院对面是一间旅店，公开妓院的旁边还有私娼的小屋。如此发达的色情业，当然不只为了供本城居民享受。在通住妓院的街道的路口，有给外来者指路的路标。这个路标很醒目：刻在石板路面上的一具男性生殖器官。这些使人总难免想到，关于庞贝的醒世之说法，从天而降的灾难是庞贝人奢华而荒淫无度的生活招来惩罚……

庞贝真是一本打开的寓言，它让我吃惊地发现，原来人类那么早就创造了城市生活，商业文明那么早就如此发达，自然对人类的报复也那么早就迅疾而无情演示过了！"没有任何东西可以永恒"，这句写在庞贝一幅壁画上的话，好像是一个预言，一个深埋两千年的预言。

庞贝让人吃惊，也让人震撼，我拍下了许多照片，当我整理这些照片的时候，我试图把游人从画面中减去。这时我发现，石头与砖瓦的庞贝死场中，依然有生命的是：三条不搭理游人总在广场中心草地上睡觉的狗，废墟石缝中擎着绿色小旗的草丛，天上飘来的浓云……

这浓云在傍晚变成了沥沥雨水，击打着那不勒斯酒店的窗，今夜的梦，不是庞贝，今天是中国农历的新年第一天。在梦的边缘摆着三只橘柑。那是在庞贝停车场，一位开私家车的老人，后备箱里装满自家摘下的橘柑出售。妻子递他一张钞票，老人捡出三只新鲜的橘柑，连同一脸微笑，目送我们离开庞贝。

2008 年春于那不勒斯

从伽利略的斜塔走进徐志摩的诗行

从罗马出发，向北，沿亚平宁中央山脉西部平原前行。一路上可以看到远处山峰上的一座城堡，可以想见历史上这是重要的商旅和军事通道。导游不断地提醒："这座城堡的输水系统是达·芬奇设计的……这山上的城堡教堂有精美的壁画……"我不知道这些是导游从书本上读到的，还是他在多年欧洲导游生活的收获？那些在霞光中清晰如油画的城邦，真让人神往。三个小时后，我们到达了比萨城。位于地中海边的比萨曾经是地中海强大的航海国家，直到十三世纪末才臣服于佛罗伦萨大公国。比萨城不大，它的历史和现实都没有引人注目的成就，但全世界的人都知道它，因为它有一件物理学和建筑学上的"错误作业"——那座一开始修建就修得不端正的斜塔。仅仅是斜塔，全世界建塔都容易出现歪斜，也不会如此声名显赫；还因为著名的物理学家伽利略计划在斜塔上做自由落体试验。有人说是计划，有的书上说的"就是在塔上试验"了。伽利略通过试验证实的自由落体定律写入了全世界的中学课本。因此，比萨斜塔就成了知名度最高的建筑。我们本来应从罗马前往佛罗伦萨，也因为这个斜塔，我们的行程拐了一个角，来到了比萨城。

比萨保持着古城的风貌，在城外的公路上，就可以看到五十五米高的斜塔，几乎没有高层建筑的小城，显得宁静安详。旅游大巴不能进城，外来的车辆都停在城外大公共汽车站。

专门的摆渡公共汽车，约十分钟一班，将游客送到斜塔所在的大教堂广场。下了车，通往广场的道路两旁都是兜售纪念品的小贩。这里是地中海之滨，非洲黑人，吉普赛人都向游客招揽生意。说话间，我看见一个吉普赛女人向我妻子走过来，她左手拿着一张硬纸板，我看了一眼那像杂志一样大的纸板，不是广告，上面什么都没有写！我发现她是用纸板遮住她的右手，纸板伸向妻子的胸前，右手伸向妻子挎在胸前的皮包。我急忙拉开妻子，用手推开那女人的纸板："当心小偷！"妻子吃惊地看着扭身走远的吉普赛女人说："嘿，我正奇怪她这张纸上什么都没写，心想她叫我看什么呢？"这个小插曲，让宋导游再次提醒大家："注意了，把挎包都放在前面，还有把每个向你走来的人，都先当作小偷！"这一路上，只要下了车他就会把这话说一遍，体现了他的先见之明。

　　大教堂广场真的非常漂亮，出乎我的意外，比我想象的比萨斜塔更美。同行的孟老师感叹道："教了一辈子比萨斜塔，没想到这么漂亮！"一边看一边想，想来有两个原因：一是眼前的比萨斜塔比画片上的多了色彩。斜塔雪白色，广场的草地绿茵茵，天空瓦蓝瓦蓝，蓝天和绿地将白色衬托得耀眼夺目。二是多了两幢与比萨为邻的建筑，一幢大教堂，大教堂雪白的外墙，正面有四层圆柱排列，典型的罗马风格，从公元 1068 年开始修建花了五十年时间建成。大教堂前方是圆柱形洗礼堂，雪白精美被称作"宝石箱"，建成于十五世纪。在圆形的宝石箱形状的洗礼堂和方形的罗马风格的大教堂后面，斜立着比萨塔。前两座建筑气派端庄，更显出斜塔倾斜的姿态格外醒目。不断倾斜的塔身，北侧高 55.22 米，南侧高 54.52 米，相差 70 厘米。站了八百多年了，总在缓缓倾斜，总有一天会倒塌消失！正是这个巨大的悬念，让比萨增加了观光的魅力。大家都在这里留影，每个人都向比萨斜塔伸出手，让照片里的人正在努力用手扶住斜塔。这成了比萨留影的一个模式，也是每个游客的心愿。中国人相信"心诚则灵"，也许斜塔今天还站在这里，正是成千上万的游客伸出了自己的那只手扶了它一把呢！

我们到达佛罗伦萨太阳已经快落了。佛罗伦萨这名字是英文译名 Florence 翻成中文的，它还有一个根据意大利文的译名叫：翡冷翠，现在台、港和海外华人还这么叫这座城市。"翡冷翠"这个具有诗意的译名是著名诗人徐志摩的创造，我读大学时，从学校图书馆读到的第一本徐志摩的诗集就是《翡冷翠的一夜》。佛罗伦萨的夜是浪漫的，它的黄昏同样动人。我们一行在老城外面下了大巴车，跟随当地的"地陪导游"走进了老城观光。老城的小巷空寂而悠长，几乎见不到行人，只有初春的寒风在巷道里疾走。穿过几条小巷，我们来到了老城中心广场，广场主体建筑是佛罗伦萨的象征"百合花圣母大教堂"。这座大教堂始建于公元四世纪，到了十四世纪又到十六世纪，为了与当时商业发达的繁荣相匹配，用了一百七十五年进行扩建，建成了能容三万人的大教堂，其巨大的穹顶被誉为"像山丘一样"！与身材庞大装饰华贵的教堂相毗邻的是修长高贵的乔托钟楼。但丁在《神曲》中夸赞乔托钟楼"比过去的艺术更完美"。在黄昏夕阳中的钟楼，在我眼中倒像一位有点忧郁的诗人。

从大教堂穿过几条小巷，来到了市政广场。这里是一个大的露天艺术宫。现改作市政厅的韦奇奥宫前，有著名的大卫像，大卫像是自由都市佛罗伦萨的象征，米开朗琪罗让他站立在这里，以便全世界的游客与文艺复兴时代站在一起。在广场的一侧挨着韦奇奥宫的是兰奇敞廊，十四世纪建立的可供避雨的集会场所，里面放置着许多文艺复兴时代的雕刻艺术品。最有名的一座雕塑是扎波罗尼亚的《萨比内的女人们的掠夺》，那个被强盗高举起的女人，痛苦扭动的身体和脸上惊异的表情，总是让评论家说出许多有趣的猜想。此时我们的导游也再一次提醒我们注意这雕塑的女人形与神的差别。

佛罗伦萨旧城保存得十分完好，一切都是原貌，街道房屋还有砂石墙灰色的基调。佛罗伦萨是欧洲一个时代荣光的创造者和见证者。十五世纪黑死病在欧洲蔓延，药商世家的梅迪契家族让佛罗伦萨在这个时期躲过了瘟神的黑袍，变为繁华的商业之都。同时经济繁荣后这个家族资助了米开朗琪罗的雕塑艺术，援助了名画家拉斐尔、布鲁内莱斯基、菲利波·利比等，一群天才星辰聚集在梅迪契家族周围，让佛罗伦萨照亮了一个时代，一个叫作文艺复兴的时代。空旷而静寂的小巷里，我们走过了梅迪契家族徽标"盾牌上的药丸和百合花"，有这样徽标的房屋就是老梅迪契家族的宅第。走过了但丁的故居、米开朗琪罗的出生老屋，走进历史，而且是那么多光荣和梦想谱写的那章历史，这是一个诗人一生的梦想！

走过了黄昏，我们结束了观光。都说佛罗伦萨出产优质名牌皮具，导游把我们带到一家"最大的免税店"。在旧城一角的这家店，有五六个铺面，占了半条小巷，走进去，迎接我们的有年轻的意大利男侍，还有老工匠为我们表演佛罗伦萨传统的皮具烫金工艺。再进去看，各种名牌，路易威登、夏耐尔、古驰、江诗丹顿……一应俱全，无论是皮包、服装、手表，还是皮鞋、金饰、眼镜，无所不包。只是名牌皮包像小杂货店挂在架子上，名牌服装随意堆放，在这堆名牌后出场的是从温州来的同胞。一切尽在不言中，我们英勇善商的温州老乡，又在佛罗伦萨展示着温州人的经商之才。这也让我们在欧洲，重温国内旅游购物的经验。当然，也有新招。温州老板把国内的打折变成欧洲的退税。真正的退税是要开专门的退税单，而且要在海关验章，在机场的银行取钱。这家店号称"直接退税12%"，其实也就是打"八八折"。大家在店里逛了半个多小时，体会了中国民营企业走向世界的一种方式，也不算浪费时间。出了商店的不远处，旧城街边一间没有招牌的房门上方，挂着一只中式小灯笼。推开门，原来是一家中餐馆。没有招牌也没有门脸，专门接中国游客的集体餐。五菜一汤，好久没有吃这种招待所的餐食，也是另一种体会。合了一句中国老话："肥水不流外人田"，中国人到欧洲观光，至少在餐食这一项上，还是中国人的钱让中国人自己赚。

在最具欧洲文化的佛罗伦萨，我们在欣赏了文艺复兴昨日的光荣之后，又体会到中国和平发展在欧洲最古老的城镇所留下的印迹。这印迹已经和八十年前徐志摩写下的那首爱得死去活来，写得悲悲切切的《翡冷翠的一夜》不一样了："爱，你永远是我头顶的一颗明星，／要是不幸死了，我就变成一个萤火，／在这园里，挨着草根，暗沉沉地飞……"当晚九点我们到达旅馆时，大家发现这是F1的舒马赫曾下榻的酒店，同行的年轻人高呼："舒马赫，我爱你！"我想，这家酒店如果是徐志摩住过的，有人会这样喊么？

悲悲切切的徐志摩走了，精打细算的温州人来了，还有热爱舒马赫的中国游客。佛罗伦萨，你感受到什么了？

2008 年春于罗马

悬崖上的金丝鸟笼

　　从意大利西北部古典风光的佛罗伦萨，乘大巴穿过那些老气横秋的山地古堡向西北行进。那些古堡坐在高高的山巅上，如穿着旧披风的老骑士，任我们的观光大巴车从脚下的高速路上风一般地驶过。看过了佛罗伦萨和威尼斯的观光客们，对那些远远坐在山顶上的"老骑士"们兴趣不大。只是导游有了话题，喋喋不休地讲着他所知道的昔日风光无限的老城堡。也许倒退回去三百年，我们骑着马，趁着文艺复兴的浪漫时光，一个个地叩开这些古堡的大门，那是何等的让人充满想象的旅途啊，鲜花、美女，还有强盗和巫婆。有能耐的是"三个火枪手"，倒霉蛋就当一次堂吉诃德。是啊，坐着空调大巴，飞样地在高速公路上前行，舒服是舒服了，但舒服的睡意，让美景和传奇从身旁溜走，一个个都像是骑着哈里·波特的大扫帚！

　　突然眼前真像有一把大扫帚，扫开一片新天地，天空瓦蓝瓦蓝，海面跳跃着阳光，奇幻的色彩像热情的少女扑面而来，啊，法国到了！法国南部的地中海地区，全世界最著名的蔚蓝海岸，心情与风光变得就是那么快，我们一瞬间就从古典走入了现代，从回忆进入了眺望，眺望大海，还有迎头塞满车窗的海滨风光，果园、鲜花、红屋顶的市镇，啊，越来越密集的摩登洋房，比肩接踵的悬立在海边的山崖，导游告诉我们，全世界最豪华的袖珍国家摩纳哥到了。

摩纳哥公国，世界上最小的国家之一，面积有 1.95 平方公里，仅比罗马城中的梵蒂冈大一点，虽说是独立的国家，货币、语言都与法国所有地区一样，其实就是地中海边上的一个小城镇罢了。虽说小，分了六个地区，外来的观光客，必到的地区有两个，一个是王宫所在的摩纳哥地区，另一个是最著名的赌场蒙特卡洛地区。最早让我知道这个国家是因为集邮。儿时爱集邮，收到了一张摩纳哥的邮票，在地图上查了半天，才在法国南部的地中海边找到这个小芝麻点大的国家。小是小了点，名气可足够大，因为赌场蒙特卡洛，让这个小国成为全世界的观光客心仪之地。

　　摩纳哥遇到的人，大概就是三种，一种是有钱的阔佬，另一种是为有钱人服务的各种人士，三是来看有钱人的观光客。观光客到的第一站，是亲王宫所在的广场。亲王宫建在摩纳哥地区的山丘顶上。山丘广场面对着亲王宫，亲王宫前站立两对卫兵，他们最重要的"军事活动"就是每天 11 点 55 分在这里举行的交接换岗仪式。在我所见的仪式中，这算是最小的"王室"活动了。大概没有什么项目给观光客看，所以这几个小兵的立正敬礼，也就保留下来，成为一个旅游景点。亲王宫广场比小兵好看的还是风景，这是摩纳哥位置较高的山丘，全国的风光都尽收眼底，亲王宫附近是市政厅、教堂和博物馆，这个地区算是全国的文化政治中心。隔着海湾的远处是赌场蒙特卡洛地区，赌场周围是豪华宾馆和奢侈品商店云集的街道。两个区域之间的海湾是由防护堤围起来的摩纳哥港，停了各式各样的豪华游艇。游艇是富豪们的玩具，像摩纳哥湾停满如此众多游艇的港湾，还真是少见。是啊，到了摩纳哥才知道什么是好游艇，什么是好车，什么叫一掷千金。

蒙特卡洛的赌场是国家经营，赌场的收入支撑着这个国家应有的门面。如果和澳门相比，澳门的赌场像是大游乐场，人头攒动，熙熙攘攘，灯红酒绿，车水马龙；而蒙特卡洛赌场门前，鲜花丛中安静地停着一排法拉利、卡迪拉克、劳斯莱斯、奔驰、宝马，主人们消失在那座宫殿式的建筑里，大堂门前看不到闲人。宫殿式的赌场红瓦、黄墙、大理石圆柱，像一个大剧院。也许我的感觉真没错，赌场的设计师是巴黎歌剧院的设计者加尼埃。哎呀，真也是个剧场，豪华的宫殿里的一间间赌台上，天天上演着"豪门恩怨"。

　　以前我们常说，阳光谁也不能垄断，空气是属于所有人的。来到这里，感到阳光有时也不是免费供应的，空气也是需要付费的，这就是现代化的另一个结果。阳光明媚的海滩，一旦被人发现，就会变成"高档社区"，变成旅游胜地，变成地产商和旅行公司的金字招牌。全球化，让世界变小了，中国的沃尔玛大超市和美国的没有什么太大的差别，以前我们常说的土特产和走亲戚带来带去的"特产礼品"都不再神奇。记得二十年前出国，大包小包的带国外的电器电脑产品，现在倒过来了，在国外逛商店，想买一件东西，先翻来覆去地检查是不是"MADE IN CHINA"。当然，不是所有的东西，都可以由跨国公司生产，阳光就不能打包托运，就不能装进罐头里保鲜，所以，我们才千里万里地"旅游"到地中海的阳光下，呼吸一下"豪华旅游"得到的海滨空气。

　　蓝天碧海银色的沙滩，美丽的小国摩纳哥，像个金丝鸟笼挂在地中海滨的山崖上。钱在这里最牛，这是有钱人的天堂；钱在这里也最孙子，有钱人到了这里也跟没钱的人一样。法国之行第一站走进了金钱神话之城。生活在这里够天堂了！一切都是第一流，从空气到服务生的笑容。生活在这里也够乏味了，永远是钱，永远是蓝天碧海和游艇，所以近百年摩纳哥最大的新闻就是亲王兰尼埃三世与好莱坞影星格蕾丝·凯莉结婚。想到这个曾轰动世界的新闻，我发现摩纳哥这个几乎完美的小天地，真像好莱坞爱情片的外景地……

2008 年春于摩纳哥

格拉斯的香水和阿维尼翁的皇宫

　　从尼斯出发，沿蔚蓝海岸西行，就到了戛纳。摩纳哥、尼斯、戛纳三个金色的城市，串起了蔚蓝海岸的梦幻般的美景，法国引以自豪的高贵气度，大概在这条蔚蓝色的海岸把海市蜃楼般的人生变成了现实风情，又把现实风情转化为全世界影迷向往的戛纳。

　　在我们从梦幻法国进入乡村美景的普罗旺斯地区前，我们的旅游大巴停在了香水名镇格拉斯。香水是法国的符号，这个符号让法国成为情爱与梦幻之国，成为青春与时尚之都。刚看过《香水》这部电影，这部影片极其夸张地再现了香水风靡世界之前，巴黎曾是世界上最肮脏的都市，城市被各种腐臭味弥漫笼罩，人们不得不乞助香料和香水欺骗自己的嗅觉。幸好有南部法国盛产的薰衣草和各种鲜花，幸好今天的巴黎不再肮脏而格拉斯的香水又熏香了世界。格拉斯的香水工厂和香水博物馆让我们看到了世界一流的香水来自鲜花的精气神。也许工业生产的香料，早就麻痹了我们的嗅觉，忘记了让世界芬芳起来的是谁？是一朵朵小花，是死去的花仙子们一瓣又一瓣的花衣。成千上万的花朵，放进蒸馏罐里，蒸馏提纯后，变成香精，一滴香精液也就是成百上千朵鲜花生命的精气啊！人啊，有时真够奢侈，够残忍。为了满足自己的嘴里那一点快感，人们想出了酿酒的技艺，从成千上万颗葡萄提取一滴滴醇美精液。贪婪啊，一瓶美酒千万颗葡萄的生死场！同样的，为了让自己的鼻子舒服一点，一瓶香水也是千万朵鲜花的衣冠冢！在香水工厂转了一圈，脑子里竟然出现这样的念头，奇怪。也许，我们的慈悲心总是会遇到种种尴尬，美酒诗篇君子所好，香水音乐佳人风采，然而，一想到高压蒸馏锅，什么情调什么兴致什么风雅，统统烟消云散耳！孔夫子大智："君子远庖厨。"就是躲过尴尬唯一的办法了。在满足鼻子快感的香水之都，最不快意之事就是用了眼睛，看了不该看的香水工厂。

格拉斯的香水生产十分有名，这座鲜花盛开、香气弥漫的小镇，盛产香水，也是全世界著名的香水调制大师的出身地。我们参观了香水工厂后，又被引到了出售香水的店铺，大概就是我们在国内常见的"厂家直销"模式。不用介绍，方式和其他观光购物差不了多少，进店时每天贴一个胸花，让你以为你 VIP。香水工厂的观光客不少，同时会有几个旅行团在店里购物。我发现不同的旅行团戴的胸花不一样，于是明白其实是结账需用之物，各团客人购物的多少，导游会得到相应的回报。这是全球化的证据之一。证据之二，这里有说流利中文的导购员，韶华已去而衣着时尚的华人女导购用一口流利的京腔说："全世界最有名的香水都是在我们厂贴牌生产的，当然，我们店里售出的香水是没有贴牌的，价格只是外面贴牌后价格的十分之一。"这话中国人都听得懂，我们这车上的客人没有人空着手走出香水工厂。真是全球化了，一个华裔女人站在法国最著名的香水工厂用中文向中国游客推销奢侈的香水！这也许是一个时代的缩影，格拉斯的这一幕，有点耐人寻味了。

从格拉斯西行，就是普罗旺斯地区了，阳光明媚，温暖热情的乡野情趣，让我想起了毕加索，想起了画家笔下那些舞蹈的少女。普罗旺斯在中国成了许多小资情调时尚的代名词，然而，普罗旺斯最值得一看的还是阿维尼翁城。阿维尼翁是公元十四世纪罗马教皇居往地，法国人在当时当上了大主教，厌倦了教廷与法国国王长期的斗争，转而寻求法国庇护，迁居阿维尼翁。教皇的进驻，让阿维尼翁成为一个精美古典的皇宫。今天小城已成为世界遗产，高耸的城墙，威严坚固的教堂，在西斜的阳光照射下，显出岁月苍白的色调。与灰白为主调的皇宫相比，多姿多彩的是小城的世俗生活，时髦的街道，相拥而行的恋人，咖啡店和卖艺者的街头表演，都显出一种平静安详的气韵。这是从罗马教皇时代几个世纪形成的传统，教皇的显赫与奢华，吸引了大量艺术人才聚集和文化名流到来，从而养成了阿维尼翁唯有的优雅气度。悠闲、舒缓、宁静，这些让我在阿维尼翁感受到城市氛围，在今天这个商业化和全球化的时代，就叫品位，就叫风度，就叫法国式的"有教养有文化"。在法国有阿维尼翁，在中国有香格里拉，那个在雪山下的小镇，慢半拍地进入了现代社会，结果它平淡闲散的乡村生活，让那些在都市中忙得透不过气的人们，舒缓地吐出积压在胸中的紧张感，也吐出一句赞叹：美啊！我相信，法国人在云南雪山下的香格里拉得到的心情，与我此刻在阿维尼翁得到的心情差不多。在陌生化的环境中，找到自己缺失的东西，这也许是旅游观光业存在的心理基础。

可惜，导游只让我在古城墙和寂静的老街上短暂地优雅了一个小时，人生有一个小时在阿维尼翁，也是值得高兴的事情，值得回味的事情，尽管不是来当教皇，只是个匆匆过客。好了，过客的下一站是里昂……

2008 年春于法国

穿行巴勒斯坦

在以色列期间，我与我的代表团其他两位诗人，曾两度穿行巴勒斯坦地区。

在中国买的旅行手册，以色列和巴勒斯坦是同一本书。处于地中海边的像刀刃形的以色列也和巴勒斯坦互相重叠。要说清这个问题，是专门的一门学问，简单地讲，就是第二次世界大战以后，1947年联合国对巴勒斯坦地区做出了分治的决议。决议规定以色列的面积为1.49万平方公里，巴勒斯坦地区建立的阿拉伯国面积为1.15万平方公里。分治后以色列先于1948年5月14日建国，随后发生了三次中东战争，以色列的实际控制区达到了2.8万平方公里，也就是说除了全部控制了原巴勒斯坦地区，还占领了邻近的阿拉伯国家部分领土，比方我们常在新闻中听到的"戈兰高地"。到了1988年巴勒斯坦宣布成立巴勒斯坦国，但这时还没有实际管辖的国土，1993年9月以色列与巴勒斯坦签署了自治协议，宣布将地中海边靠近埃及的加沙地带和约旦河西岸的杰宁、伯利恒、希伯伦等七座阿拉伯城市的民事管理权交予巴勒斯坦民族权利机构。也就是说，在以色列现有实际控制版图，西部沿海有一块加沙地带和东部与约旦接壤的约旦河西岸地区算是现实的巴勒斯坦国控制地区，而在这两地中，拥有自治武装和对外联系出口的只是加沙地区，约旦河西岸地区的军事控制权仍在以色列手上，这里实际上仍是"被占的巴勒斯坦"。

在参加尼桑国际诗会期间，我们代表团曾两次从拿撒勒到耶路撒冷参观访问。第一次是我们到达拿撒勒的当天，第二次是我们离开以色列的那天。我们那天是凌晨到达拿撒勒城，诗会主席晚上才与我们见面。我们不能把一整天的时间浪费在小饭店里，于是我与随行的诗人商量后决定，去圣城耶路撒冷。我们找到饭店的老板，得知去圣城大约要三个小时，早上去，晚上赶回来，就是辛苦一点。我们请他替我们租一辆出租汽车，老板说要三百美元，我们答应了。于是找来了一位司机，阿拉伯人，五十岁左右，他的出租是一辆奔驰，老得不能再老了，至少开了二十年，还好，车里的空调还行，就这样吧，上路！

我们在以居住的拿撒勒城位于以色列北部，到耶路撒冷要向南走。从北向南行，靠西走，就是在以色列的发达地区，靠东行，就是约旦河西岸的巴勒斯坦地区。我们从特拉维夫国际机场到拿撒勒就是走的西线高速路。我们南行离开拿撒勒，司机便主动说："我们走约旦河西岸，你们看看巴勒斯坦人聚居区。"

从拿撒勒向南，出了山区便进入了平原，这是一个富饶的农业区，大片的农田，有的在喷灌，有的地里铺满了胶管进行滴灌。以色列在这个干旱的地区创造了节水灌溉的世界奇迹，在干旱地区创造高度发达的农业和这个国家在众多"敌国"包围中成为全世界虽小却拥有原子武器军事强国，同样证明了犹太民族超凡的智慧和生命力。司机冲着田里劳作的人群，说了一声："基布兹！"啊，这就是闻名于世的基布兹呀，我看着这群劳作者，不禁想起我知道的有关"基布兹"的神话。"没有基布兹就没有以色列。"书本上这么写着，让我记往了基布兹。以色列是二战后建立的国家，复国主义的旗帜下吸引了全世界的犹太人来到这块贫瘠而干旱的土地，为了生存更为了重建一个自己的国家，最早的开拓者，集体生活在一起，就和中国曾有过的人民公社差不多，土地集体所有，各尽所能，按劳分配。这种生活方式和生产方式，让他们克服了自然的恶劣环境，也半军事化地在与阿拉伯人的对立冲突中站住了脚跟。半个多世纪过去了，以色列和世界都变了，但现在全以色列仍有基布兹二百六十个左右，人口十七万，人口占全国人口百分之一点八，创造出的产值占GDP的百分之十二。听说，长期以来共同劳作、生活简朴的基布兹也面临着"边缘化"，与主流社会不相融合等困境，需要改革。今天看到这一群在实践有以色列特色社会主义理想的人们，我仍向他们致以深深的敬意。基布兹，在我的诗句里，就是一根根细小的水管，一滴滴浸润着古老而干涸的土地！

出租车驶过杰宁城，便向左拐，不久公路上看到了军事检查站。在以色列所有的道路都不收费，只是有的道路上会有军事检查站，像我们常见的高速公路收费站形式，不同的是，军事检查站都插着以色列的国旗，在检查站的岗亭外站着全副武装的军人。常常在新闻里知道检查站常常是冲突爆发点，巴勒斯坦武装袭击以色列士兵，或者是士兵向通过的车辆开火，都不足为奇了。所以，经过检查站我还是有点紧张，司机不当一回事，也没有减速，就过去了。这段时间局势平静，所以来往的车辆都不用停下来。过了检查站，司机说："这里全是巴勒斯坦人。"烈日下，见不到行人，和刚才经过的城镇不一样，这里车辆越走越少，两旁的房舍也越来越简陋，视线所及的原野由绿渐渐变黄。道路的两边有一些水果摊，像我们在新疆见到的相仿，简单的大棚，面对马路支起大架子，上面摆着一箱箱水果。再往前走，两旁是陶器店，大大小小的水罐、壶、瓶子、摆了一地，还有两三只骆驼，披挂鞍垫，等待着照相者。这时的风光让我们走进了《一千零一夜》的场景，苍凉而萧条。再向前走，便是一座座焦黄的荒丘，偶尔有羊群走过，那情景极像中国西部的荒漠地区。人烟渐少，却常常出现一座座军营。见不到人，也见不到军营里的装备，但是高高飘扬的以色列国旗让我们早早知道前面是军营，然后在铁丝网围起来的营区，房屋周围还有树木和花草，给荒原添了些许生机。

驶进约旦河西岸后一小时，我们来到了以色列和约旦的边界。在第三次中东战争前，约旦的势力达到了西岸地区，甚至控制了圣城耶路撒冷西区。大部分的巴勒斯坦人持有的是约旦护照，他们是"难民"。司机将车停在路旁，我们向边境线走去。边境是由一道高高的铁丝网分隔出来。边境上没有岗哨，无边的荒原上竖立一条铁丝网墙，让我们感受到了敌视和战争的气氛。铁丝网的对面，是约旦河谷，丰沛的约旦河水让河谷一片墨绿的植物。这里人烟稀少，在我们停下来十几分钟里，只有几辆大货车驶过。再上车前行，远处是一片低洼地，烈日下蒸腾雾霾。路标上写道"杰里科"。这是低于海平面三百五十米的洼地，这座古老的城市在一万年前有先民居住，据说作为要塞这里算是全世界最古老的城市，现在由巴勒斯坦管辖，是常常在电视上表演丢石头与以军对抗而名声远扬。我很想进城去看一下，与同伴商量一下，觉得怕误了耶路撒冷的观光，抱憾离去。再往南行，远远看到著名的死海。一个三岔口，向左，去死海；向右，去耶路撒冷。这里是个绿洲，树林深处有一座古老的教堂。司机建议我们去教堂里看一看。在这里，我们没有看见以色列的国旗，看来这还由巴勒斯坦管辖。教堂不大，师傅带我们转了一圈，介绍这所教堂与圣经好像都有关系。小教堂四周有酒吧和一些简单的设施。正是中午，几家人带着孩子在这聚餐。小餐馆卖可口可乐、和路雪，绿荫之下，一派和平宁静的家居生活。说实在话，这一路行来，我们多看少说，心里总还是不踏实，在巴勒斯坦地区，谁是以色列定居点居民，谁是巴勒斯坦人，谁是犹太教徒，谁是穆斯林，谁又是基督徒，真分不清，也怕问出麻烦引出点国际纠纷。说实话，这个小教堂像是基督教堂，而这些聚餐者又像阿拉伯人。我想，我们的阿拉伯人司机，让我们到这里休息，也许有他的用意。

再向前行进，路边又见到军警，啊，耶路撒冷快到了。

一周后，我们再次造访耶路撒冷。国际诗会结束后，诗会主席请另一位出租司机送我们去特拉维夫机场。飞机起飞的时间是傍晚，这一天没有其他活动。于是我向主席提出，早上我们就离开拿撒勒，多绕一百多公里，白天再去一次圣城，下午从耶路撒冷直接到特拉维夫机场。我表示，多花的出租费由我们付给司机。主席很大方："你们是我的朋友，就照你的意见办。"

那天，另一位出租司机开着车送我们上路。司机是位阿拉伯小伙子，出租车也新，一发动汽车，小伙子就说："走哪条路，约旦河？巴勒斯坦？""好的。""听什么音乐？听阿拉伯的？""好的。"于是我们在阿拉伯音乐声中，再次穿行约旦河西岸地区，像去一个熟悉的老朋友家串门……

2008 年 5 月

茶和咖啡的对话

　　十月到欧洲出访，这次旅欧之行几乎就是对话之行。先是随中国作协主席铁凝到柏林，出席中德文学论坛。然后转机到法兰克福，参加法兰克福书展中国主宾国活动。书展结束后，受邀赴比利时布鲁塞尔参加欧罗巴利亚艺术节活动。前后十天的时间，坐了六趟飞机，进行了六次讲演，这在我的经历中，应该是一种新的体验。

　　新在那里呢？二十多年前，我第一次出访欧洲，是随同文化部长王蒙和中国作家代表团团长冯至先生访问意大利。参加开幕式后主要日程是观光，听得最多的一句话是："你们是日本人？哦，中国人！"听得我不耐烦了，后几天我干脆换上了人人都认得的北京布鞋在罗马街头晃荡。看得多，说得少，也没有人想听你说什么。随后的出国访问，说的内容渐渐多了，从各说各的，到互有对话，从互有对话，到有了分歧争论，但总的说来，还是用眼睛的时间比用嘴的时间多。扩大视野，增长见识，依然是中国作家出访的主要目的与成果。

　　这次出访德国和比利时，走马灯似的参加文学论坛、国际书展和艺术节在三地举办的三项不同的文化交流活动，非常直接地感受到中国文化大步走上世界大舞台的风采。同时也发现，出访日程表几乎没有观光参观，对话、座谈、讲演成了主要的工作任务。也许是变化刚开头，也许事情本来就会这样，文学的对话交流，远比参观采风要麻烦。当欧洲人再不会把大街上的中国观光客误认为外星人的时候，要让他们理解和了解中国人的心灵和文学，依然是一次有趣而艰难的探险，对双方都如此。

我在法兰克福书展的讲演后，听众提出问题：你们派了近百名作家来法兰克福，有什么作用？不是有翻译，用作品说话就行了嘛！我首先肯定了翻译的重要，但我也讲了一个故事，来说明面对面交流不可或缺。我讲了我在波兰的一次经历。华沙诗歌节上一位波兰演员上台朗诵叶延滨的作品《飞机与石头》，我一听就懵了，我没写过这个诗啊？赶紧了解情况，才知道译者是从德语翻来的，而德语好像又是根据一个英译本翻译，原诗的题目是《立体与平面》。于是当主人请我上去与听众见面并谈感想的时候，我说："在中国有个笑话，说晚上军队急行军，班长向后传口令'加快脚步'，睡意朦胧的士兵，迷迷糊糊向后传话，传到最后一个时，口令变成了'回家结婚去'！我写的中文诗是那个'加快脚步'，刚才诸位听到的诗是'回家结婚去！'"听众笑了，在笑声中，我也感到一种理解的温暖，在法兰克福书展期间并不天天都阳光明媚，网络和报纸传递着各种走调的信息。

交流也需要一种相互的理解，当然首先自己要宽容与多换位思考，我时常提醒自己注意这一点。在柏林举办的中德文学论坛上，汉学家顾彬先生在我之前发言。他对中国当代文学进行了严厉批评，有的不无道理，有的也过于偏激。比如他认为1992年以后中国人和中国作家都一心想发财，诗穷而后工，还是过贫困的正常生活好一些。他还说中国还有些优秀的诗人，他已经把中国所有的优秀诗人都请到德国来访问并翻译出版了他们的诗歌，所以他演讲的题目是《德国是中国诗人的家园》。我在他之后发言，也要谈中国当代诗歌，我不对此作回应，就容易被误认完全同意他的观点。我考虑之后，决定把回应分开进行。一是在休息时间找到顾彬，我告诉他："我在上世纪八十年代末与您有通信，当时您写信订阅《星星诗刊》。该算老熟人了。"顾彬有风度地与我握手。然后我说："作为老朋友，我不同意您对 1992 年邓小平先生提出发展市场经济，让一部分人先富起来这个重大决策的批评。大概绝大多数中国人听到您那番话也会因此对您反感，希望您不要再这么讲了，因为您是我的朋友。为什么一定要中国人和中国作家继续过穷日子呢？人们会说，德国的歌德一辈子过着富豪生活不也是大作家吗？"顾彬笑了笑没做声，我想我的意见他知道了，这就行了。剩下的是文学问题，文学问题我就放在正式的讲演中对顾彬教授做出回应。我在讲演的开头说道：我非常真诚的感谢顾彬先生对中国文学所做的一切，因为他这个汉学家热爱中国诗歌，他不像一般的译者翻译了一两位中国诗人的作品，而是翻译和推介了一批中国当代诗人，并与这些诗人有着深厚的个人友谊。如果有十个、二十个像顾彬这样的汉学家，那么"所有的"当代优秀的诗人都会介绍给德国的读者。当然，热爱也许会偏爱甚至偏激，这不奇怪，因为顾彬是个诗人，我在这里指出诗人顾彬所犯的用词错误，他说他已经把"所有的"中国优秀诗人都请到德国来过。"所有的"用词不当，会使"所有的"没有来过德国的中国诗人不高兴。我这么说是因为我也是个诗人，我也会犯类似的错误，我讲演的题目是中国当代诗歌现状，也请大家对我讲演出现的错误进行指正。……会讲中文的顾彬认真地听完了我的讲演，尽管我对中国诗坛的描绘与他不完全相同。

在布鲁塞尔的交流呈现另一种风格，在这里我做了两次交流活动，原定在城区一所读者俱乐部和远郊小镇一个诗人之家进行的讲演，变成了大家围成一圈的对话。直接面对居民和底层读者，交流的话题无所不包。当主人提出："什么问题都可以提吗？"我回答："当然！"以后的进展就犹如同一个社区邻居之间的交流了。比如："你们为什么还没实行欧洲各国都实行的民主制度呢？"我答道："我个人认为有两条，一是你们的某些前辈百年前在中国没有做出好榜样，欧洲列强在中国建立过租界，生活在租界里的中国人没有感受到你们的民主所带来的幸福感。第二，民主既然有欧式的，那么可能有中国特色的，也就顺理成章。其实不要计较中国人走得像不像你，而只需要看中国人是不是在朝前走，看中国是不是一天比一天好。"我觉得与老百姓对话，更像一次茶叙，尽管我是茶，他是咖啡。

这就是我理解的文化交流特别是作家间的文化交流：茶与咖啡的对话。实践证明，咖啡不可能代替茶，茶也不可能征服咖啡。茶和咖啡最美妙的状态是互相尊重、互相理解、互相映衬。对茶的喜好并不妨碍我们也尝试一下咖啡，对咖啡的依恋也不妨碍品茶的韵味，进而达到互相欣赏，这种互相欣赏会让文化的多元共存创造出一个和谐的世界。

这让我想起此行中的一幕。中国作家在柏林中国文化中心与德国朋友对话的第二天下午，正在德国访问的中国国家副主席习近平突然来到论坛现场，习近平和在场的五位中国作家及德方参与对话的德国专家们一一握手，并向全体听众即席发表讲话，他讲到青少年读过《格林童话》，读过《少年维特之烦恼》，在农村插队时还带了本《浮士德》，大家传来传去爱不释手。当习近平讲完这番话，全场的人鼓掌，热烈而和谐。互相欣赏，互相尊重，文学此刻让所有的人都亲近起来，无论是紧随领导人的警卫，还是在听众席里满脸惊喜的大学生！

在回北京的航班上，航空小姐微笑地弯腰询问："茶还是咖啡？"我突然想起这是个好题目，在这个全球化的时代，在缠满地球的无数条航线上，无数美丽的不同肤色的空中小姐，一遍又一遍地对全世界的耳朵说：茶还是咖啡？这也许是个美丽的信息，世界进入茶与咖啡对话的时代了……

2009 年 10 月于德国——北京

美绝丰都

　　久别丰都，上一次还是在长江三峡大坝落成以前，坐游船泊于老丰都城外的江面。现在是另一情景，从重庆机场降落，沿长江侧畔长长的车道前行，长江不断地在车窗外变幻风景。云雾缭绕，轻纱飘浮。两岸青山吐翠，新楼错落其间，修改着记忆中的长江风貌。从重庆机场驱车前往丰都，大概需用三个小时，好在沿长江行驶，一侧是青山叠秀，一侧是绿水倒影山色，如行走于山水画廊之间，不觉路遥。司机好像怕客人心急，连连地说道，快了快了，马上高速公路就通了，过两年还有高速铁路，方便得很！说到也就到了，一座新桥横跨长江，汽车向南一拐，横跨长江，南岸的丰都新城就迎面展现在我们眼前。

　　丰都新城与旧城相对，在南岸的山顶上，城区有宽四十米的主干道，原先旧城的五万多居民，整体搬到这新城里来，加上新城建设增加的居民，现在这里是一座近十万人居住的滨江新城。新丰都是全新小城，楼房整齐，街道纵横，其间有街心广场、公园、绿化带，背后有青山，迎面是长江，江边是长长的步行风光大道。真是"万丈高楼平地起"，"敢教日月换新天"。丰都县是长江整座县整体搬迁，短短几年，树木葱郁，街市热闹，好像什么都没有发生过，丰都原本就是这个样子，老百姓原本就是这般惬意自在。晚饭后，当地同志陪同我们在滨江步行道上散步，一边是长江，上涨了一百七十米的江水，变得平缓温存，波澜不兴，风轻波平。另一侧是居民区，在楼宇间的小广场上，晚间健身的人们，随音乐而起舞，舞姿说不上曼妙，介于舞蹈与体操之间的全身活动。主人说，什么叫安居乐业，这就叫安居乐业。我们这里的老百姓，觉得北京、上海都在天边边，这里才是世界的中心，就爱江边的这块土地。是啊，没有盛世太平，哪能让市井百姓天天自在起舞？新生活让日子过得有滋有味，当然也会有新的问题和矛盾。主人告诉我，比方说从旧城搬到新城，一下子全城居民的生活方式都有了一个巨大改变，住进新房了，太阳又升起来了，睁眼一想，哎哟。每个人都欠了银行的钱。从旧城那些拥挤简陋狭窄的老房子，搬进宽敞明亮结实又通信电器设施完备的新房，这个变化不是天上掉下馅饼，而是居民与国家共同努力的成果。国家对原有被水淹的住房给了赔偿和补助，新居的增加的面积由银行贷款资助，因此，居民都成了按揭受贷户。先消费享受，后付款还贷，这个在西方普遍实行的消费模式，今天在西部三峡一座小城全面实施了。对这点，居民感到有压力，但对这种方式住新居也还满意，因为他们当初低价得到的新房，今天已经大大增值了。一路上给我们照相的摄影爱好者老丰都得意地告诉我："我住的那套小别墅，那年花了三十万，现在有人给我一百万我都不卖了！"是啊，三峡库区老百姓能不能安居乐业，是三峡建设成功与否的重要标志之一。

新丰都在长江南岸骄傲地站立着，然而它与那个久经沧桑的与长江号子相联系的丰都毕竟不是一回事，像一树移植进城市的大树，枝繁叶茂地活着，而地下的根却说这不是我的历史。丰都的历史沉进了大江之底，浩浩的江水成了那本神秘史书的封面，流动着却掀不开它，您似乎看得见它，却再也走不回去。一江相隔，北岸的丰都沉入了江心，南岸的丰都爬上了山顶，新的生活向上，过去的日子沉入水底，让江水冲刷。丰都人舍不得让所有的记忆都变成江上的水沫，他们把老城里有来由的几幢民居，整体换到了新城区，大概有六套老宅院，围成一个观光区：丰都古代民居。我们冒雨参观了这些老房子。雨水淅淅沥沥下个不停，天湿了地湿了，心情也如同这些老房子，像刚从水底捞出来，湿漉漉地想着那些曾经的房客和他们的故事。是啊，房子可以搬过来，砖瓦门窗也是早先旧宅原物。只是那些房客没有了。那些最早的东家和以后财主东家被扫地出门后，挤进这些宅子的下人和穷人。无论显赫还是平凡，都无法原样从老城搬来。空空荡荡的大屋里，曾经丰富多彩的生活无法复原。也许，这就是岁月留给文学家们的念想：看看吧，多么空旷的老屋，那些悲欢离合，那些寻常故事，等着你再告诉大家啊。是谁在唱，天上一个月亮，水中一个月亮……我却默默念道：山上一个丰都，水下一个丰都，我不知道，哪一个更美，哪一个更让人挂念啊！

丰都以鬼城闻名于世。鬼城也是历来三峡游的必到景点。在三峡大坝建成以前，我来过丰都一次，那已是十多年前的事情了。鬼城展示的是传说中的阴曹地府的景象，当年丰都城是江畔小镇，而名山鬼城却在古镇后的山顶上。人间的位置低，而地府的位置高，总觉得不伦不类。正是这不伦不类，在经历了大坝落成，长江水位巨变之后，名山鬼城因为建于山巅，完整无损地保存下来了。自此，山上鬼城山下古镇，变成了一江相隔的此岸与彼岸。此岸江之南是人间丰都，彼岸江之北是鬼城丰都。江水阻隔，相对遥望，会让人产生许多生与死、今生与来世的联想，不得不感叹造化的神奇。名山鬼城的主要景点还是我们熟知那几个关口：鬼门关、奈何桥、望乡台、阎王殿……当我再次来到这里，不同之处是道路拥挤阻塞，游客人头攒动。只见接踵擦肩的红男绿女，难遇牛头马面的厉鬼判官。我开玩笑地对同伴说："跟着美女导游去见鬼，人气太旺，鬼都不敢露面了。"正是丰都名气大，还召来四方的神仙。原先只有阎王及其部下在此山值班，现在新修建了许多新门庭：有如来的宝殿，有观音的道场，还有药王殿、财神殿……天堂地府，来世今生，都随游客挤进了这名山仙境中。记得十年前游鬼城写了篇短文，文中有三叹。十年过去了，这三叹依旧浮现在脑海里："那边是大笔大书人间美景，这边是小庙小鬼阴曹地狱，各有各的用处。阴府里转了一圈，此时此地的所得，也不是一句破除迷信，就能解的——其一，所有的对另一世界的描绘，在依古炮制的鬼城，都是现实的造像，而且是想象力不够的造像。阴间的房屋和阳世的一样，而且还是中国式的，真到阴间也只算是出差，连出国都不够，这'另一世界'与我们现实之间的差别也太小了。不仅建筑一样，文字一样，好像吏法也一样，只是阴间实行的是酷刑，这些肉刑也是我们世界所见所闻的放大。其二，在表示报应、表明惩罚的造型和画图中，我发现，灵魂所做的错事，灵魂犯下的罪孽，自己并不承担，却要肉体受罚；而肉体是灵魂进入阴间时，已经抛弃了的东西。因此，这些阴曹地府的惩戒，也只是对尚有肉体的阳世人的说道；至于阴间怎样，不说有没有阴间，就是真有个只让魂灵进入的阴间，那么这些挖心锯身割舌剁手之类的酷刑在那个世界不能实行，没有了躯体的灵魂还怕对'无'加刑么？看来灵魂到了另一个世界也不想承担自己的罪愆，而是让被自己抛弃了的肉体受罚。其三，灵魂作孽所应受到的惩罚，在我看来并不需要等到阴间才让肉体替代。灵魂受到的惩罚是最现实的，也就是人们常说的现时报。这种现时报，不是说肉体得病、招祸失财这些物化的惩罚，而是灵魂自己才能体会的失落和打击：是自责，如果灵魂还有一点自省的话；是自怯，如果灵魂还知晓有道义的存在；是自卑，如果灵魂曾经高傲自信的话；是自弃，如果灵魂的丧失是最大的人生悲剧！"

　　游丰都真是人生一大快事，过去如此，今日更值得看一看三峡大坝建成后的丰都。看南山新城丰都，也想水下千年的那个古镇丰都。漫步此岸人间乐土，也游览彼岸鬼城。水下山上，此岸彼岸，如此文化和历史丰厚之都，如此神采与想象丰满之都，岂是我这短文所能说尽的？愿君不妨前行，风情万种的丰都等着你啊！

2009 年于重庆

奇绝武隆神仙境

在张艺谋的电影《满城尽带黄金甲》中，有一场戏给我留下难忘的印象。《满城尽带黄金甲》是部极尽奢华造型的影片，满银幕的金碧辉煌和锦衣美女，挤压着人的想象空间。在这样的夸张浮华色彩中，有一个深度的跌落，那就是客栈追杀的一场戏。在四周奇峰环抱的深峡里，有一座官驿，驿站处在四面险峰危岩的阴影中，充满了诡秘的气氛。深峡绝崖间的官驿。

现在这个官驿就在我的眼前，此时我乘坐山崖间的电梯，下到了武隆最著名的世界自然遗产地——天生三桥。武隆是百里乌江画屏间的一座小城，境内著名的喀斯特地貌已被列入世界自然遗产，其地貌奇观有天生三桥、武隆地缝、芙蓉洞等，其中最为声名远播的就是这举世无双的"天生三桥"。何谓天生三桥？就是这段喀斯特地貌景区内，有三座天然形成的巨型"石桥"，在不到一公里的距离内，横跨在游客行走的峡谷之上！当我和同伴从山上坐电梯下到山峡里，三座石桥就高高地跨越我们头上的天空。天龙桥即天生一桥，桥高二百米，跨度三百米，因其位居第一，顶天立地之势而得名。一桥桥中有洞，洞中生洞，洞如迷宫，壮观神奇。张艺谋《满城尽带黄金甲》中的深峡驿站，就在这天龙桥下的天坑里。当初是电影中的布置，如今也成了游人留影的景点。由此说来，读者朋友如果还没有来过武隆，你想想电影中的情形，你就知道"天坑"是多大的一个坑！青龙桥即天生二桥，是垂直高差最大的一座天生桥。桥高三百五十米，宽一百五十米，跨度四百米，夕阳西下，霞光万道，忽明忽暗，似一条真龙直上青天，故名青龙桥。黑龙桥即天生三桥，桥孔深而黑暗，桥洞顶部岩石如一条黑龙藏身于此，令人胆战心惊。天生三桥是典型的喀斯特地貌，它的形成也就是喀斯特地貌的演进结果。先是形成溶洞，溶洞发育成熟以至洞顶坍塌成为天坑，两个相邻的天坑由暗河长年作用，而相通相连，剩下的没有垮塌的部分就成了天生石桥悬在半空中。我们行走在山峡中，在那一座座石桥下走过，实际上，我们也是从一个天坑，穿过石桥来到下一个天坑。

走在天生三桥的巨峡中，尽管导游姑娘总在热情地解说风景，细细清点着石、崖、溪、瀑、花、草、树、雾，然而，我的脑子里却不断地出现"世界自然遗产"这几个字。是遗产啊，这两个字与神奇山水相联系，那是谁遗赠给我们的呢？我仿佛走在一个以亿万年为单位的时间长轴上。那曾是地球板块漂移的年代，然后，有涓涓细流带着雨水侵蚀进石缝。一年又一年过去，涓涓水流变成小溪，变成暗河。一千年又一千年过去，石缝变成石洞，小石洞变成大石洞。一万年又一万年过去，滴水的石洞里长出钟乳石管，石笋，石柱。千万年过去了，那些如同宫殿的巨大的钟乳石洞窟让大山成为一个空壳，一次地震或一次暴风雨，石洞坍塌了顶部成了天坑。然后，鸟儿衔来种子，有了草，有了树，有了虫鸣，有了花香。这是一个多么遥远的故事，而我听到了它的结尾，所以，它是遗产。这是一个多么漫长的接力，而它最后的一棒交到了我们手上："请爱护它吧，大自然创造的不可再生的奇迹！"所以它是遗产啊。

爱护这份珍稀的遗产，同行的小说大家蒋子龙先生有着强烈的意识。也是缘分，天生三桥的名字，都有个龙，天龙、青龙、黑龙，再加上蒋子龙，这里就成了龙的聚会了。恰恰就是这个蒋子龙，对刻在天龙桥山壁上的那条龙提出了意见："这条龙刻得太难看了！大煞风景！"趴在山壁上的这条龙是前些年新刻上去的，与巨大的石洞高峡极不相配，就像一只趴在墙上的壁虎。蒋子龙先生后来在座谈会上又提到这条呆头呆脑的龙。我想，第一位的原因是这条龙实在不美，破坏了景区的自然风貌，会不会还有维护龙的形象这个因素呢，也不能排除啊。天龙桥、青龙桥、黑龙桥都是神龙，神龙吞云吐雾见首不见尾，妙在意会哟。

对于缘分，同行的女作家王英琦感受最深。王英琦笔下功夫好，同时又是文坛女侠，习练拳术，功力更是不凡。一路上她大讲地球板块运动，造山运动，还有生态信息，总之，她认为武隆此行不仅对她写作是一次提高，习武练功是一次升华，也是人生难得的机缘，与天地对话的接轨。她的那整套传统术语加现代词汇的理论我听得云山雾罩，但一边听着她的演说，一边观赏老天爷赐予的神仙风景。实在是人生难得的体验。

雄险奇秀，神工鬼斧，风清气爽，洗心润肺。我想，老天爷造此奇境，乃亿万年之功；尘世中有我这凡夫，也是大自然千万年进化之果。好好活着，不枉到世上来了一回，做个好人，做点好事，好好珍爱这份"世界自然遗产"，就是天大的好事！越想心里越是亮堂，越想脚下越是轻爽，在这"天生三桥"的神仙境中，觉得这天、地、人其实真是亲戚！

2009 年于重庆

夜雨扬州千年梦

　　我去过扬州吗？这是个问题，直到《人民文学》的商震先生催稿，我才再次确定，我不是梦游扬州，而是去过扬州。

　　对扬州最深的印象，是梦中的扬州雨，雨中的扬州梦。

　　主人说，到了老扬州了了，不要住酒店宾馆了，走老街，进老院子，住住老房子。果真是青砖青瓦的老街，窄窄的小巷从戴望舒的诗行里铺过来，高高的门牌坊，上书"常乐客栈"四个大字。灯火朦胧，花影摇曳，空气中透出一种古木和泥土的气味，让人想起陈年的普洱，浓浓的夜色中浸润着岁月的墨香。立在土里的青砖砌成小道，夜色藏去花园的七色花彩，草木沁人的清香显出一派宁静，池塘不大，足够灯火闪烁，电灯放在旧式的灯笼里，也就放低了身段，像烛火悄然为人指路。我和散文家王巨才先生住一个小院，一进三间的青砖大屋，中间的堂屋是共用的客厅，我们分别住进两侧厢房。进了卧室，全部摆设都是清式家具，让人想到当年的富商之家，只是比当年多了全套的电灯、电话、电视、互联网和崭新的卫浴。

　　下江南的康熙乾隆两位老爷子，巡幸扬州下榻之处会比这不宽不大的客栈更舒适？会更排场，更热闹，不一定比我更惬意。我这么想，一定要好好夸一下这家客栈。于是我找到了这所客栈的相关资料，原先客栈曾是大福大贵之地。2007年8月，扬州市政府对扬州古城保护工作进行总体部署，对 5.09 平方公里的历史街区全面实施整治工程。为了探求更加科学合理的古城保护利用模式，根据东关历史街区整体规划，将项目内的李长乐故居、逸圃、华氏园等整体统筹，转换功能，统一规划建设具有扬州地方传统特色的民居式精品文化主题酒店——长乐客栈。客栈的装修保持了传统的生活风格，展现扬州特有的文化风韵，适应宾客的日常生活需求，配套了现代化的内部设施。客栈总占地面积 24 亩，建筑面积 1.06 万平方米，共设有客房 86 间，床位 118 张，由上海衡山集团负责管理。长乐客栈的广告词"梦越千年"。历史街区是古城扬州闪亮的城市名片，长乐客栈无疑是"名片"中的点睛之笔。厉害！到其他城市观光也好采风也好，夜里就是睡觉。而在扬州，比观光比采风更要紧的是做个好梦，梦中还会有另一个千年扬州。

扬州一梦，真不知醒着的更美，还是梦里的更真？

梦中的瘦西湖和眼前的竟如此相像，我问自己，来过吗？什么时候？前世还是今生？瘦西湖真是个婀娜美女，苗条身段，随风摆动，绿水罗裙，碧波姿影，风韵万千。只是，说的是这瘦瘦的窄小湖泊如果换一个地方，也就是一条不宽的河，和那些流过许多普通村落的河流没有多少差别。瘦西湖美名远播，头一条是沾了扬州的光，瘦西湖是出自名门的大家闺秀。扬州是文化名城，千年的风流百年的富贵，不能像今天的官二代说"我爸是李刚"，那是纨绔的轻狂，也不能像时下的富二代开着宝马去撒野，那是败家的浅薄。富甲天下的扬州偏说瘦了才美。藏富于民的扬州不夸家产说风景，瘦西湖因瘦而美，借"西湖"而知其名，添一个"瘦"字而藏精巧、精美、精妙，让天下人去猜去向往！正是如此，瘦西湖成了扬州万千风情的娇宠，徐园、闵园、贺园、罗园、熊园……富甲天下的商贾，想沾上瘦西湖的美景，沿湖买地建园子，平日里能借观赏瘦西湖的骚人墨客扬名于世，皇帝南巡游湖时又可以邀宠。富商们就以自己的姓氏命名的园子，依湖而建，瘦瘦的湖水像一条曲折回旋的绿丝带，将一个个珍珠翡翠般的园林串起来，这些园子就像瘦西湖的首饰衣装，将瘦西湖打扮得如同天仙。如果只是如此，瘦西湖还缺点什么？缺什么？诗人们都知道，于是有了李白"故人西辞黄鹤楼，烟花三月下扬州"佳句之后，扬州和瘦西湖以及挂在瘦西湖头上的月亮都成了诗人们歌咏的主题，"天下三分明月夜，二分无赖是扬州"，"二十四桥明月夜，玉人何处教吹箫"……呜呼，我不就是在这样的诗行里，一次又一次走近瘦西湖，一次又一次梦中走进扬州月色中？

梦让这急匆匆的雨脚踢醒了。这是扬州初夏的夜雨。

雨的那一头是高邮，高邮是扬州所辖的一个县级市，因拥有最早的邮递驿站而得名。比邮驿更让高邮声名远播的是高邮的双黄鸭蛋，大概水乡丰饶，鸭子能下双黄蛋，后来经过精心筛选培育，让双黄鸭蛋成了高邮的形象代表。此行高邮，见到高邮另一个"双黄蛋"，文胆双杰！高邮有个著名的风景区叫"文游台"，文游台风景区位于江苏省高邮市城区东北郊，约始建于北宋太平兴国年间，原为东岳行宫，因苏轼、孙觉、秦观、王巩等文人会集于此故得名。文游台是筑在土山顶端的高台建筑，登高四望，禾田湖天，水乡景色，尽收眼底。台前盍簪堂四壁嵌有苏东坡、米元章、董其昌等名家手书刻石《秦邮帖》，它具有较高的艺术价值。文游台门厅东西两侧为园林式的博物馆展区。最引人注意的是汪曾祺文学馆。文游台一进大门，有一尊秦观的塑像，汪曾祺的纪念馆在塑像右侧。从秦观像到汪曾祺纪念馆不过百步之遥，岁月却走过了千年。秦观，字少游，扬州府高邮人，青年时期由于才华横溢，颇受推崇，做官后，受苏轼提携，仕途一度得意；后由于官场党争受到株连，屡遭打击，最后屈死他乡。他悲喜两重天极具戏剧性的经历，让他的文学创作打上了鲜明的秦少游风格。元丰八年（1085年），秦少游三十七岁，五月，荣登进士榜，授定海主簿，后调蔡州教授任。三年后，翰林学士苏东坡等以"贤良方正"向朝廷推荐了秦少游，未被采纳。又一年，丞相范纯仁再次向朝廷推荐。秦少游被召到京师参加制科考试，进策论五十篇，仍未录用。元祐五年（1090年），召至京师，应制科，进策论三十篇，授太学博士，秦少游终于调任京官。三年后，元祐八年七月，宰相吕大防举荐他为史院编修，参与编修《神宗实录》，与黄庭坚、张耒、晁补之并列史馆，人称"苏门四学士"。与秦观政治上的追求与进退相比，在历史上影响更大的是他的诗词创作，大起大落的宦海沉浮，荣辱交集的文人生涯，使他在精致纤巧的文字中，流露出哀怨感伤的情调，他的："襟袖上，空惹啼痕。伤情处，高城望断，灯火已黄昏。"让多少痴情男女成为他的粉丝。更有话本小说将秦少游之妻编派为苏东坡之妹苏小妹，市井有了"苏小妹三难新郎"故事，正如当下的明星需要绯闻，苏小妹的故事让秦少游成了千年市井坊间的才子。秦观以诗传天下，而当代的汪曾祺以文名扬四海，一诗一文，千年之约？我最早是看了样板戏《沙家浜》，知道这满台男女的词，都出自汪曾祺笔下。到了上世纪八十年代，先生以《受戒》等一批小说声震文坛，也就知道了先生是扬州高邮人，是秦观的同乡。更有幸在1986年与先生一起参加"中国作家访问团"，在团长邵燕祥带领下，在滇西高原转了半个月。此次云南之行，汪曾祺十分高兴，他在抗战时期曾就读于昆明的西南联大。

故地重游，感叹万千。那时候滇西没有机场，也没有高等级公路，我们的滇西之旅，大都是坐在中巴车在沙石路上颠簸。好在一路上汪先生谈兴十足，忆旧话当年，山水说典故，让此行成了一次汪曾祺导游之行。我曾用九个字记下了此行对汪先生的印象：讲故事，喝烈酒，写好字。在汪曾祺纪念馆里看到林斤澜先生为汪曾祺写的对联："我行我素小葱拌豆腐若即若离下笔如有神"，我就想到那次旅行结束时，汪先生送我的一幅字："刚日读经，柔日读史"。呜呼，眼前见字如见人，先生人却驾鹤而去！从秦少游到汪曾祺，扬州高邮一股文脉，是怎样地在人心里穿越千年……

雨声越来越大。密密的雨脚在瓦屋的顶上敲击，如小鼓槌在鼓面上舞蹈。雨水顺瓦檐倾泻如注，一排瓦檐就成了一面小瀑布，让雨水在小院里放纵喧哗。我有多久没有这样亲近过雨了？住进城市水泥森林的楼房，我们已经忘记了雨打芭蕉的声音，忘记雨点敲击屋顶的韵味，更忘记雨檐流瀑的景象，我早已习惯在电视天气预报的节目里"听雨"……

扬州初夏的雨将我唤醒，我醒在一场千年扬州梦里。

2010 年于扬州

细无声

　　"好雨知时节，当春乃发生。随风潜入夜，润物细无声……"这是杜甫的《春夜喜雨》，而此刻我正在茫茫无际的塔克拉玛干大沙漠的腹地，四顾是无垠的沙浪。

　　塔克拉玛干，意思是进去出不来，也叫死亡之海。而我们乘坐越野车，沿全世界最长的沙漠公路已经行进了三百多公里。从天山南麓的库尔勒出发，先沿西气东输管线旁的石油专用公路向西，到了轮南，掉头向南，进入这条世界闻名的沙漠出路，闯入塔克拉玛干大沙漠。沙漠边沿地带是塔里木河绿洲，过了塔里木河，绿洲变为成片的胡杨林，秋天的胡杨叶子变成橙黄色，一棵树像火焰，一丛树如油画，一片林子就像晚霞，热烈而敞亮。再向前进，就是光秃秃的枯死的胡杨，人们说"胡杨千年不死，死了千年不倒，倒了千年不朽"，这里就是最真实的写照。也许是塔河改道，也许是沙漠北移，沙漠深处的胡杨林死去了，用枪戟一样的枝条在空旷的大漠写下生命最后的向往。向南行，不是一片像坟丘的荒原，十年前，我随部队车队到楼兰考察时，就经过这样一片相似的荒原，这些小丘比沙丘小而密，车队行进中碾开丘堆，发现那是比沙砾细小的粉尘，车轮扬起巨大的尘雾。这次向司机讨教，才知道这些小丘是千年不朽的胡杨树在荒原消失后，它们仍然留在地上的一团团根系的"墓地"！再向南，就是沙丘，如海浪般起伏，也如同大海一样远接天际。

奇迹就这样展现在我的眼前。沙漠公路像一条飘动的长毯，伸入死亡之海，两条疲乏的柏油公路，两侧各有一条灌木和草丛组成的宽宽的防护带。这就是天下奇迹"塔里木沙漠公路防护林生态工程"。生态林草带南北贯通塔克拉玛干沙漠，全长436公里，总体宽度72～78米，林带总面积3128公顷，树种以抗逆性极强的柽柳、沙拐枣、梭梭等优良防风固沙灌木为主，水源选用沙漠公路沿线储量巨大的高矿化度地下水，灌溉方式采用滴灌系统；整个工程需钻凿水源井114眼，安装发电机、水泵及供水设备系统各114套，敷设供水干管959.2千米、支管1018千米和毛管19184千米，种植各类苗木近2000万株。在这些巨大的数字之前，展现在我眼前的是114眼"夫妻井"。我们停车，走访了其中一口井。这对夫妻是四川内江来的农民工，丈夫姓王，五十来岁。住地是一幢不大的蓝色小房，有一间不到十平米的住屋，一间小厨房，一间机井房，小蓝房旁是巨幅太阳能板。这就是他俩的天地，也是他们的工作。太阳能提供的电力，供给机井能量，也是生活照明、看电视和取暖的能量。俩人的生活必需品，有专门的后勤车补给，他们的工作，就是守着这太阳能电板，开动机井抽水，然后让水沿着密集铺在公路两旁的手指粗的水管，一滴一滴地流进柽柳和梭梭草的根部。

　　这就是"润物细无声"的力量！天天太阳升起，天天机井转动，一天又一天，一年又一年，一滴又一滴，滴了十年！从2000年试验，整整十年过去，一缕一缕的阳光，一日一日的时光，一点一滴的坚持，太阳板、小蓝屋再加一对夫妻的岁月，就将一条世界上最长的沙漠公路托起，也托起死亡之海的生命大道！一头是空前残酷的自然条件，一头是现代化技术，中间就是一对普通的农民工夫妻，怎么能保障这场博弈的结局呢？"你们怎么不喂几只鸡？""没法活。""喂只狗做伴呢？""冬天要回家没办法。"简短的访问没有找到在严酷自然与现代科学之间的新管理思维。然而另外一些细节，让我看到一座现代化油田新管理"润物细无声"的力量。

我们从库尔勒一上车，司机就笑着对我们说，请扣上安全带，坐在后排车座上的也要扣。途中休息再上车，司机会再次提醒。荒漠大野，没有红绿灯也没有警察，如此严格，出乎意外。休息时，我问陪同的老任。老任告诉我，整个塔里木油田，因为纵横上千里地区全是汽车运人送货载油，所以有严格的安全责任，一辆车，司机是第一责任人，他要负责所有人的安全，除了安全带，还有司机开车不能抽烟，不能接听电话，要接电话要抽烟，必须停车靠边下车。司机不抽烟，真到做了，在沙漠里跑上上千公里，司机师傅真的没有抽一支烟，我也整天在后座上扣着安全带。因为第一次，印象深刻，在空旷无人的沙漠里坐越野车像坐飞机一样规矩，这细节也"润物细无声"有力量啊。

和所有的到基层的说法不一样，我们在任何地方，到基层是"下"，叫下基层，而在塔里木油田叫"上"，叫上一线。上了一线，才知道塔里木油田还有一绝，所有的"一线"，无论是井队、厂站还是作业区，一律不准喝酒，无论白酒还是啤酒，上了一线，看不到，闻不着，喝不成！所有的人都一样，操作工、领导或来参观的客人，对不起，一样的热腾腾的自助餐，热菜热饭热茶，别想酒。同行的有位作家是酒仙，晚上不喝睡不着，溜出住处，到小卖部扑了个空，才信这规矩是真的。有破例吗？老任说，有一次一个剧组来拍电影，导演不喝酒干不了活，只好把导演拉出油田，在地方小酒馆喝了酒，深夜大家都睡了，再悄悄把导演拉回宾馆睡觉。禁酒这规矩是油田开创时就定下了，因为油田环境险恶，百倍警惕安全隐患，被迫采取了一线禁酒的措施。多年坚持，从不懈怠，也就立规成俗。纵横千里的大油田，几百个工作区域，没有一滴酒，这风纪堪称天下一绝！

　　进去出不来的"死亡之海"塔里木，比海市蜃楼更神奇地建起了大油田，可赞可叹可歌可泣者众，而我这篇短文，只取沧海一粟，守井人滴灌胶管里的一滴水，司机掐灭的一支烟，千里油田没有一滴酒，细节决定成败，此言耐人寻味！

　　"随风潜入夜，润物细无声。" 在塔克拉玛干，我感受到滋润万物的不止是春雨，是一种精神，能让心田滋润，长出奇迹……

2011 年秋于塔里木油田

气 息

　　天坛曾是皇家的园子，现在是公园，重要的皇家建筑如祁年殿、回音壁、天坛依旧保持着七彩勾画，金碧辉煌的皇室气息，吸引着来自全世界的观光客。因为面积大，又是北京南城最大的林苑，所以，天坛也成了附近居民遛弯散心的去处，冬去春来时间久了，这座皇家园林也就渐渐有了民间的气息，亲近、平和、散淡而温馨……

　　最让人感到温馨的是天坛里自由自在的鸟。天坛的树林里的鸟，较多的有黑喜鹊、麻雀、灰喜鹊、乌鸦，它们不怕人，树上吵，草上跳，让这个长满了百年老树的老园林，显出新鲜活泼的气息。天坛里的树，好像也有阶级和辈分，靠近祁年大殿和古建筑的是古柏林。老气横秋，铜干铁枝，那些皱纹凸鼓的树干显出一种皇亲国戚的老迈。这片柏树林中许多柏树都挂着特制的牌子，编着号，显出尊贵与地位。这片林子上多的是乌鸦，不时成群地在林子上盘旋，还呱呱地叫着，让人想见是定时巡航的值班飞行，不让其他鸟儿进入它们的领地。灰喜鹊在天坛靠南的松林里最多，这些马尾松树，也只有三四十年的树龄，大概灰喜鹊是和这些后来的松树一起搬家来到这个园林，据我所知灰喜鹊是松毛虫的天敌，有了娇小的灰喜鹊，这片松树长得枝干遒劲，树阴浓密。鸟儿们的自在，让人羡慕，在这儿，人不再是它们的敌人，连猫儿也和它们和平相处。天坛里不准狗进来，在这座宽敞的园林里，

　　　　　　　草色·天韵——叶延滨精短美文100篇

到处可以看见慵懒漫步的猫。这些猫也许是园林管理者放养的，面积如此广大的园林，容易发生鼠害，我想这是猫儿能在昔日皇家园林里自在往来的主要原因。猫儿在这里无天敌，一旦生儿育女正经过起日子来，也会妻妾成群，让这里变成世界上最大的猫园。能像公子哥儿在这里浪荡闲逛，大概猫儿们也付出生育的代价，让人想起那些宦官。天坛里的猫儿不与鸟儿们为敌，是因为它们确实是饱食终日。喜好施舍行善的人，在这里找到了施与的对象，每天都有人定时来投放猫食。常常可以看到猫儿们朝一个地方聚集，它们的饭点到了。长得肥硕的猫儿们让园林里有了民间的气息，同时飞翔和歌唱的鸟儿让这里有缥缈的无忧天堂的气息。

只是小鸟的鸣唱常常被一阵阵歌声打断，各种歌声让天坛不再是虚幻的天堂。北京公园里近年来有成群的歌者，他们聚集在一起唱老歌。老歌大抵有这样几类：上世纪五十年代的苏联歌曲《三套马车》《红莓花儿开》《莫斯科郊外的晚上》……六十年代的群众歌曲《我们走在大路上》《英雄赞歌》……"文革"时期的样板戏以及上世纪八十年代的《牡丹》《桃花盛开的地方》……在天坛公园里，每天下午特别是周末的下午，一群群歌者聚在一起，此起彼伏的歌声，传递着不同时代的气息。歌声是时代的气息，无论这个时代离我们多远，歌声都会把它召唤到耳畔，撩拨你的心绪。眼下时兴的流动歌曲在公园里唱者不多，几乎都是老歌，于是我也知道唱者的年纪，他唱的是他的青春，他人生中最值得回味的那段岁月。时光荏苒，而歌者在一群经历相似的歌者中，浸泡着那岁月的气息，甜蜜抑或青涩？我常常在散步中，听见不同的歌者从公园的各个角落送来的歌声，那歌声是风，风中飘动着人生的落叶，真是奇怪的事情，青春远逝，而让人温馨的歌声的叶片，带来多浓的青春气息啊，不同时代的青春混响在天坛的园林里，如梦如幻织成一张丝网，暖暖地裹紧着我们的情感。真是让人惊奇的事情，天坛的古树们用树干里的圈纹年轮记录着岁月，而我从飘扬在天坛空中的歌声听到这个时代的一圈圈的年轮，和这些年轮散发出来的气息。

　　这些年，每周我都要去天坛散步两三次，时间久了，有些特别的人和事总让我难以忘怀。西门大道边，每天下午都会有一个中年男子在这里拉提琴，他的水平不高，音不准，因为刺耳引起了注意，后来天天见，就让人猜想他的身世，想得让人亲近。过了一年多，他突然消失了，走到这里都不习惯："是到西门了吗？"园子西北角杏树下木椅，去年一对老夫妻，在雪花般的花树下晒太阳，幸福得让人嫉妒。今年杏花开的时候，又看到他们俩还坐在那条椅子上，一般暖流从心窝流过。这样的小事，就像春天的小草一般，不招眼却散发着春天的气息，青草的气息最是感人，因为那淡淡的草香味里，是生命对太阳的感恩，对大地的依恋……

2012 年春

蒲居小记

　　这是我第二次到淄川蒲家庄，上一次来参观蒲松龄先生故居是十年前的事情。从张店到淄川变成了高速公路，蒲家庄外面也多了许多的集装箱式的新建高楼和仿古商号。蒲家庄依旧是窄仄的村道，两侧低矮的平房拥簇迎客："出售书画"、"题名室"蒲松龄的后人们还是老样式，有文化的穷，有家谱的酸。聊斋老宅保持着原有的风貌，虽说故居也不是先生当年真正蜗居过的寒宅，现在的故居是上世纪五十年代，在蒲宅老地基上盖的瓦舍。瓦屋比原有的房子高一点，免得参观者低头哈腰，还保持与周围相似的简陋朴素，让人想得到当年的酸楚。上一次来时是初春，枝上还没有多少叶子，这一次满墙的藤蔓，绿色的小园花团锦簇。想来穷书生并非一年到头都饮风声餐雨声，也有花枝俏动的时候，在这花红叶绿时，听人讲些狐仙鬼怪的故事，日子肯定算得上惬意滋润。

　　上一次是亦步亦趋地跟着导游看故居里的真假物件，这一回便悠闲地在陋室里的小院琢磨，信马由缰，这里记下的只是与写作有关的几个想法：原创、编辑与改编。

　　说到原创，蒲松龄的《聊斋志异》，用白话文讲就是：在听故事的房子里记下的神怪事情。蒲松龄先生说得明明白白，这是我听来的故事，我只是记录者。聊斋故事九十余篇，先生太老实，先生也太谦虚。老实的蒲松龄说他不是原创，但他又没有说讲故事的人是谁？记得小时候常读过的刊物《民间文学》，上面登载的是跟聊斋差不多的故事，故事的结尾有两行字：讲述者：某某，记录整理：某某。今天可能找不到这样的刊物了，今天我们也用不着像先生守着柳泉，摆上茶碗，请人来饮泉水说故事。如今也有类似的事情：手机转发段子。有人在手机上编故事讲段子，按一下发送，就在我的手机上出现。我看段子就像听故事，觉得有趣，也按发送，传给朋友。这个过程与蒲松龄听鬼神故事记下来成"聊斋"程序流程相仿。但是，大家还是公认蒲松龄先生《聊斋志异》是原创小说，我想也有道理：一是无从考证谁是讲故事的创作者，我们知道的源头就是蒲先生的那些密密的蝇头小楷记下的故事，蒲松龄后人保留了《聊斋志异》的手稿，如今还珍藏于辽宁博物馆，黑字白纸，青史为证；二是蒲先生用文言文写作完成这些故事，从传播角度和写作角度讲，都是一次真正的创作，因此，蒲松龄创作了《聊斋志异》，而今天在手机上许多精彩的当代"聊斋"何止九十篇？九千也不止，只是人们不知道作者是谁？电讯公司挣了钱，写手们得了稿费，也就不在乎那署名权了。或许还是某大编剧大作家的手笔呢。只怕是手机上的段子算小儿科玩意，羞于认领。是啊，当年的蒲松龄只是个屡考不第的穷秀才，真要是高中成了举人进士，手上的笔恐怕也无暇顾及狐仙野鬼们了。

再说编辑，蒲松龄是个大作家，也是个好编辑。他将这些几乎不太相干的狐仙、道士、花神、贪官编到一部书里，让小鬼们有了大舞台，让小人物有了大派场。有些事是无法先知先觉的，比方说手稿，今天当编辑不太乐意作者寄手书的文稿，因为读来不便，要用也麻烦，还需录入，费时费力。电子稿件的传输方式，作者和编辑都省了不少心力。只是这样，手稿便成了稀缺物件，尤其是名家手稿，更是藏家花钱抢购之宝。记得上世纪八十年代我在《星星》当编辑，每个月要读几十斤甚至上百斤的稿子，最后都交给废品收购站统统化成纸浆了。现在想来，那些顾城、阿来、苏童们被编辑用红笔涂来抹去的稿纸，若能保留下来，不就是个收藏家了吗？那时有个文学编辑成了收藏家，他叫马未都，只是他也没有藏名家的手稿。都说编辑培养了作家，其实也不全对，真知道谁能成大家，那一筐筐稿件，谁舍得一角钱一斤卖了？

再说改编。"聊斋"这部不算巨制的"文言文短篇小说集"，越来越吃香，得益于改编。上世纪新文学运动后，许多文言文名著束之高阁，灰扑虫啃。"聊斋"得到鲁迅夸奖，也因篇什短小，故事奇诡，部分篇目被改写成白话文流传。以来又改成"连环画"风靡全国，再后来又成了电影电视追捧的题材，虽说电影《画皮》与《聊斋》里的《画皮》说的不是同一个事情了。不断地改编，让《聊斋》真是一个"讲故事的房子"，永远有讲不完的故事。

也许这是一个启示：原创的、认真编辑完成的、经得起岁月不断改编而新意盎然的作品，就是一口"柳泉"之井，清冽之水，润泽一代代人心……

2013 年夏于北京

云之南

　　朋友邀我走云南，同行的都是相熟的文友。

　　接到电话，一口就答应下来，因为京城的窗外满是雾霾。

　　云南这个省名，细想起，真是好名。中国的省名，大多是山川要津、江河湖海，只有云南例外，天上飘着，像一朵云，让你想它。

　　云南的云，就是和其他地方的不一样。科学家说，叫"云象"好，换句话说，就是云南的云，长得与其他地方不一样。是长得不一样。云南的云，水土好，天空瓦蓝瓦蓝，衬出云朵，有边有缘，有模有样。在这样湛蓝明净的天穹上，云朵也不像其他地方那样的慵懒，格外的精神十足，像花样滑冰的演员上了冰场，云南天上的云，扭动腰肢，张开臂膀，跳跃旋舞，霓裳飞扬。到了云南，只有傻子才低着头，抬起头，看天上的云，你就会知道一方水土养一方云，云南的云，是天上的精灵。如果真有天堂，那么神仙们一定在云南的云朵里快活！

　　叫云南，云和南相连，有人说是彩云之南，我倒以为，南面吹来的风，送过来的云，滋养了这方土地。北方吹来的风，干躁的或是带着凉意的，古代让人想到"天高皇帝远"，今天让人想到常常晚点的飞机航班。说是云南四季如春，其实还是有旱季和雨季。雨季是南面的云带来的，携带着风雨雷电，轰轰隆隆地让这方土地，匆匆发芽，急急开花，慌慌结果，云朵所到处，弥漫芳芬的生命气息。云啊，飘在空中叫云，降到半山和山谷成雾，渗进田野和心房就是雨露。

天上飘着的是云，地上走着的是人。到过云南多少次了，记不清了，也是，谁能数清天上的云？记不清多少次，但记得第一次，那是快三十年前的事了。一辆中巴车，拉着一队"中国作家代表团"在云南跑了半个月。那是一次接地气的旅行，没有高速路，更没有支线飞机，在边地沙石公路上颠簸的旅程中，汪曾祺的故事和韩映山的笑话，让旅程谈笑风生。汪曾祺讲当年西南联大的逸事，让我难以忘怀。韩映山保定乡音说出的段子，带着乡间野趣。时过境迁，他们俩是回到天上，也许就是我头上那洁白飘逸的云。当年坐在车上的两个年轻人，叶延滨和李锐，如今不再年轻。今年与李锐在新疆偶聚，突然让我想起"苍狗白云"这四个字。浮云人生，人生一世，飘逸过、疯狂过、沉稳过、呼风唤雨过，真能如云南的云，也就无憾了！

云南的云，带着大洋的水汽，一路匆匆，飘过群山列阵的高原，携雷挟电而来，云淡风轻而去。昨日的云已无迹可寻，只是云朵投下影子的山峦，变绿了；只是云朵照过影子的湖泊，变清了。历史也是飘飞的云，风云变幻，我等眼前花红柳绿，何处寻觅刀剑上的血斑，老城墙上的弹孔？

云南的云化作急雨，在西南联大铁皮盖的简陋教室上，如奔马般敲击那铁皮屋顶，响在耳畔也响在心上，家国危急，倭鬼欲亡我……

云南的云化作朝露，在腾冲国殇墓园那列队而立的士兵墓碑上，如泪痕绣出思念。谁说灵魂无形，灵魂站立不倒，儿孙就有明天……

……云南这个地方，天上飘着的名字，来多少次都不嫌

多的地方，走了也会带着它走，入梦也入心，像一朵云，飘
在天上，让人仰头望它，飘在心上，让人低头想它！

2005 年春